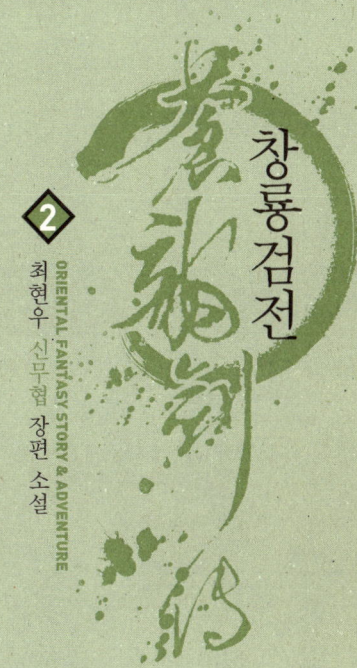

창룡검전

②

최현우 신무협 장편 소설

ORIENTAL FANTASY STORY & ADVENTURE

dream books
드림북스

창룡검전(蒼龍劍傳) **2** _ 인륜지대사(人倫之大事)

초판 1쇄 인쇄 / 2009년 1월 30일
초판 1쇄 발행 / 2009년 2월 9일

지은이 / 최현우

발행인 / 오영배
편집장 / 김경인
펴낸 곳 / (주)삼양출판사·드림북스

주소 / 서울특별시 강북구 미아8동 322-10호
대표 전화 / 02-980-2112~4 팩스 / 02-983-0660
편집부 전화 / 02-980-2116 팩스 / 02-983-8201
홈페이지 / www.sydreambooks.com

등록번호 / 제9-00046호
등록일자 / 1999년 3월 11일

ⓒ 최현우, 2009

값 8,000원

(주)삼양출판사·드림북스의 서면 허락 없이는 어떠한
형태나 수단으로도 이 책의 내용을 이용하지 못합니다.

ISBN 978-89-542-3099-5 04810
ISBN 978-89-542-3097-1 (세트)

* 지은이와 협의하에 인지는 생략합니다.
* 잘못된 책은 구입한 곳에서 바꾸어 드립니다.

인륜지대사(人倫之大事)

2

창룡검전

최현우 신무협 장편 소설

ORIENTAL FANTASY STORY & ADVENTURE

dream books
드림북스

목차

제1장 **철혈사왕(鐵血蛇王) 염등부** ……… *007*

제2장 **비무와 싸움** ……… *045*

제3장 **항주 탈출** ……… *073*

제4장 **운가상단(雲家商團)** ……… *105*

제5장 **식객(食客)** ……… *139*

제6장 **창룡지회** (蒼龍志會) *173*

제7장 **인륜지대사** (人倫之大事) *205*

제8장 **거래에도 마음이 있다** *233*

제9장 **감찰어사** (監察御史) *271*

제10장 **난화기루에서 생긴 일** *307*

제2장
철혈사왕(鐵血蛇王) 염중부

　십수 명으로 구성된 모용세가의 제자들은 관일검 모용단천과 대제자 모용진의 활약에 힘입어 무림맹을 둘러싼 적의 포위망을 돌파했다.
　비록 희생이 없지는 않았지만 그들은 과감한 돌격으로 적의 포위망을 뚫었고 또한 적들의 이목을 끄는 데에 성공했다.
　뒤에 추격대가 붙은 것이다. 그렇게 처음 얼마 동안은 그들이 계획한 대로 일이 진행되어 가는 듯했다. 문제는 그 다음이었다.

　"길이 막혀 있습니다!"

가장 앞서 달리던 제자가 이상을 발견했다. 커다란 나무 둥치와 잡석들로 길이 막혀 있었다. 그리고 길을 막아선 것은 그것만이 아니었다.

검은 무복을 입은 일단의 무리가 역시 그 뒤를 지키고 서 있었다. 검을 빼어 든 그들의 손목에 확연히 드러나 보이는 황갈색 띠들.

"장강특무대!"

흑창기마대와 장강특무대가 무림맹을 쳐들어온다는 소문은 거짓이 아니었다. 그동안 모습을 숨기고 있던 장강특무대가 이제야 그 모습을 나타낸 것이다.

'무사히 돌파했다 생각했거늘……'

관일검 모용단천은 이를 악물었다. 적의 포위망을 돌파하는 것도 쉬운 일은 아니었다.

여러 사람의 희생을 감수하고 말을 달렸고, 적들이 뒤에서 쫓아오는 것도 확인했다. 그런데 갑자기 앞을 막아설 줄은 몰랐다. 그것도 최악의 상대가.

"길 옆으로 빠져나간다!"

물길이 많은 항주의 들판은 말로 긴 거리를 달리기에 좋지 않다. 길 옆으로 빠져나간다 해도 오래 갈 수는 없었다. 관도를 따라가지 않는다면 곧 말이 건널 수 없는 물길을 만나게 될 것이었다. 그러나 그 수밖에는 없었다.

"하아!"

두두두두—

관일검 모용단천을 따라 말들이 방향을 틀었다. 어스름이 내리는 가운데, 그들은 점차 어두워지는 들판을 달릴 수밖에 없었다.

말을 달릴 수 있는 시간은 길지 않았다. 최대한 물길을 피해 이리저리 방향을 틀어보았지만 모용세가의 제자들은 곧 더 이상 말로 달릴 수 없는 물길을 만났다.

"우측에 숲이 보입니다."

모용단천은 제자의 보고에 눈살을 찌푸렸다. 처음에 그들이 향한 동북방에는 산이나 숲이 없다. 숲이 보인다는 것은 곧 북쪽으로 크게 치우쳤다는 것을 의미하는 것이다. 너무 자주 방향을 바꾼 탓일까?

그러나 지금은 조금이라도 확률이 높은 쪽을 택할 수밖에 없었다. 아직도 그들의 뒤에는 벌써 횃불을 밝힌 수많은 추격대가 따라붙고 있었으니까.

"말을 버리고 숲으로 들어간다!"

모용단천은 소리쳤다. 점점 짙어지는 어둠은 조금이나마 더 그들을 감싸줄 것이다.

'너무 쉽게 생각한 건가.'

입맛이 씁쓸했다. 이토록 끈질기게 추격할 줄은, 그리고 이렇게 미리 준비한 듯 대비하고 있을 줄은 몰랐다. 고민은 또 있었다. 남아 있던 사람들은 무사히 탈출했을까? 부상자들을 데리고 움직임이 둔해질 수밖에 없는 그들이 과연 이 포위망을 뚫을 수 있을까?

그러나 지금은 선택의 여지가 없다. 모용세가의 제자들은 명령에 따라 말을 버리고 숲으로 접어들었다. 그리고 독고랑과 운현 역시 말을 버렸다.

경공을 펼치는 모용세가의 제자들과는 달리, 독고랑의 도움을 받아야 하는 운현은 아무래도 뒤쳐질 수밖에 없었다.

부스럭.

산으로 들어온 지 얼마나 지났을까? 이제는 완전히 어둠에 잠긴 산길을 헤치며 모용진은 앞장서서 길을 열고 있었다. 그러다 문득, 앞쪽에서 느껴지는 낯선 인기척에 지체 없이 뒤로 물러섰다. 그의 행동에 뒤따르던 다른 제자들도 일시에 동작을 멈춘다.

모용진은 천천히 앞으로 나갔다. 뒤에 있던 제자들은 팽팽한 긴장 속에 침묵을 지키고, 언제라도 검을 뽑을 수 있도록 자세를 취한다.

사락.

모용진은 아주 천천히 발을 옮기며 눈을 빛냈다. 시야가 확보되자 발견한 것은 다행히도 적의 모습이 아니었다. 눈에 익숙한 무복. 그들은 바로 무림맹을 탈출한 혁련세가의 제자들이었다. 모용진은 가능한 나지막한 목소리로 그들을 불렀다.
"대협!"
"누, 누구냐!"
앉아 있던 혁련세가의 제자들은 튕긴 듯 벌떡 일어났다. 당황해하는 그들의 모습에 모용진은 지체 없이 대답했다.
"모용세가의 모용진이오."
"모, 모용세가? 모습을 보여라!"
바스락.
모용진은 일부러 큰 동작으로 그들 앞에 나섰다. 모용진을 확인한 혁련세가의 제자들은 그제서야 긴장을 풀며 검을 내린다.
"혼자요?"
혁련세가의 누군가가 물었다. 긴장이 풀리자 목소리에 가득한 피로감이 그대로 전해진다.
"아니요."
모용진은 대답한 후, 뒤쪽을 향해 신호를 보냈다. 그러자 기다리고 있던 모용세가의 일행들이 하나둘씩 모습을 드러냈다.
"혹시 관일검 모용단천 대협께서 계시오?"
기대가 역력한 목소리가 혁련세가 쪽에서 흘러나왔다.
"여기 있소."
뒤따라온 관일검 모용단천이 묵직한 음성으로 대답한다.
"오!"

탄성을 내뱉으며 한달음에 다가오는 이는 바로 혁련세가의 대표자, 혁련필이다. 언제부터 이렇게 모용세가를 반기었는지 그는 기쁨을 숨기지 않았다.

"여기서 이렇게 대협을 만나 뵙다니, 천운이오."

"무슨 일이오?"

관일검 모용단천이 물었다.

"보아하니 꽤 험한 일을 겪으신 듯하오만……."

모용단천의 말에 모용진도 이상한 점을 알아차렸다. 혁련세가의 제자들은 그 수가 채 여남은 명도 되지 않았다.

게다가 하나같이 지치고 부상당한 듯한 모습으로 여기저기 걸터앉거나 나무에 기댄 채 가쁜 숨을 몰아쉬고 있는 모습이었다.

"모용세가는 아무 일도 없었단 말이오?"

눈살을 찌푸리며 의아한 표정으로 되묻는 것은 오히려 혁련필이다.

"무슨 일이 있었소?"

관일검 모용단천의 물음. 혁련필은 침통한 표정으로 말했다.

"우리의 방위는 북북서 방향이었소. 그쪽은 산이 많은 곳이라 우리는 포위진을 돌파하자마자 곧 말을 버리고 산을 따라 움직이기 시작했소."

혁련필은 이를 악물었다.

"하지만 얼마 가지 못해 장강특무대라는 놈들을 만났소."

모용진이 말했다.

"우리도 그들을 만났소."

혁련필은 고개를 끄덕였다. 그리고 계속 말했다.

"그들은 마치 우리가 그곳으로 올 것을 미리 알고 있었던 것처럼 길목을 지키고 있다가 우리를 공격해 왔소이다. 우리는 그들을 뿌리치며 계속 탈출을 시도했소. 하지만 그때…… 철혈사왕 염중부가 나타났소."

"철혈사왕!"

관일검 모용단천은 놀란 음성으로 말했다.

"전장에서는 모습도 보이지 않더니, 설마 퇴각하는 무림맹 문파들의 뒤를 쫓고 있었을 줄이야!"

"상황이 이렇지만 않았더라도 가주께서는 결코 철혈사왕 따위에게 부상을 입지 않으셨을 것이오!"

혁련필의 항변에 모용단천의 눈살이 살짝 일그러졌다.

"가주께서 변을 당하셨소?"

"크게…… 다치셨소."

관일검 모용단천은 급히 혁련세가의 일행을 눈으로 훑었다. 그리고 저 뒤쪽에서 어둠 사이에 누워 있는 혁련세가의 가주, 패검(霸劍) 혁련철후의 모습이 보였다.

"허어."

모용단천은 탄식을 내뱉었다. 바로 얼마 전까지 그와 날선 신경전을 한 것이 아직도 생생한데, 저렇게 부상을 입고 몸조차 가누지 못하고 있다니.

'섬서성의 패자가 이런 야산에 몸을 숨기고 있을 줄이야.'

패검(覇劍) 혁련철후라 하면 누구나 인정하는 섬서성의 패자다. 오랫동안 무림맹 십팔대 문파의 일원으로서 강호에 모르는 이가 없던 그가 이런 곳에서 부상을 입고 쫓기는 신세가 될 줄을 어찌 알았으랴?

"혁련세가의 방위가 북북서라 했소?"

혁련필이 고개를 끄덕인다.

"이곳이 어디쯤 되는지는 아시오?"

"모르겠소."

고개를 젓는 혁련필.

"그럴 틈이 없었소이다. 간신히 철혈사왕의 추격을 뿌리친 것도 바로 얼마 전이오."

"가주님!"

모용진이 재촉하는 목소리가 들려왔다. 모용단천은 고개를 끄덕였다. 이러고 있을 시간이 없었다.

그들도 추격대를 완전히 따돌리지 못한 상황이 아니던가? 모용단천이 막 이동을 지시하려는 순간, 어리둥절한 목소리가 들려왔다.

"혁련세가?"

구태여 돌아보지 않아도 누구의 목소리인지는 알 수 있었다. 한 발 늦게, 운현이 독고랑과 함께 나타난 것이다. 그리고 그를 발견한 혁련필도 눈살을 찌푸린다. 그다지 만나고 싶지 않은 상대를, 하필이면 이런 좋지 않은 상황에서 만난 것이다.

모용미가 가볍게 운현에게 다가서는 모습을 모용단천은 보았다. 아마도 모용미가 그에게 상황을 설명해 줄 것이다. 모용단천은 주위를 둘러보며 나지막한 목소리로 말했다.

"가자."

"대협! 우리들은……."

혁련필의 다급한 목소리에 모용단천은 고개를 끄덕이며 말했다.

"걱정 마시오. 안전한 곳까지 함께 움직이도록 합시다."

"감사하오."

혁련필은 깊이 고개를 숙였다. 그리고 급히 가주에게로 달려간다. 움직일 준비를 하는 것이다. 그때였다.

"허허허. 그리도 바빠 어딜 가려 하는 게냐?"

마치 대인의 음성처럼 중후하고 묵직한 목소리가 울려 퍼졌다. 그러나 그 목소리를 듣는 사람들의 안색은 창백하게 변했다.

탁.

붉은 비단옷을 걸친 중년의 사내가 뒷짐을 진 채로 가볍게 날아 내린다. 마치 인근의 권세 있는 고관대작이 밤나들이라도 나온 것 같은 모습이었지만, 그가 누구인지는 그를 처음 보는 사람도 능히 짐작할 수 있었다.

으득.

"철혈사왕(鐵血蛇王)!"

혁련필이 이를 악물며 뱉어내듯 중얼거린다. 혁련필의 목소리에는 원한이 가득 담겨 있었다. 뱀(蛇)과 같은 심성을 지닌 철혈(鐵血)의 사내. 그가 바로 철혈사왕(鐵血蛇王) 염중부였다.

철혈사왕 염중부가 모습을 드러내자, 독고랑은 즉시 운현을 자신의 뒤로 숨겼다. 그리고 한 발 물러서서 숲의 어둠 속으로 함께 몸을 감추었지만 철혈사왕의 이목을 피하기에는 이미 늦었다.

"오호."

염중부는 어둠 속을 향해 고개를 돌렸다.

"이거 반가운 얼굴이 있는 듯하구나."

인자한 미소를 얼굴 가득 피어 올리며 그가 말했다.

"오랜만이로구나. 그렇지 않느냐? 아이야. 아니, 창룡검주라고 불러야 하나?"

철혈사왕 염중부의 음성은 다분히 조롱의 빛을 머금고 있는 것이었다. 그리고 어둠 속에서 독고랑의 나지막한 목소리가 들렸다.

"대인."

그 목소리는 염중부를 향한 것이 아니었다. 자신의 뒤에서 한 발 앞으로 나오는 운현을 제지하기 위한 것이었지만, 이미 운현의 모습은 달빛 아래 드러난 다음이었다.

"오랜만에 뵙습니다."

운현은 정중히 예를 올리며 대답했다.

"허나 인사를 나누기에는 때가 좋지 않군요."

"허허."

철혈사왕은 수염을 어루만지며 웃었다.

"걱정하지 마라. 인사를 나누기에 아주 좋은 장소를 내 알고 있으니. 그렇지 않아도……."

철혈사왕은 말했다.

"너를 그리로 데려갈 참이다."

"거절하겠습니다."

미소를 지으며 운현은 대답했다. 정중하지만 놀랄 만큼 단호한 목소리였다. 운현은 계속 말했다.

"독선께서 함께하기를 거절한 분과 제가 어찌 자리를 함께 하겠습니까?"

독선이 철혈사왕 염중부를 거절했으니, 자신 또한 거절하겠다는 뜻. 운현의 입에서 '독선'이라는 말이 나오자 철혈사왕 염중부의 얼굴은 삽시간에 일그러지기 시작했다.

운현의 얼굴에는 부드러운 미소가 떠오르고 있었다. 철혈사왕 염중부의 주위에 다른 이가 없음을 확인했기 때문이다. 그리고 일 대 일 비무라면, 운현이 가장 자신 있어 하는 것 중의 하나였다.

* * *

"다들 빠져나왔느냐?"

제갈세가의 가주, 군자검 제갈명은 낮은 음성으로 물었다. 그의 물음에 대제자 제갈연이 고개를 숙이며 대답한다.

"네. 그렇습니다."

군자검 제갈명은 자신의 뒤를 따르는 제자들을 살폈다. 제자들은 처음 무림맹을 나올 때와 전혀 변화가 없었다. 다친 사람도, 부상을 입어 움직이기 힘든 사람도 없었다. 이런 야심한 시각만 아니었다면 그저 천천히 산보를 나온 것이라 해도 다름이 없을 정도였다.

"부상자들은?"

"곧 도착할 것입니다."

제갈연이 대답했다. 처음 무림맹을 나올 때를 제외하고는 그들은 전력으로 말을 달린 적이 없었다. 그들에게 주어진 방위는 다행스럽게도 아직 포위망이 완성되지 못한 부분이었고, 적들도 그들에게 화살 한 대 날리지 않았다. 불화살은 오직 무림맹으로만 날아갔을 뿐이다.

무림맹이 보이지 않을 정도로 거리가 멀어지자, 제갈세가의 행렬은 오히려 속도를 늦추었다.

그들은 사방이 트인 작은 소로를 따라 움직였지만, 길을 막는 무리도, 뒤쫓아 오는 추격대도 없었다. 지금 그들은 완전히 말을 멈춘 채 뒤에 출발한 사람들을 기다리고 있었다.

"운이 좋았습니다."

제자들을 살피고 다시 돌아온 제갈연이 가주 군자검 제갈명에게 말했다. 아마도 그들이 한 사람의 희생도 내지 않은 채 포위망을 뚫은 것을 말함이리라. 그러나 군자검 제갈명은 아무런 대꾸도 하지 않았다.

"옵니다!"

후미에 있던 제자가 소리쳤다. 아마도 부상자들을 데리고 뒤에 출발한 일행이 보이는 것이리라. 대제자 제갈연은 급히 말을 돌려 후미로 달려갔다. 그리고 제갈명은 그가 멀어지자 품 안에서 작은 비단 주머니 하나를 꺼냈다.

"운이라······."

군자검 제갈명은 나지막이 대제자의 말을 되뇌었다. 미리 약속한 몇몇 사람들과 자신에게는 원하는 패가, 그리고 다른 사람들에게는 그보다 못한 패가 돌아가게 하는 이 비단 주머니와 상아패 속임수는, 속임수 중에서도 초보적인 것에 속하는 것이다. 제갈세가에는 이보다 더 복잡하고 정교한 속임수가 얼마든지 있었다.

"하찮은 것이라 해도, 쓰기 나름인 것이지."

저들이 가져간 상아패에 어떤 운명이 예정되어 있는지 제갈명은 확실히 알지 못했다. 하지만 분명한 것은, 적어도 자신들과 같은 행운은 있지 않았을 것이라는 사실이다.

제갈명은 비단 주머니를 들었다. 이미 십여 개의 상아패가 모두 빠져나간 다음인데도, 비단 주머니는 여전히 묵직했다. 그는 저 너머 보이는 제법 커다란 물길을 향해 힘껏 비단 주머니를 던졌다.

퐁.

어둠 속을 날아간 비단 주머니는 작은 소리를 내며 물길 가운데 가라앉았다. 이제 진흙과 물풀이 저 비단 주머니를 삼켜 물길 깊숙한 곳으로 숨겨 주리라.

설령 누군가 우연히 저것을 발견한다 해도 상관이 없다. 이제 저것은 아무런 의미 없는 비단 조각과 상아패 부스러기에 불과하니까.

군자검 제갈명은 고개를 돌렸다. 그의 눈앞에 항주를 벗어나는 소로가 거침없이 뻗어 있었다. 이제 이 길을 따라가면 그는 새로운 날을 맞이하게 될 것이다. 그 자신과 제갈세가 모두에게 새로운 날을.

"당문에게 신세를 졌군."

나지막한 소리로, 제갈세가의 가주 군자검 제갈명은 그렇게 중얼거렸다.

* * *

철혈사왕 염중부가 나타나자 모용세가 제자들의 얼굴에는

낭패가 가득했다. 그렇지 않아도 장강특무대에게 쫓기고 있는 중이다. 방향도 잃은 채 필사적으로 활로를 찾아 헤매고 있는데 난데없이 상상할 수도 없는 최악의 상대를 만난 것이다.

혁련세가의 상황은 더 심했다. 그들은 철혈사왕의 모습을 발견한 순간 이미 얼굴에 패색이 가득 떠오르고 있었다.

혁련세가의 가주인 패검(覇劍) 혁련철후가 심각한 상처로 제대로 서지도 못하는 형편이 된 것이 바로 저 철혈사왕 염중부 때문이 아니던가?

그러니 모용세가와 혁련세가의 제자들이 최악의 사태를 염두에 두고 이를 악물었다고 해도 그것은 과히 잘못된 판단이 아니었다.

그러나 일은 그들의 생각대로 진행되지 않았다. 철혈사왕이 운현의 말에 지대한 관심을 보이기 시작한 것이다. 비록 그 관심이 결코 호의는 아니었다 해도.

"독선(毒仙)이라고?"

운현의 입에서 '독선(毒仙)'이라는 말이 나오자 철혈사왕 염중부의 얼굴은 형편없이 일그러지기 시작했다. 짐짓 군자요, 대인처럼 행세하던 그의 얼굴이 마치 악귀처럼 변하는 것은 순식간이었다.

"하! 지금 네놈이 독선을 만났다고 말하는 것이더냐?"

듣는 것만으로도 섬뜩함을 느끼게 하는 목소리. 모용세가의 제자들과 혁련세가의 제자들은 흠칫 몸을 떨었다. 특히 방금 전까지 그에게 쫓기던 혁련세가 제자들이 느끼는 공포는 더욱 컸다.

"그렇습니다."

휘릭.

운현의 대답과 동시에 붉은 기운을 품은 날카로운 바람이 철혈사왕의 뒤에서부터 뿜어져 왔다. 그리고 그것은 곧 구분하기 힘들 정도로 가느다란 두 개의 살의로 변했다.

"쌍두독아(雙頭毒牙)!"

관일검(貫日劍) 모용단천이 놀라 외쳤다. 철혈사왕 염중부의 절기 중 하나인 쌍두독아(雙頭毒牙)가 다짜고짜 그 이빨을 드러낸 것이다.

모용단천을 제외하고는 제대로 알아차리지도 못한, 날카로운 뱀의 독니 같은 그것은 운현을 향해 똑바로 쏘아져 가고 있었다. 그리고 그 앞을, 독고랑이 막아섰다.

번쩍.

독고랑의 검이 달빛 아래 드러나는 것과 동시에 커다란 충격음이 어둠 속에 울려 퍼졌다.

카앙!

쌍두독아는 독고랑의 검에 가로막혀 힘을 잃었다. 독고랑의 검이 달빛 아래 푸르게 빛난다.

"호오."

철혈사왕 염중부는 흥미로운 듯 눈을 빛냈다.

"네놈은 누구냐?"

"독고랑이오."

자신의 쌍두독아가 헛되이 되돌아왔음에도 철혈사왕 염중부는 개의치 않는 듯 보였다.

"독고랑이라……. 모르는 이름이구나. 그러면."

뒷짐을 지고 있던 철혈사왕의 손이 앞으로 향했다. 그리고 그는 비릿한 미소를 지으며 말했다.

"앞으로도 알 필요 없겠지."

투투둥.

마치 활줄을 튕기는 듯한 소리와 함께 철혈사왕 염중부로부터 무수한 기세가 일행을 향하여 막무가내로 쏟아져 나왔다. 관일검 모용단천은 급히 검을 들며 소리쳤다.

"피해라!"

콰콰광!

폭발음과 함께 나무가 부서지고 흙이 사방에 튀었다. 모용세가의 가주, 관일검 모용단천은 급히 검을 휘두르며 철혈사왕의 공세를 흘려보냈다.

대제자 모용진 역시 자신에게 쏘아진 기세를 피하는 데 성공했지만, 다른 제자들은 그렇지 못하여 크고 작은 피해를 입어야 했다.

관일검 모용단천은 급히 상황을 살폈다. 그의 경고 덕분인지 심하게 다친 제자들은 없어보였다. 다들 갑작스러운 공격에 낭패한 얼굴이었지만, 움직이지 못할 정도의 부상을 입은 사람은 다행히 없었다. 다만 혁련세가의 대제자, 혁련필을 제외하고는.

"크윽."

혁련필은 허리에 큰 부상을 입고 있었다. 움직이지 못하는 그의 가주(家主), 패검 혁련철후의 앞을 막아서느라 미처 피하지 못한 것이다. 아니, 피할 수 없었던 것이다.

그의 상처는 심각했다. 그러나 심각한 상처에도 불구하고 그는 두 손으로 검을 들고 서 있었다. 죽음을 불사하고 가주를 지키겠다는 그의 의지가 그대로 전해지는 듯했다.

운현 역시 혁련필의 모습을 보았다. 무림맹 대표자 회의에서는 그의 말을 비웃기까지 했던 자신이다. 그런데 지금 보이는 그의 모습은 과연 명문 강호 문파의 대제자다운 모습이었다.

"모용 대협."

나지막이 부르는 목소리에 모용단천은 고개를 돌렸다. 그곳에는 운현이 검을 뽑아들고 서 있었다. 그의 검날이 독고랑의 검과 함께 달빛 아래 빛난다.

"다른 분들과 함께 이 자리를 피하십시오. 그가 원하는 것은 저입니다."

독고랑의 안색이 변했다. 그는 즉시 운현을 말리려는 듯 말했다.

"대인."

"안 돼요!"

뒤에서 소리친 사람은 모용미였다. 그녀 역시 염중부의 공세를 미처 피하지 못했는지 다리 즈음에 핏물이 배어 나오고 있었다.

"무모한 짓이에요."

모용미는 이를 악물며 말했다. 그녀는 이미 운현에게 들어서 알고 있었다. 저들이 운현을 찾고 있다는 것을. 운현이 지금 철혈사왕과 본격적인 싸움을 벌인다면 그것은 곧 운현이 주위 모든 적들의 표적이 된다는 것을 의미한다. 그러나 운현은 고개를 저었다.

"괜찮습니다. 본래 싸움에는 익숙하지 않지만."

한 걸음 앞으로 나서며 운현은 말했다. 그의 눈은 철혈사왕 염중부를 똑바로 향하고 있었다.

"비무에는 익숙하니까요."

운현의 시선을 마주하고도 염중부는 아무런 말을 하지 않았다. 그러나 내심 그는 놀라고 있었다.

'놈. 나의 적혈사심(赤穴死心)을……'

다른 사람들에게 쏘아졌던 기세는 그저 허초에 불과했다. 그가 노린 공격은 어디까지나 독고랑이었다. 그런데 운현이 그것을 막아냈다. 사방에서 그에게로 쏘아져 가는 수십 개의 공세를, 운현이 하나도 남김없이 흘려보낸 것이다. 그것도 단일검(一劍)으로.

'어린 녀석인 줄로만 알았더니……'

철혈사왕 염중부가 기억하는 운현은 신승 불영의 그늘 아래 있는 어린 녀석에 불과했다. 지난번 '검성의 제자'라고 알려진 그를 만나기 위해 무림맹에 갔을 때에도, 실제로 자신을 상대했던 것은 신승 불영이 아니었던가?

그때 잠깐 보여준 운현의 실력은 그의 흥미를 끌었지만, 그 이상은 되지 못했다. 그러던 그가 어느 사이에 이런 경지에 올랐단 말인가?

'와불이 그에게 가르침을 주었다고 하더니, 거짓이 아니었나보군.'

염중부는 인상을 썼다. 문득, 불영의 손에 놀아났다는 생각이 드는 것과 동시에 정말 저 어린 녀석이 독선을 만났을지 모른다는 생각이 들었다.

운현이 독선을 만났다는 사실과, 그럼에도 불구하고 이 자리에 있다는 것은 상당히 많은 것을 의미했다.

그렇다면 무슨 수를 써서라도 지금 그를 잡아야 했다. 처음부터 그랬지만, 문왕을 위해서가 아니라 바로 자기 자신을 위해서 말이다.

"과연, 제법이구나."

짐짓 미소를 지으며 염중부가 말했다. 그의 얼굴은 다시 처음처럼 인자한 미소를 담고 있었다. 그는 손을 등 뒤로 돌려 뒷짐을 지었다.

"이러면 어떠하냐? 오늘은 달도 밝으니……."

저벅.

철혈사왕 염중부가 한 발을 내딛었다. 그와 함께 엄청난 기세가 그로부터 쏟아져 나왔다.

후웅—

"으윽."

공력이 약한 몇몇 제자들이 가슴을 움켜쥐었다. 다른 제자들의 얼굴도 창백해지기는 마찬가지였다.

'과연 철혈사왕.'

관일검 모용단천은 이를 악물었다. 검성(劍聖) 이검학, 신승(神僧) 불영, 그리고 독선(毒仙)과 함께 비견되는 이름이 바로 철혈사왕(鐵血蛇王) 염중부다. 모습을 나타내지 않은 일은(一隱)과 더불어 환우 오천존이라고까지 일컬어졌던 인물. 비록 지나간 정사대전 시대의 인물이라 해도 그 실력마저 흘러간 것은 아니었다. 아니, 오히려 더 높아진 것이 아닐까 싶을 정도다.

"네가 나를 따라가겠다고 한다면."

염중부는 씨익 미소를 지으며 운현에게 말했다. 그의 시선이 운현을 떠나 한 사람을 향한다.

"내 특별히 저 여아(女兒)를 죽이지 않으마."

모용미의 안색이 파랗게 변했다. 철혈사왕 염중부가 지목한 것은 바로 그녀였다. 염중부의 뱀과 같은 날카로운 시선이 어느새 가장 효과적인 먹이를 지목해 놓고 있었던 것이다.

"선배께서는 저를 볼 때마다 따르라 하시는군요."

운현은 미소를 지으며 말했다. 그러나 염중부는 대답하지 않았다. 지금 칼자루를 쥐고 있는 것이 자신이라는 것을 그는 잘 알고 있었다.

"하오나 역시 거절하겠습니다."

운현의 대답은 단호했다. 염중부는 놀랍다는 듯한 표정으로 말했다.

"호오, 그러냐?"

모용미를 향해 시선을 돌리며 염중부는 말했다.

"저 아이가 네가 죽어도 상관 없다는구나."

염중부는 웃었다. 그러나 그 웃음 뒤에는 날카로운 쌍두독아(雙頭毒牙)가 이를 벌리고 있었다.

쉬익—

섬뜩한 소리가 대기를 갈랐다. 철혈사왕의 쌍두독아는 조금도 주저함이 없었다.

카앙!

그러나 또 한 번의 충격음과 함께 쌍두독아는 가로막혔다. 이번에도 역시 독고랑의 검 때문이었다. 그러나 쌍두독아의 힘은 사그라들지 않았다.

쉬리릭-

가로막혔던 쌍두독아는 마치 살아 있는 뱀처럼 기괴하게 진로를 바꾸더니 다시 모용미에게 덤벼들었다. 그것도 두개의 독니가 각각 다른 방향에서.

"소저! 좌하(左下)!"

그 순간, 운현의 목소리가 모용미의 귓가에 파고들었다. 모용미는 생각할 겨를도 없이 검을 휘둘렀다. 운현이 말한 좌하, 곧 왼쪽 아래방향으로.

카캉!

'큭.'

모용미는 입술을 깨물었다. 이미 한 번 독고랑의 검에 가로막힌 다음이었는데도 쌍두독아가 주는 충격은 작지 않았다.

검을 통해 전해진 충격이 그녀의 내부를 진탕시키고, 그녀의 입술에서는 피가 배어 나온다. 그러나 그녀의 검은 결국 쌍두독아의 독니를 막아내고야 말았다.

캉!

순간 또 한 번의 충격음이 들려왔다. 다른 방향으로 짓쳐들던 쌍두독아의 또 다른 독니가 독고랑의 검에 가로막힌 것이다. 그렇게 두 개의 검 앞에서 철혈사왕의 쌍두독아는 그제야 힘을 잃는다.

"호오. 죽어도 상관하지 않는 것이 아니었더냐?"

염중부의 말에 운현은 진지한 표정으로 말했다.

"저는 왜곡을 싫어합니다. 특히 그것이 악의적인 왜곡이라면 더더욱."

"허허. 지금 네가 나의 인내심을 시험하려 드는구나."

짐짓 너털웃음을 지으며 염중부가 말했다. 하지만 그의 심기가 결코 그 웃음만큼 편하지 않다는 것은 누구나 알고 있었다. 그 틈을 타 독고랑이 모용미에게 말했다.

"이 자리를 피하십시오."

"하지만!"

독고랑은 고개를 저었다. 그리고 말했다.

"운 대인의 뜻입니다. 그리고, 소저는 오히려 방해가 될 뿐입니다."

모용미는 입술을 깨물었다. 안타깝지만 독고랑의 말은 사실이었다. 그리고 그것은 모용미뿐만 아니라 이곳에 있는 모든 사람에게 해당되는 말이기도 했다.

"알겠어요."

모용미는 고개를 끄덕였다.

"부디 운 대인을……."

뒷말을 들을 필요도 없다는 듯 독고랑은 희미하게 웃어 보였다. 그리고 관일검 모용단천을 향해 눈짓을 보냈다. 모용단천 역시 독고랑의 뜻을 잘 알아들었다.

"물러난다!"

모용단천의 한 마디에 모용세가와 혁련세가의 제자들은 천천히 뒤로 물러서기 시작했다.

"어떡할 테냐? 이들이 지금 너를 버리려는 것 같다만."

순순히 놓아줄 염중부가 아니다. 그럼에도 그는 마치 자신의 일이 아니라는 것처럼 넌지시 묻는다. 염중부의 말에 운현은 태연하게 대답했다.

"그 말씀은 마치 인질을 잡지 않고는 저를 상대하기가 껄끄럽다는 듯이 들립니다만."

"인질?"

철혈사왕 염중부의 눈살이 찌푸려졌다.

"나는 평생 인질을 잡아본 적이 없다."

그는 오만한 어조로 말했다.

"그저 죽였을 뿐이지. 모두 다."

그 말과 함께 뒷짐을 지고 있던 염중부의 한 손이 밖으로 나왔다. 그의 손에는 철혈사왕 염중부라는 이름을 있게 한 그의 무기, 적사편(赤蛇鞭)이 들려 있었다. 붉은색 채찍이 마치 살아 있는 뱀처럼 그의 손안에서 이리저리 꿈틀거렸다.

좌자자작—

적사편(赤蛇鞭)이 그의 손에서 모습을 드러내는 순간, 대기가 마치 찢겨지듯 울부짖었다.

후우웅.

그의 붉은 사편(蛇鞭)은 섬뜩한 소리를 내며 마치 살아 있는 듯 어둠 속에 반원을 그렸다. 그와 함께 초승달 모양의 강맹한 기세가 사람들을 무자비하게 덮쳐간다. 창백한 적색의 잔혹한 기세. 그것은 철혈사왕 염중부의 또 다른 절기, 적사강림(赤蛇降臨)이었다.

'크윽.'

거침없이 눈앞으로 덮쳐오는 죽음의 초승달 궤적. 관일검 모용단천이 최악의 사태를 각오한 순간, 마치 거짓말처럼 철혈사왕의 공세가 하늘을 향해 솟아올랐다.

콰자자작!

본래 사람들의 살과 뼈를 갈랐어야 할 적사편의 날카로운 공세는 하늘로 치솟으며 아름드리 나무들을 종잇장처럼 찢어발겼다.

그리고 무수히 떨어지는 파편들과 돌개바람을 남긴 채, 마치 처음부터 그러하기로 했던 것처럼 하늘을 가르고 사라졌다. 그것을 본 철혈사왕 염중부의 눈은 경악으로 물들어 있었다.

짐짓 아무렇지도 않은 듯 펼친 한 수였지만, 이 한 수는 바로 염중부의 자존심이었다. 그의 적사강림(赤蛇降臨)은, 검성(劍聖) 이검학을 제외하고는 그 누구도 받아낸 이가 없었던 철혈사왕만의 절기였다. 그런데 그 절기가 지금 새파란 애송이의 일 검에 방향을 틀어버린 것이다.

"네 이놈! 무슨 사술(邪術)을 부린 것이냐!"

이 일이 염중부에게 준 충격은 작지 않았다. 지금 당장이라도 잡아먹을 듯 노려보는 염중부의 시선은 바로 운현을 향해 있었다. 운현의 검, 미명(未明)의 날이 푸른 달빛 아래 빛난다.

휘릭.

운현은 들어올린 검을 거두었으나 염중부의 말에는 대답하지 않았다. 그는 모용단천을 향해 짧게 말했을 뿐이다.

"어서!"

모용단천은 운현의 뜻을 알아들었다. 그는 전력을 다해 경공을 펼치며 소리쳤다.

"가자!"

그 한마디와 함께 모용세가의 제자들도, 혁련세가의 제자들도 일제히 경공을 펼쳐 몸을 날렸다. 모용진과 모용미는 잠시 머뭇거렸지만, 운현이 고개를 끄덕이는 것을 보고는 이를 악물고 몸을 날렸다.

혁련필은, 가주 패검 혁련철후를 다른 제자들이 부축하는 것을 확인하고는 운현을 향해 짧게 말했다.

"이 은혜는 잊지 않겠다."

이를 악물고 그는 거칠게 말했다. 그리고 그 말을 끝으로 그도 자신의 옆구리를 감싸며 사라졌다. 어느새 남은 사람은 독고랑과 철혈사왕 염중부, 그리고 운현뿐이었다.

"대답하지 못하겠느냐!"

염중부는 흥분으로 크게 소리쳤다. 다른 사람들이 자리를 피하는 것 따위는 더 이상 그의 시야에 들어오지 않았다. 그보다 더 큰 일이, 더 중요한 일이 있었다.
 "그저 조금 뒤튼 것뿐입니다."
 운현은 천천히 검을 거두며 말했다.
 "뒤틀었다고?"
 염중부는 아직도 경악한 표정을 거두지 않은 채, 믿지 못하겠다는 듯 반문했다. 운현은 말했다.
 "강한 흐름은 조금만 그 방향을 바꾸어 주어도 쉽게 그 길이 흔들리는 법입니다. 그것이 강하면 강할수록 더욱 그러하지요."
 운현은 조용히 덧붙였다.
 "독선께도 그리 말씀드렸습니다."
 염중부는 흠칫했다. 그리고 자신도 모르게 중얼거렸다.
 "설마, 심안(心眼)······."
 그러나 염중부에게는 그보다 먼저 묻고 싶은 말이 있었다.
 "네가 독선의 천향접(天香蝶)을 파훼했더냐?"
 천향접(天香蝶)은 독선의 절기다. 극강한 내기에 엄청난 독의 기운을 싣는 천향접은 그 모습이 보이지도 않고 막을 수도 없다.
 적어도 염중부가 아는 한 독선의 천향접을 막을 사람은 천하에 아무도 없었다. 그 대단한 삼태상조차도 독선의 천향접을 꺼려하지 않았던가?
 "파훼라······."

운현은 나지막이 말했다.

"그건 잘 모르겠지만, 방금 전과 똑같이 한 것은 사실입니다."

염중부의 눈을 똑바로 마주보며 운현은 대답했다.

'저놈이 정말 심안의 소유자인가? 그리고 독선은 정말로 저놈을······.'

철혈사왕 염중부의 머릿속에서 수많은 생각이 교차했다. 이 검학과 불영의 허튼 짓 정도로 생각했던 저 어린 녀석이 정말로 그러하다면, 이것은 생각해 볼 만한 문제였다. 게다가 지금 그에게는 삼태상이라는 벗어나야 할 족쇄가 채워져 있지 않은가?

'이놈을 잘 이용한다면······.'

변수는 무궁무진했다. 운현이 정말로 독선의 천향접을 파훼했다면 말이다. 그렇게 염중부가 생각에 빠진 동안, 운현은 나지막이 독고랑을 불렀다.

"대협."

독고랑이 즉시 운현의 곁으로 움직이자 운현은 나지막한 음성으로 빠르게 말했다.

"우리도 가야 합니다. 단, 방향은 반대쪽입니다."

독고랑은 고개를 끄덕였다. 운현이 말한 반대쪽이란 것은 바로 모용세가와 혁련세가의 제자들이 간 방향과 반대라는 뜻이다.

"그리고, 시간이 없습니다."

의외의 말에 독고랑이 운현을 쳐다보았다. 그러나 운현은 독고랑을 보지 않고 있었다.

"죄송하지만 먼저 자리를 떠야 할 것 같습니다."

운현의 말에 염중부는 비웃음을 피어 올렸다.

"어딜 간단 말이냐?"

정중하게 운현은 말했다.

"저분들은 가급적 피하라 하신 독선 어르신의 말씀이 계셔서 말입니다."

운현은 조용하게 말했다.

"삼태상이라 하셨던가요?"

염중부는 흠칫했다.

'놈. 과연 독선을 만났구나.'

그러나 그의 얼굴에 더욱 짙은 비웃음이 자리 잡는다.

"네가 지금 나를 놀리려 드는 것이냐? 그딴 술수는…… 헛!"

염중부는 고개를 돌렸다. 그의 뒤쪽에서 분명히 삼태상의 기운이 느껴지고 있었다. 그리고 염중부의 시선이 흐트러진 그 틈을 운현은 놓치지 않았다.

"대협!"

운현의 입에서 채 말이 끝나기도 전에, 이미 독고랑은 운현의 허리를 안고 땅을 박차고 있었다.

탓!

독고랑과 운현이 순식간에 어둠 속으로 숨어들었다. 염중부의 눈에는 물론 어둠 따위 문제가 되지 않았지만, 그는 두 사람을 쫓아가지 못했다. 삼태상이 곧장 이쪽으로 다가오고 있었기 때문이다.

"큭."

지금 자신이 움직이면 결국 운현을 삼태상의 손에 쥐어주는 꼴이 된다. 그것은 자신의 족쇄를 풀 수 있는 가능성 하나를 스스로의 손으로 없애버리는 것과 마찬가지다. 그리고 염중부의 속을 불편하게 한 것은 하나 더 있었다.

'놈. 나보다 먼저 삼태상의 기척을 알아차리다니……'

철혈사왕 염중부는 부글부글 끓어오르는 속을 가라앉혔다. 그리고 삼태상이 가까이 오기를 기다렸다가, 그들이 막 자신을 발견할 즈음 몸을 날렸다.

휘릭.

아니나 다를까? 바로 뒤에서 목소리가 들려왔다.

"네 이놈, 염가야!"

염중부는 발을 멈추고 뒤를 돌았다. 교교한 달빛 아래, 두 개의 그림자가 나무 꼭대기에 서 있었다. 마치 말도 되지 않는 그림처럼.

"무슨 일이시오?"

짐짓 퉁명스런 말투로 염중부는 물었다.

"방금 이곳에 누가 있었느냐?"

뚱뚱한 그림자가 묻는다. 염중부는 별것 아니라는 듯 대답했다.

"혁련가와 모용가의 아이들이 있었소이다."

"클클, 그럼 그놈들의 시체는 어디 있는 게냐?"

추궁하는 듯한 목소리. 철혈사왕 염중부의 절기, 적사강림(赤蛇降臨)의 흔적이 완연한 곳에 아무런 피해가 없는 이유가 무엇이냐고 묻는 것이다.

"본디 상처 입은 짐승을 쫓는 것이 더 재미있는 법이 아니겠소이까?"

염중부가 비릿한 웃음을 지으며 말한다. 그의 말에 뚱뚱한 그림자가 킁킁 냄새를 맡는다. 과연 염중부의 말대로 주위를 떠도는 비릿한 피 냄새가 느껴졌다.

"헌데 무슨 일이시오? 두 분께서는 창룡검주인가 하는 애송이를 찾으러 가지 않으셨소?"

"그건 네 알 바가 아니다."

뚱뚱한 그림자가 퉁명스럽게 대답했다.

"너는 어서 도련님의 명을 거행하지 않고 무엇 하는 게냐?"

"두 분께서 불러 세우지만 않았어도 벌써 그리하고 있었을 것이외다."

염중부는 짐짓 투덜거리듯 말했다. 순간 운현이 사라진 쪽으로 따라갈까 하는 생각이 들었지만, 너무 위험부담이 컸다. 저 눈치 빠른 삼태상이 무언가 눈치챌지도 모르니까.

자연스럽게 고개를 돌리며 염중부는 운현이 사라진 쪽을 흘깃 쳐다보았다. 그리고 아무렇지도 않게 땅을 박차고 다시 몸을 날렸다. 모용세가와 혁련세가의 제자들이 사라진 쪽을 향해.

탓.

철혈사왕 염중부가 어둠 속으로 사라지자, 건장한 체구의 그림자가 나지막이 말했다.

"저놈의 말을 믿는 게냐?"

그들이 이곳으로 향한 것은 분명히 무언가가 느껴져서였다. 철혈사왕 염중부의 적사강림에 뒤이어, 잠깐 나타났다가 사라진 그 어떤 것. 지금 그것은 다시 사라져 버렸지만 적어도 이곳에서 멀지 않은 곳에 있다는 것만은 확실했다.

"클클, 물론 아니지. 워낙 심계가 뱀과 같은 놈이니…… 하지만."

뚱뚱한 그림자가 대답했다.

"덕분에 우리가 어디로 가야 하는지는 알 것 같구나. 클클클."

그는 고개를 돌렸다. 그의 시선은 정확히 운현이 사라진 쪽을 향해 있었다.

독고랑은 운현을 안은 채 무시무시한 속도로 질주하고 있었다. 운현의 양옆으로 검은 나무들이 채 보이기도 전에 휙휙 뒤로 지나가고, 귓가에는 바람이 소리를 낸다.

휙, 휘릭—

"철혈사왕이 따라올까요?"

독고랑이 운현에게 묻는다.

"문제는 삼태상입니다."

운현이 대답했다. 그리고 잠시 후, 운현은 말했다.

"틀렸습니다."

"네?"

독고랑의 반문에 운현이 눈살을 찌푸리며 말했다.

"그들이 이쪽으로 오고 있습니다."

'큭.'

독고랑은 이를 악물었다. 그리고 그렇지 않아도 전력으로 펼치고 있던 경공을 더욱 끌어올렸다.

촤악, 촤악.

자신이 제어할 수 없을 정도로 경공을 전개하자, 스쳐 지나가는 나뭇가지들을 피할 겨를도 없게 되었다.

날카로운 나뭇가지들은 무서운 속도로 독고랑을 스쳐 지나가며 몸 여기저기에 상처를 남긴다. 운현 역시 작은 상처들이 늘어나기 시작했다. 그러나 독고랑은 신경 쓰지 않았다.

'욧!'

독고랑의 시야에 어둠 사이로 보이는 불빛이 들어왔다. 바로 앞쪽이었다. 피해야 할까? 아니면 그대로 가야 할까? 불빛이라면 십중팔구 장강특무대일 가능성이 높았다. 그 사이, 불빛이 보이는 쪽에서 병장기 부딪히는 소리가 들려왔다.

'어쩌면…….'

피해가기도 이미 늦었다. 독고랑은 한 가닥 기대를 걸고 그대로 불빛을 향해 내달렸다.

파사삭.

수풀이 열리며 독고랑은 환한 빛 가운데 뛰어들었다. 그리고 그런 독고랑의 눈앞에 희디 흰 검날 하나가 짓쳐오고 있었다.

제2장
비무와 싸움

 단목세가의 제자들은 무림맹을 나온 직후부터 악몽과도 같은 시간을 보내야 했다. 예상하지 못했던 갑작스런 무림맹의 패배로, 그들은 상황을 제대로 파악할 겨를도 없이 무림맹을 포위한 적들을 뚫고 달려야만 했다.
 그들을 향해 쏟아지는 화살과 기마대의 추격. 단목세가는 적지 않은 희생을 치러가며 적들의 포위망을 뚫었다. 그러나 가장 지독한 악몽이 아직 그들을 기다리고 있었다.
 철혈사왕 염중부.
 마치 지옥의 사신과도 같은 그 이름이 그들 앞에 나타난 것이다. 그와 단목세가의 사이에는 특별한 은원이 없었음에도 철혈사왕 염중부는 단목세가의 가주에게 적사편을 휘둘렀다.

 승부는 오래 가지 않았다. 얼마간의 치열한 공방 후, 단목세가의 가주는 철혈사왕의 적사편에 치명적인 상처를 입었고 철혈사왕은 단목세가 가주의 생사에는 신경 쓰지 않은 채 또 다른 희생자를 찾아 떠났다. 그리고 그 뒤를 이어 장강특무대의 끈질긴 추격이 시작되었다.

 치명적인 부상을 입은 가주와 절망에 빠진 사제들. 단목세가의 단목기는 그들을 이끌고 악전고투 속에 생존을 위한 사투를 벌여야만 했다. 더구나 그들은 항주 주변 지역의 지리에 너무나 어두웠다.

 "네 이놈들!"

 후웅.

 단목세가의 대제자 단목기는 그의 검을 내지르며 일갈했다. 그 일갈만큼 그의 검에 담긴 내력도 웅후한 것이어서, 검은 무복의 장강특무대는 뒤로 물러설 수밖에 없었다.

 쉬익—

 "어딜!"

 자신을 향해 파고드는 검을 가볍게 막아내며 단목기는 날카롭게 검을 찔러갔다.

 "크윽."

 단목기의 검은 상대의 어깨를 사정없이 할퀴고 지나갔다.

그러나 승리도 잠시, 또 다른 검이 단목기를 향해 날아온다. 단목기는 검을 휘둘러 상대의 검을 막아내며 급히 뒤로 물러섰다.

카앙!

"이놈들……."

그는 이를 악물며 신음하듯 말했다. 일 대 일이라면 결코 밀릴 리가 없었지만 문제는 상대의 숫자였다.

자신들의 배를, 아니 서너 배를 훌쩍 넘는 저들의 숫자에는 아무리 단목세가의 대제자인 자신이라 해도 궁지에 몰릴 수밖에 없었다.

"아악!"

단목기는 급히 비명의 주인공을 향해 고개를 돌렸다. 그리고 그의 얼굴이 일그러졌다.

"사제!"

단목세가의 제자가 또 한 명 부상을 당한 것이다. 그리고 그를 향해 사정없이 떨어져 내리는 적의 검은 곧 사제의 목숨을 가져갈 것처럼 보였다.

타앙!

둔탁한 소리와 함께 적의 검은 진로를 바꿨다.

"파 대협!"

단목기가 반색하며 외쳤다.

"뒤로 물러나시오!"

파진한은 부상을 입은 단목세가의 제자를 뒤로 물러나게 하고 자신이 자리를 채웠다.

"고, 고맙습니다. 파 대협."

부상을 입은 단목세가의 제자는 파진한에게 인사를 하고는 급히 뒤로 물러나 지혈을 시작했다. 그 모습을 지켜보던 단목기는 안도의 한숨을 내쉬었다.

'후우. 남해검문을 만나지 못했다면 어찌되었을지.'

방향을 잃고 어둠 속을 헤매던 단목세가는 마침 비슷한 처지의 남해검문을 만나게 되었다. 그들 역시 철혈사왕 염중부의 손에 문주가 중한 부상을 입고 장강특무대에 쫓기고 있었다. 어쩌면 장강특무대는 그들을 몰아넣고 있었는지도 모른다.

어쨌든 두 가문은 항주 지역을 빠져나갈 때까지 함께 움직이기로 했다. 그것이 바로 얼마 전의 일이었다.

그리고 그들이 우려한 대로, 그들은 곧 자신들의 서너 배를 넘는 숫자의 장강특무대에 의해 포위당하게 된 것이다.

'이러다가는······.'

단목기는 초조한 눈빛으로 상황을 살폈다. 남해검문을 만나 위기는 모면했으나 상황은 좋지 않았다. 아니, 정확히 말하자면 절망적이기까지 했다.

아직까지는 장강특무대의 공격을 가까스로 막아내고 있었지만 문제는 숫자다. 자신들은 하나둘 수가 줄어드는데, 저들은 오히려 아까보다 수가 늘어난 듯하다.

쉬익—

단목기가 한눈을 팔 수 있는 시간은 길지 않았다. 자신을 향해 달려드는 또 하나의 검에 단목기는 급히 초식을 펼쳐냈다.

파사삭.

그 순간, 수풀을 헤치고 옆에서 누군가 튀어나왔다. 단목기는 반사적으로 그곳을 향해 검을 날렸다.

"하아!"

그의 검은 정체모를 난입자를 향해 똑바로 날아갔다. 그러나 수풀에서 튀어나온 그 난입자는 마치 거짓말처럼 가볍게 그의 검을 피했다. 그리고 그 난입자로부터 검광이 번뜩였다.

쉬릭.

"크악."

"크으."

두 개의 비명이 장강특무대로부터 터져 나왔다. 단목기와 장강특무대 사이에 끼어든 그 난입자의 검이, 순식간에 두 명의 장강특무대를 무력화시킨 것이다.

단목기가 얼떨떨해 있는 사이, 당면한 위협을 제거한 난입자는 몸을 세웠다.

'두 사람?'

난입자는 두 사람이었다. 무복을 입은 무인과 문사 차림의 또 다른 한 명. 그의 검을 피하고 장강특무대를 해치운 사람은 그 중 무인으로 보이는 사람이었다. 그 무인은 주위를 휙 둘러

보며 상황을 파악했다. 그리고 낭패한 듯 눈살을 찌푸리며 이를 악물었다.

"아니로군."

난입자들을 발견한 것은 단목기만이 아니었다. 갑작스런 그들의 난입에 소강상태가 찾아들었다. 쫓기던 자들도, 쫓던 자들도 갑자기 나타난 그들을 경계했다.

그러나 정작 난입자들은 그들이 반응에는 전혀 신경 쓰지 않았다. 두 사람 중 무인으로 보이는 사람이 상황을 확인하고는 착잡한 표정으로 이렇게 말했을 뿐이다.

"죄송합니다. 소림이 아니었습니다."

"신경 쓰지 마십시오. 대협의 잘못이 아닙니다."

마치 이곳이 격전의 한복판이라는 것을 잊은 듯한 두 사람의 태도. 모두의 이목이 두 사람을 향해 있는데, 문득 누군가의 목소리가 울려나왔다.

"운 오라버니?"

조용해진 주위 탓인지 그녀의 목소리는 유난히 크게 들렸다. 여자의 목소리라면 그들 중에는 한 사람밖에 없다.

'황보 소저?'

단목기는 그것이 황보선혜의 목소리라는 것을 알아차렸다. 뒤에서 부상당한 문주를 돌보던 그녀가 난입자 중 한 명을 알아본 것이다. 그리고 뒤이어 파진한 역시 운현을 알아보았다.

"운 학사님!"

용봉지회에서 헤어진 이후, 파진한과의 첫 만남이다. 파진한에게는 운 학사라는 호칭이 더 익숙했다.

"황보 소저, 그리고 파 대협."

운현은 두 사람을 쳐다보며 말했다. 그의 얼굴은 씁쓸했다.

"인사를 나누기에는 아주 좋지 않은 상황이군요."

"클클. 뭐가 좋지 않다는 것이냐?"

허공에서 들려오는 새로운 목소리에 사람들의 시선이 일제히 위로 향한다.

"아주 좋은 기회지 않느냐?"

푸른 달빛 아래, 까마득한 나무 위에 두 개의 그림자가 둥실 떠올라 있었다. 그 중 뚱뚱한 그림자가 말했다.

"작별인사를 나누기에는 말이다."

처음 보는 인물들이었지만 운현은 그들이 누구인지 알아차릴 수 있었다. 멀리서도 분명히 알아볼 수 있었던 그들만의 독특한 기운. 운현은 나지막이 중얼거렸다.

"삼태상……."

독선(毒仙)이 굳이 피하기를 당부했던 바로 그들이, 지금 운현의 눈앞에 나타난 것이다. 뚱뚱한 그림자는 아래를 내려다보더니 혀를 찼다.

"쯧. 너희들은 그만 물러나 있거라."

어수선한 모습이 그의 심기를 거스른 것일까? 아니면 혼란스러운 상황이 방해가 된다고 생각한 것일까? 뚱뚱한 그림자가 마뜩찮은 듯 내뱉은 한 마디에, 수십에 이르던 장강특무대가 즉시 물러났다.

그들은 순식간에 검을 거두더니 천천히 뒤로 물러나서는 아예 어둠 속으로 사라져 간다. 그와 함께 주위를 밝히던 환한 횃불들도 사라지고, 남은 것은 죽은 장강특무대의 시체들과 바닥에 떨어진 몇 안 되는 횃불들뿐이다.

"이, 이게 대체……."

갑작스러운 변화에 단목기가 당황해하는데, 운현의 목소리가 나지막이 들려왔다.

"여러분도 피하시는 것이 좋겠습니다."

"허, 허나……."

단목기는 주저했다. 갑작스러운 두 사람의 난입, 그리고 일견하기에도 범상치 않아 보이는 또 다른 두 사람. 그의 말 한마디에 물러난 장강특무대. 이 모든 것이 갑작스럽게 일어난 일이기에 그로서는 정확한 상황 판단을 내리기가 쉽지 않았다.

"하지만 저들이……."

단목기가 시선을 던진 곳은 두 개의 그림자, 삼태상 쪽이다. 운현은 나지막이 말했다.

"저들은 상관하지 않을 것입니다."

정말일까? 단목기는 잠시 갈등했다. 그러나 결정은 어렵지 않았다.

"알았소."

단목기는 고개를 끄덕였다. 낯선 운현의 말이었지만, 파진한과 황보선혜가 그를 아는 듯하니 일단은 안심해도 될 듯했다. 그리고 무엇이 어찌되었건 간에, 이 자리를 떠나야 한다는 것은 너무나 명백하지 않은가?

"운 학사님."

파진한이 착잡한 표정으로 말했다. 운현이 창룡검주라는 것을 알고 난 후, 어떻게든 그를 다시 만나고자 했던 파진한이다. 이런 상황에서 운현을 남겨두고 자신들만 피한다는 것이 흔쾌할 리가 없다.

그런 파진한의 뒤에서 황보선혜의 나지막한 목소리가 들려왔다.

"가야 해요."

파진한은 황보선혜를 돌아보았다. 그녀의 심각한 표정은 문주의 상세가 더욱 위중해졌다는 것을 말하고 있었다.

"알았습니다."

운현을 향해 파진한은 말했다. 그리고 짤막하게 이렇게 덧붙였다.

"꼭 살아남으셔야 합니다."

운현이 고개를 끄덕이자, 파진한은 제자들을 향해 나지막이 말했다.

"가자!"

휘릭.

비무와 싸움 55

파진한은 전혀 망설임 없이 등을 돌리고 경공을 펼쳤다. 저들이 공격하지 않을 것이라는 운현의 말을 전적으로 신뢰하는 것이다.

휘릭, 휙.

남해검문의 제자들이 파진한과 함께 어둠 속으로 몸을 감추기 시작하자, 단목세가의 단목기도 급히 사제들에게 말했다.

"가자!"

그리고 단목기는 운현을 돌아보며 말했다.

"감사하오."

탓.

그 말을 끝으로, 단목세가의 제자들도 어둠 속으로 모습을 감췄다. 이제 이곳에 남아 있는 것은 운현과 독고랑, 그리고 나무 꼭대기에 여전히 그 그림자를 띄우고 있는 삼태상뿐이었다.

*　　*　　*

타닥, 팟.

어두운 숲속을 내달리며, 단목기는 방금 만났던 인물에 대한 궁금증을 참을 수 없었다. 그는 일단 가주의 안전을 확인한 후, 혹시나 하는 마음으로 파진한에게 가까이 접근해 갔다.

휘릭.

파진한 역시 어두운 숲속을 내달리는 중이었다. 단목기는 그의 옆으로 다가가 파진한과 어깨를 나란히 했다.

"아까 그는 누구요?"

단목기가 물었지만 파진한은 굳은 얼굴로 침묵을 지켰다. 대답 없는 그의 반응에 단목기가 다시 한 번 물어보려는 순간, 뒤쪽에서 황보선혜의 목소리가 들려왔다.

"그는 신승 불영의 사제에요."

"아!"

단목기가 그제서야 알았다는 표정을 지었다. 신승 불영의 사제라면 그 운 서기라 하는 인물이 아니었던가?

어쩐지 어디선가 본 듯하다고 생각했더니 바로 그 운 서기였던 것이다.

"무림맹이 이번 싸움에서 지게 될 것이라고 경고했던 사람이기도 하지요."

황보선혜는 덧붙였다.

"비록 단목세가에서는 그다지 중요하게 취급하지 않았던 모양이지만요."

"크흠."

단목기는 헛기침을 했다. 그의 경고를 듣지 못한 바는 아니다. 하지만 당연히 그렇듯 단목세가는 그의 경고를 무시했다.

당시에는 무림맹의 다른 문파들 역시 그러했다고 생각했는데, 지나고 생각해 보니 그렇지만도 않았던 듯하다. 무림맹의 패배에 대해 사실상 아무런 준비가 없었던 것은 단목세가만이 아니었을까?

"그리고……."

이어지는 황보선혜의 나지막한 목소리에 단목기는 귀를 기울였다. 문득 아까 황보선혜가 그를 '오라버니'라 부른 것이 생각난 탓이다.

'특별한 관계일까?'

단목기는 은근히 신경을 쓰며 황보선혜의 말을 기다렸다.

"창룡검주라 하는 분이기도 하지요."

황보선혜의 입가에는 살짝 미소가 걸렸지만, 단목기는 어리둥절한 심정이 되었다.

'창룡검주?'

전혀 들어보지 못한 이름이었다. 그러나 황보선혜나 파진한의 눈치를 보아하니 이미 알고 있다는 표정이지 않는가?

'우리는…… 아직 멀었군.'

단목기는 자조적인 심정으로 생각했다. 드디어 무림맹 십팔대 문파에 이름을 올렸다고 생각했는데, 사실은 그들과 어깨를 나란히 한 것이 아니었다. 같은 신흥 오대문파라 불리던 남해검문조차 이렇게 자신들이 모르는 많은 것을 알고 있지 않은가?

탓.

침통한 표정으로 단목기는 묵묵히 경공을 펼쳤다. 그리고 그의 옆에서 파진한 역시 굳은 얼굴로 어둠 속을 내달리고 있었다. 그리고 잠시 후 그들은 뒤쪽, 즉 방금 그들이 떠나온 쪽에서 은은한 충격음이 전해오는 것을 들을 수 있었다.

*   *   *

뚱뚱하고 흰 수염을 기른 노인의 공세는 갑작스러웠다. 운현을 향해 가볍게 떨어져 내린 그는, 말이 필요 없다는 듯 다짜고짜 손을 뻗어왔다. 뚱뚱해 보이는 덩치에 상상하기 힘든 빠르기는 독고랑이 막을 틈조차 주지 않았다.

카앙!

그러나 운현 역시 그냥 있지만은 않았다. 노인의 손이 가 닿는 곳에 어느새 운현의 검, 미명이 자리 잡고 있었던 것이다. 검과 맨손이 부딪혔음에도 불구하고 커다란 충격음이 울려 퍼졌다. 그렇게 두 사람의 격돌은 갑작스럽게 시작되었다.

"놈! 역시 네가 창룡검주라는 놈이구나."

뚱뚱한 노인, 인태상(人太上)은 커다란 몸을 크게 비틀며 외쳤다. 그의 커다란 몸이 마치 가벼운 공처럼 이리저리 움직인다.

"어허, 이놈이 아주 무례하구나. 어른에게 인사도 않고!"

콰아아.

연방 떠들어대는 와중에도 그의 손은 쉬지 않고 운현을 향한 공세를 펼쳐갔다. 그는 강맹한 공세를 현란하게 날려대며 사방팔방에서 운현을 압박했다. 그러나 운현은 묵묵히 그의 검 미명을 휘둘러 갈 뿐 대답하지 않았다.
"클클, 할 줄 아는 것이 그것뿐이더냐? 어디 더 보여 봐라. 어린놈아."
퍼엉.
미명이 지나가는 곳마다 공세가 흐트러지고 인태상의 손이 가로막힌다. 그러나 인태상은 조금도 인상을 찌푸리지 않았다. 오히려 신난다는 듯 더 열심히 떠들어댄다.
"아이쿠. 이놈이 아주 성격 까칠한 놈일세 이거."
마치 장난치듯 웃으며 말하는 그의 목소리. 그러나 그의 손짓에는 섬뜩한 죽음의 그림자가 뚜렷이 담겨 있었다.

격전이 시작되자 독고랑은 한쪽 옆으로 비켜서서 운현과 뚱뚱한 노인의 싸움을 지켜보고 있었다. 마음 같아서는 당장이라도 뛰어들고 싶었지만, 자신이 나설 만한 자리가 아니었다. 독고랑의 눈으로는 두 사람의 움직임을 지켜보는 것만으로도 벅찰 정도였으니까.
쿠웅!
또 한 차례의 묵직한 충격음이 주위를 뒤흔든다. 노인의 손과 운현의 검이 또 한 번 격돌한 것이다.
"네 이놈! 이런 재주는 어디서 배웠더냐!"
뚱뚱한 노인은 몸을 날리며 외쳤다. 그는 처음부터 쉬지 않고 계속 떠들고 있어서 마치 수다쟁이 노인네를 연상케 했다.

하지만 그의 손에서 내뿜어지는 기세는 결코 그가 말뿐인 노인네가 아님을 증명하고 있었다.

"클, 좋구나! 요즘 몸이 찌뿌드드했는데 아주 잘됐다."

쉬지 않고 내뱉어지는 그의 목소리. 독고랑은 눈살을 찌푸렸다.

'음공(音功)……'

그가 그저 떠들고 있는 것은 아니었다. 쉬지 않고 떠드는 그의 목소리는 이상하리만치 귀를 쨍쨍하게 울려왔다. 독고랑마저 은근히 머리가 지끈거리는 느낌을 받을 정도이니, 아마도 바로 귓전에서 듣고 있는 운현은 그보다 더 심한 영향을 받고 있을 것이다.

"크하하! 이놈아! 좀 더 정신 차리지 못하겠느냐!"

노인네는 쉬지 않고 떠들어대며, 그 뚱뚱한 덩치에 걸맞지 않게 재빠른 몸놀림으로 운현의 틈을 뚫고 파고들려 하고 있었다. 특별한 무공이라도 익혔는지, 그의 맨손이 운현의 검과 닿을 때마다 마치 쇳덩이에 부딪힌 것 같은 소리를 낸다.

따앙.

또 한 번의 격돌. 운현은 침착하게 검을 휘둘러 그의 접근을 막고 있었다.

독고랑의 눈으로도 간신히 따라가는 그 뚱뚱한 노인네의 움직임을 운현은 한 순간도 놓치지 않고 있었다.

"이놈아! 이건 어떠냐!"

인태상은 신난다는 듯 손을 휘둘렀다.

 뚱뚱한 노인, 인태상(人太上)은 마치 장난이라도 치는 것처럼 외쳤지만 운현이 생각 외로 틈을 내주지 않자 내심 초조함을 느꼈다. 그래서 그는 아직도 나무 위에서 지켜보고 있던 그의 친우에게 전음을 날렸다.
 『이 미친놈아! 어서 합세하지 않고 뭘 하는 게냐!』
 그의 친우, 검옹(劍翁) 지태상(地太上)은 대답하지 않았다. 인태상은 다시 전음을 날렸다.
 『이놈아! 이 아이의 검이 그리 재미있어 보이면 이리 내려와서 직접 볼 일이지, 그 위에서 무얼 한다고 서 있는 게냐? 네 놈은 날 이 지경으로 몰아야 속이 시원한 게냐?』
 그의 말이 옳았다. 지태상(地太上)은 자신이 움직여야 한다는 것에 동의했다. 운현이 보여주는 검로(劍路)는 대단히 흥미롭고 또한 독특한 것이었지만, 언제까지나 그의 검을 관찰하고 있을 만한 상황이 아니었다. 인태상의 산발적이고 혼란한 공격으로는, 운현의 검로를 벗어나지 못하는 것이 확실했기 때문이다.
 지태상은 운현의 검을 깰 방법을 생각했다. 그리고 그가 내린 결론은 압도적인 내력을 바탕으로 한 공격이었다. 운현의 독특한 검로를 뚫자면, 그것을 부수는 것이 가장 간단하다. 그는 즉시 그것을 실행으로 옮겼다.

툭.

나무 끝에 서 있던 지태상의 몸이 슬쩍 앞으로 움직이는 것과 함께 그의 몸은 지상을 향해 일직선으로 내리꽂히기 시작했다.

쉬이익—

뚱뚱한 체구의 노인을 상대하던 운현은 머리 위로 떨어져 내리는 날카로운 공세를 알아차렸다. 운현은 지체 없이 자신의 검, 미명을 끌어당겨 그대로 아래에서 위로 올려 그었다. 땅을 향하고 있던 미명의 검 끝이 마치 깃발처럼 하늘을 우러른다.

쉬익!

쩡!

마치 두꺼운 얼음이 깨지는 듯한 소리가 울려 퍼졌다. 그리고 인태상은 한순간 숨을 멈췄다. 그 지독한 검광(劍狂), 지태상의 검 끝이 운현의 검 끝과 정확히 맞닿아 있었던 것이다.

'이, 이놈.'

오싹한 느낌과 함께, 그 순간 인태상은 확신했다. 이놈은 결코 자신들이 곱게 사로잡아 갈 만한 상대가 아니라는 것을.

한순간 경악을 느낀 것은 인태상만이 아니었다. 운현의 검이 독특한 기교라 생각했던 지태상은 자신의 검이 정면에서 가로막히자 놀라움을 금할 수 없었다.

아무리 보기에도 청년에 불과한 그가 이런 내력을 지니고 있다는 것을 이해할 수 없었기 때문이다. 거기다 운현의 검이 자신의 검 끝을 정확히 가로막은 것을 보면, 그의 검로(劍路)는 막강한 내력을 확실히 아우르고 있다는 뜻이 아닌가?

지태상은 자신의 판단이 섣불렀다는 것을 인정했다. 그리고 즉시 자신의 전력을 다해 운현을 상대하기 시작했다. 그리고 그것은 인태상 역시 마찬가지여서, 세 사람의 싸움은 더욱 격렬해져 가고만 있었다.

쿵, 쿠웅!

대지를 울리는 충격음이 연이어 터져 나오기 시작했다.

'놀랍군.'

지태상의 검을 가로막으며 놀란 것은 운현 역시 마찬가지였다. 운현이 펼쳐낸 것은 북해에서 얻은 북해의 검. 설령 암천무제라 하더라도 그 검을 견디지는 못할 것이라 생각해 왔던 운현이었다. 그런데 저 건장한 체구의 노인은 그것을 정면으로 받아낸 것이다.

'역시.'

독선이 피하라고 당부할 정도라는 생각이 들었다. 그러나 또 한편으로는 고개가 갸웃거려지는 일이기도 했다. 철혈사왕 염중부와 독선이 채 십여 초를 받아내지 못했다고 했다. 그런데 운현은 이들의 합공을 벌써 그보다 더 많이 받아내지 않았는가?

'역시, 삼태상은 본래 셋이었음이 틀림없군.'

어쩐 일인지는 몰라도 삼태상이 둘로 줄어 있다는 것은 기회임에 틀림없었다. 지금은 비록 운현이 두 사람의 공세를 받아내는 것만으로도 전력을 다하고 있다 해도 말이다.

'기다리면, 기회는 온다.'

운현은 이를 악물며 생각했다.

세 사람의 격전을 지켜보는 것은 독고랑 외에도 또 한 사람이 있었다. 그는 가능한 멀리 떨어진 곳에 몸을 숨긴 채, 그저 기척만으로 운현과 두 태상의 싸움을 지켜보고 있었다. 숲의 어두운 그늘 사이에 완벽하게 기척을 숨긴 그는 철혈사왕 염중부라는 이름을 가진 자였다.

'괴물 같은 놈.'

염중부는 싸움의 기척을 느끼는 데 온 신경을 집중하면서도 내심 혀를 내둘렀다.

'저 둘의 합공을 받으며 이렇게나 오래 버티고 있다니.'

자신이 패배한 것은 삼태상의 합공이다. 그러나 비록 상대가 둘뿐이라 해도 자신은 저들을 이길 자신이 없었다. 혹 동귀어진이라도 각오한다면 모를까.

그런데 운현은 저 둘을, 그것도 전력을 다하고 있는 것이 분명한 두 태상을 상대로 팽팽한 접전을 벌이고 있는 것이다.

'불영, 이놈……'

문득 염중부의 속에 치밀어 오르는 것은 불영에 대한 패배

감이다. 어느새 저런 놈을 키워냈는가 하는 생각과 함께, 이번에도 불영에게 지고 말았다는 생각이 들자 그의 얼굴은 자신도 모르게 한껏 일그러지고 있었다.

'그러나 두고 봐라.'

염중부는 불영에 대한 뿌리 깊은 분노와 함께 비장한 각오를 새기고 있었다. 반드시 삼태상의 족쇄를 끊고 불영을 이기고 말겠다는 각오를. 그리고 그것을 위해서는 저 창룡검주라는 녀석을 반드시 자신이 손에 쥐어야만 했다. 무슨 수를 써서든.

철혈사왕 염중부는 싸움의 향방을 파악하는 데 온 신경을 기울였다.

반 각을 훨씬 지나도록 싸움에 아무런 진전이 없자, 인태상은 점점 초조해지기 시작했다. 자신과 검옹 지태상이 전력을 다하는데도 싸움에 돌파구가 보이지 않았다.

「이놈아. 방법이 없느냐? 도련님께서 기다리시겠다.」

인태상은 초조한 마음에 지태상에게 전음을 날렸다. 그러나 지태상은 늘 그렇듯 묵묵부답이다.

쾅!

자신의 전력을 실어 날린 장력이 운현의 검에 방향을 바꾸자 인태상은 다시 전음으로 외쳤다.

「이놈아! 네놈 특기가 검 아니냐? 이놈의 이 검 좀 어떻게 못하겠느냐?」

『못한다.』

검옹 지태상으로부터 전음이 날아왔다. 그의 검이 운현의 검로에 막혀 헛되이 빈 공간을 가르고 지나간 다음이다.

『이 아이의 검로를 부수는 것은 나로서는 불가능하다.』

인태상은 또 한 번 놀랐다. 검옹 지태상으로부터 절대 들을 수 없을 것 같은 말을 들었기 때문이다.

『방법을 찾아야 한다면, 그것은 네가 해야만 한다.』

이어지는 지태상의 전음에 인태상은 문득 정신이 들었다. 검옹 지태상의 말대로였다. 방법은 자신이 찾아야 한다. 왜냐하면 자신이야말로 하늘을 속이는 만옹(瞞翁) 인태상(人太上)이 아니던가?

"클클, 이놈아. 이 짓도 이제 슬슬 질리지 않느냐?"

한동안 잠잠했던 인태상의 입이 다시 열렸다. 운현은 내심 의외라는 생각이 들었지만 경계를 늦추지는 않았다.

인태상은 갑자기 힘을 얻은 듯, 쉴 새 없이 지껄이며 이리저리 운현의 틈을 파고든다. 그러나 그의 공격은 한결 가벼워져 있었다.

'저 어린놈을 이용해 볼까?'

인태상의 눈에 문득 독고랑의 모습이 들어왔다. 그러나 인태상은 곧 고개를 저어 그 생각을 털어버렸다.

'놈, 어린 녀석이 눈매하고는.'

비단 날카로운 것만이 아니었다. 운현과 두 태상의 싸움을 지켜보는 독고랑의 그 눈은, 언제라도 죽을 자리만 주어진다면 주저 없이 뛰어들 것 같은 그런 눈이었다. 만일 그를 인질로 잡는다면, 서슴없이 스스로의 목을 그어버릴 기세를 가진 녀석이다.

"아이쿠, 이놈아. 살살해라!"

'가만있자. 그러고 보니……'

인태상은 휘릭 몸을 돌려 운현의 검을 흘려보내며 생각했다.

'아까 저 녀석이 이놈을 데리고 이곳까지 온 것 같은데……'

그것은 그들이 운현의 기척을 쉽게 알아차리지 못한 이유 중의 하나였다. 지금까지 운현은 자신의 기척을 결코 드러내지 않았던 것이다. 철혈사왕 염중부를 상대하기 전까지는.

'이 정도의 기세를 가진 놈이……'

지금 느껴지는 운현의 기세는 피부를 찌를 정도다. 처음부터 이런 기운을 내뿜었다면 아마 멀리서도 결코 놓치지 않았을 것이다.

'경공을 쓰지 않으려고 구태여 다른 놈의 힘을 빌린다?'

경공을 사용하면서도 기척을 줄일 수 있는 방법은 있었다. 특히나 운현 정도라면 불가능할 리가 없다.

'혹시 이거……'

인태상은 문득 한 가지 생각이 떠올랐다.

『검 늙은이야.』

검옹 지태상에게 인태상은 전음을 보냈다.

『저놈을 좀 흔들어 볼 수 있겠느냐? 이리저리 움직여야 할 정도로 말이다.』

『의미 없는 일이다.』

지태상은 인태상의 전음에 고개를 저었다.

『검로가 살아 있는데 몇 발짝 움직이든 움직이지 않든 그게 무슨 상관이겠느냐?』

『네 검으로 저놈을 움직이는 것도 못한다는 거냐?』

『저놈이 원하지 않는 한 불가능하다.』

인태상은 혀를 찼다. 결국 그런 방법으로는 자신의 의혹을 확인해 볼 수 없다는 뜻이다.

'어쩔 수 없지. 별로 내키지는 않지만……'

쿠웅!

운현의 검에 일부러 돌격을 시도한 인태상은 반탄력에 튕겨져 나가는 듯하면서 일부러 멀리 몸을 날렸다.

휘릭.

인태상이 내려선 곳은 아까의 격전으로 죽은 몇몇 장강특무대의 시체가 있는 곳이었다. 만옹 인태상은 발을 들어올렸다. 그리고 힘껏 걷어찼다.

퍼억.

둔탁한 소리와 함께, 그것은 운현에게로 곧장 날아갔다.

인태상이 무언가 일을 꾸미기 시작했다는 것은 이미 운현도 알고 있는 바였다. 갑작스럽게 원기를 회복한 그의 수다스러운 입과, 한결 가벼워진 그의 공격이 그것을 증명했다.

 인태상이 짐짓 멀리 내려섰을 때에도 운현은 그의 공격을 예상하고 있었다. 설령 어떠한 공격이라도 그의 검로는 분명히 그것을 흘려보낼 수 있었다. 그러나 인태상이 날려 보낸 것은 그의 예상을 초월하는 것이었다.

 '헉.'

 운현은 경악했다. 피하고자 했지만 이미 늦었다. 운현의 검은 가차 없이 '그것'을 갈라갔고, 운현은 순간적으로 눈을 질끈 감을 수밖에 없었다.

 촤아악.

 뜨거운 붉은 피가 사방으로 쏟아지고, 운현은 쏟아지는 그 피를 그대로 덮어썼다.

 "으하하하하."

 인태상의 웃음소리가 쩌렁쩌렁 울려 퍼졌다.

 "이놈! 이제 보니 겉만 번지르르한 헛것이었구나! 으하하하."

 만웅 인태상은 운현을 손가락질하며 마음껏 웃어제꼈다.

 순식간에 피로 물든 운현의 얼굴. 운현은 얼굴을 닦을 생각도 하지 못한 채 눈살을 찌푸렸다. 저들이 드디어 자신의 약점을 알아낸 것이다. 운현이 자신 있는 것은 비무였지, 싸움이 아니었다. 그리고 싸움의 양상은 그 이후부터 완전히 바뀌었다.

"이놈! 네 검이 뼈와 살을 가를 때 느낌이 어떠하더냐? 엉?"

인태상의 목소리는 특유의 음공을 실은 채 쩌렁쩌렁 울렸다. 그때마다 운현은 이를 악물어야 했다. 입으로 흘러 들어오는 피와 눈썹에 들러붙은 핏덩어리들이 자꾸만 집중을 방해했다.

"오싹하더냐? 무섭더냐?"

쾅!

여전히 운현은 두 태상의 공격을 버텨내고 있었지만 열세는 확연했다. 시간이 지날수록 운현은 그들의 공세를 힘겹게 받아 넘겨가고 있었다.

"아니면 짜릿하더냐? 으하하하."

쉬지 않고 쏟아지는 인태상의 말은 운현에게 끔찍한 기억을 되살렸다. 그리고 그와 함께 무림맹 누각에서 보았던 그 잔혹한 광경을 다시 떠올리게 했다. 흑창기마대의 말발굽 아래 무참히 부서져 나가던 사람들의 그 처참한 모습들을.

'욱.'

문득 욕지기가 치솟았다. 그리고 그 한순간, 물 흐르듯 흐르던 운현의 검은 찰라지간 검로를 놓칠 수밖에 없었다. 어차피 빠르든 늦든 찾아왔을 단 한 번의 실수. 그 단 한 번의 실수가 싸움의 승부를 결정지었다.

쉬릭.

운현의 검로가 멈칫한 사이로 인태상의 뚱뚱한 체구가 바람처럼 흘러 들어왔다. 그리고 그는 미소를 지으며 운현의 귓가에 이렇게 속삭였다.

"잡았다."

콰앙!

머릿속에서 울리는 엄청난 충격과 함께 운현의 눈앞에서 세상이 그대로 무너지고 있었다. 만옹 인태상의 일권(一拳)이 운현의 하복부를 거침없이 유린하고 있었던 것이다.

"으아아아!"

엄청난 고통과 함께 세상이 조각조각 무너지고 있었다. 운현은 비명을 질렀다. 그러나 그의 귀에는 아무것도 들리지 않았다.

"꼭 그리해야 했는가?"

검웅 지태상은 눈살을 찌푸리며 말했다. 그러나 만웅 인태상은 오히려 지태상에게 핀잔을 줬다.

"이렇게라도 기를 꺾어놓지 않으면 어찌 이놈을 도련님께 데려간단 말이냐?"

인태상은 쓰러진 운현을 내려다보며 혀를 내둘렀다.

"괴물 같은 놈."

"단전을 부쉈나?"

지태상이 운현을 내려다보며 말한다.

"왜? 아쉽냐? 다시 붙어보기라도 하려구?"

인태상의 핀잔에도 불구하고 검옹 지태상은 착잡한 표정으로 운현을 내려다본다. 그로서는 이런 방법이 마음에 들지 않았다.

그리고 이렇게 승부가 끝나는 것도 그가 원하는 바가 아니었다. 만일 문왕의, 도련님의 명이 아니었다면 자신이 나서서라도 인태상의 행동을 막았을 것이다.

지태상의 그런 모습은 인태상에게 슬며시 가책이 들게 했다. 인태상은 눈살을 찌푸리며 말했다.

"에잉, 성격하고는……. 이걸 봐라, 이놈아!"

인태상이 내민 것은 자신의 오른손이었다. 지태상은 그의 손에서 느껴지는 기운을 알아보았다.

"한기(寒氣)?"

"그래, 이놈아."

인태상은 인상을 쓰며 투덜거렸다.

"부서져? 암, 부서졌겠지. 다른 놈이라면 말이다."

지긋지긋하다는 표정으로 인태상은 고개를 저었다.

"이놈 단전에다가 있는 대로 내력을 때려 박았다. 아주 박살을 내려고. 그랬더니 어땠는지 아느냐? 마치 얼음 구덩이 속에 손을 담근 것 같더라, 이놈아."

"한기라? 빙한기공인가?"

아직도 한기가 가시지 않은 주먹을 쥐었다 폈다 하며 인태상은 말했다.

"이놈 단전이 부서졌는지 아니 부서졌는지는 두고 봐야 알 거다. 하지만, 나라면 다시 이놈을 깨우진 않을 거다."

지태상은 인태상의 말에 무언가 짚이는 것이 있었다. 그의 첫 검을 막아냈던 운현의 검. 그 기세에서 느껴졌던 엄청난 내력의 근원이 혹 빙한기공이었을까?

"어쨌거나 이제 이놈을 도련님께 데리고 가야겠다."

인태상은 발로 쓰러진 운현을 툭 쳤다. 그러자 죽은 듯 쓰러져 있던 운현이 움직임을 보인다.

"ㅇㅇㅇ."

운현의 입에서 흘러나오는 신음에 인태상은 질렸다는 듯 말했다.

"어이쿠, 이놈 보게. 벌써 정신을 차릴려구?"

인태상은 혀를 내둘렀다.

"단전이 아니라 아예 아랫배에 구멍을 뚫어놔도 아주 팔팔하겠구나. 어이구, 이 괴물 같은 놈."

탄식하듯 투덜거리던 인태상은 문득 자신들을 향한 강렬한 시선 하나를 알아차렸다.

"얼씨구. 저놈은 또 왜 여태 저러구 서 있누."

시선의 주인공은 독고랑이었다. 인태상은 손을 내저으며 말했다.

"이놈아! 넌 쓸데없으니 어서 꺼지거라. 어서! 안 그러면 네 놈도 콱 죽여 버리고 말테니까!"

말은 그렇게 했지만 만옹 인태상도, 검옹 지태상도 손을 쓸 마음은 없었다.

그것은 운현과의 싸움을 끝낸 직후에 찾아오는 일종의 허탈감 같은 것이었다. 이제 그들의 일은 끝난 것이다. 그러나 독고랑에게는 이제부터가 시작이었다.

운현이 인태상의 일권(一拳)에 정신을 잃을 때, 아니 수세에 몰리기 시작하던 그 이전부터 독고랑은 자신의 행동을 결정해 놓고 있었다.

그는 언제라도 저 두 태상의 공세에 자신을 던질 준비가 되어 있었다. 비록 그것이 아무런 결과도 가져오지 못하는 무의미한 행동이라 해도.

그러나 독고랑은 아직 자리를 지키고 있었다. 그것은 어느 순간 그에게 날아온 한 줄기의 전음 때문이었다. 그 전음의 주인공을 확인한 순간 독고랑은 모든 행동을 멈췄다.

눈앞에서 운현이 쓰러지고 있었지만, 그 모습을 그저 지켜보아야만 한다는 것까지 그는 감내해내었다. 저들이 쓰러진 운현을 발로 툭툭 차고 있었어도 독고랑은 침묵했다. 자신이 반드시 해야 하는 단 한순간의 행동을 위해.

"어서 꺼지라니까!"

인태상의 고함소리에 반응한 것은 독고랑이 아니었다.

"헐."

문득 들려오는 짧은 웃음소리에 인태상과 지태상의 표정이 변했다. 지태상은 굳은 얼굴로 고개를 돌려 웃음소리의 주인공을 바라보았다. 인태상은 일그러진 얼굴로 나지막이 중얼거린다.

"쯧. 이런……."

그것은 분명한 실수였다. 전력을 다한 싸움 끝에 오는 허탈감. 그것이 그들의 경계 태세를 허술하게 했다.

그리고 그 허술해진 틈으로 가장 골치 아픈 상대가 나타난 것이다.

"꺼질 때 꺼지더라도, 받을 것은 받아야 갈 게 아닌가. 헐헐."

느긋하게 너털웃음을 터트리는 장난기 가득한 늙은 승려의 모습. 그는 바로 신승 불영이었다.

"신승……."

무림맹을 상대하며 반드시 염두에 두어야 할 이름. 그 이름을 중얼거리며 만웅 인태상은 철혈사왕 염중부의 말을 떠올렸다.

"불영 말씀이시오?"
철혈사왕 염중부는 문왕의 질문에 그렇게 대답했다.
"글쎄, 그 늙은이가 왜 신승으로 불리는지는 나도 모르겠소. 무공이 높은 경지에 올랐다는 것인지, 아니면 계략이 깊다는 것인지……. 적어도 그의 불법이 부처의 경지

항주 탈출 79

에 이르렀다 하여 생긴 말은 아닌 게 확실하오."

염중부는 어깨를 으쓱하고는 말을 이었다.

"불영을 상대할 때 가장 까다로운 것은, 특별히 따로 조심해야 할 것이 없다는 거요. 소위 백보신권이 불영의 절기라고 하지만, 정사대전 때 백보신권을 펼친 건 기껏 두 번 정도에 불과하오. 사실 불영의 절기가 무엇인지 아는 사람은 아무도 없을 게요."

"흠, 그러니까 자신의 패를 절대 보여주지 않는 상대라는 것이군."

문왕의 말에 염중부는 고개를 저었다.

"보여주긴 하는데, 아주 절묘하게 허실을 섞는다는데 그의 무서움이 있소이다. 문제는 그 허실을 분간할 수가 없다는 것이지. 분명히 허초인데 승부수가 되기도 하고, 분명히 승부수라고 생각했는데 사실은 다음 수를 위한 양동에 불과하기도 하고 말이오."

씁쓸한 표정으로 염중부는 자조적인 미소를 지었다.

"모르겠소이다. 어쩌면 내가 이리 생각하는 것 자체가 불영의 술수에 걸려든 것인지도……."

불영을 발견한 순간, 인태상은 지태상에게 눈빛을 보냈다. 그러나 지태상에게 무어라 채 전음을 보내기도 전에 그는 화들짝 놀랐다.

'헉.'

엄청난 기세가 신승 불영의 앞에 모여들고 있었다.

"하아아아아."

마치 폭풍이라도 만난 듯 펄럭이는 불영의 가사, 그리고 그의 앞에 모여들고 있는 거대한 내기. 그것은 곧 한 줄기의 무시무시한 강기가 되어 두 태상을 향해 거침없이 쏘아져 갔다.

"타하!"

만옹 인태상도, 검옹 지태상도 처음 보는 이것이 무엇인지 순간적으로 알아차렸다.

아니, 몰라볼 수가 없었다. 바로 신승 불영의 절기, 백보신권(百步神拳)이었다.

'백보신권(百步神拳)!'

콰과과과곽!

백보신권의 공세가 두 태상을 향해 거침없이 쏘아져 갔다. 가로막는 모든 것을 가루로 만들 것 같은 놀라운 기세. 그러나 정작 만옹 인태상을 놀라게 한 것은 다른 것이었다.

"이놈아! 미쳤느냐!"

만옹 인태상은 급히 쓰러져 있는 운현에게 손을 뻗으며 소리쳤다.

그리고 운현을 잡아채자마자 지체 없이 몸을 날렸다. 왜냐하면 불영의 백보신권은 두 태상뿐 아니라 쓰러져 있는 운현까지 박살내 버릴 기세로 날아들고 있었기 때문이다.

"이 미친 늙은이가 앞뒤도 분간하지 못하는구나!"

백보신권의 궤도에서 벗어난 인태상이 화가 난다는 듯 소리쳤다. 그러나 그것은 성급한 판단이었다.

파아아아.

'으헉!'

만옹 인태상의 눈이 휘둥그레졌다. 놀란 것은 검옹 지태상 역시 마찬가지였다. 거침없이 날아오던 백보신권의 강기가, 그들의 앞에서 순간 다섯 가닥으로 분리된 것이다.

마치 본래 다섯 가닥이었던 것처럼 자연스럽게 흩어진 강기의 다발들이 만옹 인태상과 검옹 지태상을 향해 정확히 날아들고 있었다. 처음부터 그렇게 겨냥하여 쏘아졌다는 듯이.

'크윽.'

만옹 인태상은 불영의 공격을 피할 수가 없었다. 그는 급히 운현을 놓아버리고 내기를 운용하며 두 손을 교차시켜 공격을 막았다.

카아앙!

만옹 인태상의 바로 눈앞에서 일어난 커다란 충격음. 불영은 웃으며 중얼거렸다.

"헐헐, 어떠냐? 옥애발휘(玉靄發揮)의 맛이."

"이, 이 늙은이가……."

인태상은 이를 갈았다. 불영의 공세는 만옹 인태상을 놀라게는 했으되 그의 방어까지는 뚫지 못했다. 그러나 뒤통수를 한 방 맞은 것은 사실이었다. 왜냐하면 방금 자신이 놓아버린 운현이, 이미 독고랑의 품속에 들어가 있었기 때문이다.

그 혼란의 상황에서, 독고랑은 주저 없이 몸을 던졌다. 만일 그가 백보신권의 공세에 조금이라도 머뭇거렸다면 인태상이 불영의 공격을 막아내는 그 한순간을 틈타지 못했을 것이다.

비록 불영이 독고랑에게 '믿어도 좋다'고 말하기는 했으나, 독고랑은 백보신권의 그 무서운 기운이 마치 아예 보이지 않은 것처럼 행동했다. 그것은 그가 실제로 위험을 전혀 안중에도 두지 않았기 때문이었다. 그의 눈에는 오직 운현만이 보이고 있었다.

탓.

운현을 되찾은 독고랑은 그를 품에 안자마자 불영에게로 몸을 날렸다.

"도, 독고랑……."

품 안에서 운현의 목소리가 가늘게 들려온다. 이미 깨어나고 있던 그가 거듭되는 충격에 정신을 차린 것이다.

"운 대인."

푸른 달빛 아래 운현을 품 안에 안고 공중을 날아 내리며, 독고랑은 운현에게 웃어 보였다. 그리고 조용히 말했다. 마치 찻잔을 앞에 두고 서로 한담(閑談)을 하듯 그렇게.

"이제, 가셔야 할 시간입니다. 운 대인."

"네, 네 이놈……."

적의 난입을 허용하고, 예기치 못한 공격에 당황하여 애써 잡은 표적을 한순간에 그만 적의 손으로 넘기고 말았다. 두 태상으로는 치욕스러운 실수의 연속이었다. 그리고 만옹 인태상은 원한을 오래 묵히지 않는 성격이었다. 그는 즉시 땅을 박차고 독고랑을 향해 날아올랐다.

파앗!

"네 이놈!"

인태상의 손이 마치 갈퀴처럼 독고랑을 향해 뻗어갔다. 그리고 당연히 들어올 불영의 공세에 대비하여 인태상의 다른 한 손에는 은은히 내기가 실리고 있었다.

"가다니…… 대체……."

운현은 독고랑의 말을 이해하지 못했다. 정신을 차렸지만 아직 충격에서 완전히 회복되지 않은 듯 운현은 갈피를 못 잡고 있었다. 하지만 운현에게는 더 이상 시간이 주어지지 않았다.

파악!

독고랑은 운현을 힘껏 밀어냈다. 자신의 모든 힘을 다해서 전력으로.

'큭.'

정신이 혼미한 가운데 갑자기 세상이 빙글빙글 돌자 운현은 어지러움을 느꼈다. 몸이 공중에 붕 뜬 생소한 느낌은 운현의 혼란을 더욱 깊게 했다. 그리고 곧, 누군가가 자신을 받아들었다.

"어이차. 이놈 아주 묵직하구나. 헐헐."

귀에 익은 음성. 그는 신승 불영이었다.

타악.

불영은 운현을 받아들자마자 전력을 다해 경공을 펼쳤다. 그리고 그 순간 지태상의 검이 불영을 그대로 내려찍었다. 뒤따라 나선 지태상이 직접 불영을 공격한 것이다.

콰아앙!

그러나 지태상의 검은 머리카락 한 올 차이로 불영을 놓치고 말았다. 그들이 딛고 있던 대지가 엄청난 충격으로 크게 흔들린다.

"이놈들!"

만옹 인태상은 화가 머리끝까지 치밀어 올랐다. 당연히 독고랑이 운현을 들고 도주하고, 불영이 자신들을 막아설 것이라 생각했다.

그런데 불영은 막아서기는커녕 처음부터 전력으로 도주할 생각이었던 것이다. 그리고 운현을 드는 것은 당연히 독고랑이 아닌 불영이 맡을 몫이었다.

몇 번이고 계속되는 실수에 그는 정신을 차릴 수가 없었다. 알아차릴 수도 있었던 간단한 속임수를, 그리고 당연히 예상했어야 하는 것을 꿰뚫어보지 못했다는 생각이 그의 분노를 부채질했다.

그는 독고랑을 향해 쏘아가던 자신의 속도를 줄이지 않았다. 그리고 눈앞에 나타난 독고랑의 그림자에, 만옹 인태상은 자신의 분노를 담아 일권(一拳)을 내질렀다.

 퍼엉!

 분노가 담긴 인태상의 주먹은 무자비했다. 그 주먹은, 운현을 건네기 위해 일체의 방어를 도외시하고 있던 독고랑의 옆구리를 그대로 흔적도 없이 뭉개버리고 말았다.

 "크헉!"

 독고랑의 입에서 피가 터져 나왔다. 단 일 권(一拳)으로 독고랑의 눈은 초점을 잃었다. 그리고 그 모습은, 막 불영에게 안겨 이곳을 벗어나던 운현의 눈에도 똑똑히 들어왔다.

 마치 낙엽처럼 그대로 힘없이 땅으로 추락하는 독고랑의 모습이, 그리고 그 옆구리에서 피와 살이 쏟아지는 처참한 모습까지.

 "독고라아앙!"

 운현은 소리쳤다. 그러나 독고랑의 모습은, 마치 환상처럼 순식간에 사라져 버리고 말았다. 운현의 눈에 들어오는 것은 오직 화살처럼 쏘아져 지나가는 나무들의 어두운 그림자들뿐이었다.

 '독고랑······.'

 잠시 운현은 자신이 본 것이 환상이 아닌가 생각했다. 그러나 점차 그의 머리가 맑아지면서 방금 전에 있었던 일들이 조금씩 단편적으로 기억이 나기 시작했다.

 무림맹, 철혈사왕, 두 명의 태상, 그리고 피. 그와 함께 격렬

한 통증이 아랫배로부터 전해져 왔다.

"크으윽."

"헐, 이제 정신이 드는가 보구나."

귓가에 불영의 목소리가 들려왔다.

"어떠냐? 견딜 만하냐?"

운현은 고개를 돌려 불영을 바라보려 했지만 불영의 얼굴은 보이지 않았다. 다만 보이는 것은 그의 뒷모습뿐.

"도, 독고……."

입을 열었지만 목소리가 잘 나오지 않는다. 아까 자신이 질렀던 비명은 환상이었을까? 그러면 자신이 본 그 모습도 그저 악몽에 불과한 것이 아니었을까?

"그놈은 걱정하지 마라."

담담한 목소리로 불영은 말했다.

"자기 할 일을 했을 뿐이다."

불영의 말에서 운현은 자신이 본 것이 환상이 아님을 알았다. 악몽이 현실이 된 순간, 운현의 가슴이 덜컥 내려앉았다.

"도, 도, 돌아……."

"안 된다."

운현의 뒷말을 듣기도 전에, 불영은 단호히 말했다.

"도망가는 것만으로도, 이미 충분히 도박이다."

휙휙—

어두운 나무 그림자들이 어지러울 정도로 뒤로 사라지고 있었다. 그리고 곧 커다란 목소리가 뒤쪽에서 쩌렁쩌렁 울려 퍼졌다.

"네 이놈! 게 서지 못하겠느냐?"

인태상의 외침은 그저 말만이 아니었다. 곧 무시무시한 기운이 뒤에서부터 덮쳐오기 시작했다.

쾅!

방향은 정확했지만 불영의 경공은 그보다 더 절묘했다. 불영은 아슬아슬하게 공격을 피하면서 계속 직선거리를 똑바로 질주했다.

신승 불영이 이 정도의 경공을 구사한다는 것은 이제껏 전혀 알려지지 않은 바였다. 덕분에 두 태상과의 거리는 좀처럼 좁혀지지 않고 있었다.

"어, 어떻게 여기에……. 크윽."

아랫배로부터 치밀어 오르는 통증에 온몸이 경련을 일으키려 한다. 운현은 이를 악물며 참았다.

"헐, 나 말이냐?"

불영은 잠시 말을 멈췄다. 대답보다는 탈출할 방법을 궁리해내는 것이 그에게는 더 급한 일이었기 때문이다. 하지만 그는 다름 아닌 신승 불영, 한꺼번에 아홉 가지 생각을 할 수 있다는 괴승이었다.

"왜 왔겠느냐? 해탈하러 왔지."

이 다급한 와중에서도 불영의 말은 이해가 가지 않는 말들뿐이다.

"네놈 말이 맞다."

불영은 말했다.

콰앙!

운현의 뺨으로 커다란 폭음이 스쳐 지나간다. 부서져 날아 오르는 아름드리 나무들의 파편과 흙더미 속을 뚫고 불영은 어둠 속을 쉬지 않고 뻗어나갔다.

"내 아집과 집착은 모두 무림맹에 있었다."

휙휙—

귓가를 스치는 바람소리 속에서 불영의 목소리가 들려왔다.

"네놈이 무림맹으로 돌아오는 것을 보고 나는 생각했다. 저놈은 그래도 인간의 도리를 지키겠다고 꾸역꾸역 돌아오는데, 나는 무림맹을 끌어안고 대체 무엇을 하고 있는가 하고 말이다."

불영의 말에 운현은 오히려 심한 자책을 느꼈다. 지금 생각하면 자신이야말로 아집과 섣부른 교만으로 똘똘 뭉쳐 있었다. 목숨을 건다는 것이 무슨 뜻인지도 모르면서, 위험을 무릅쓴다는 것이 어떤 의미인지도 모르면서 자신의 고집대로 이곳으로 돌아오지 않았던가?

"저, 저는……."

"헐, 그렇게 생각하고 한 행동이 아니라 이 말이냐? 걱정 마라. 네놈이 그렇게 의도했건, 그렇지 않건 간에 나는 네 행동에서 내가 보아야 할 것을 보았을 뿐이니까."

불영은 웃었다.

휘릭.

운현의 몸이 심하게 흔들렸다. 불영이 갑자기 크게 방향을 꺾은 탓이다. 그리고 곧, 그들이 향하던 그 자리에서 커다란 폭음이 들려왔다.

콰아앙!

"나는 중이다. 무림맹이니 어쩌니 하기 이전에 나는 중이란 말이다."

불영의 목소리가 다시 이어졌다.

"그런데 내가 무림맹을 끌어안고 추잡한 짓을 하고 있었다. 마치 무림의 맹주라도 된 양 뒤에서 일을 꾸미고, 사람들을 조종하고, 그리고 너를 끌어들였다. 강호 무림을 위해서라는 미명 하에 말이다."

불영의 입가에 씨익 미소가 걸렸다.

"실은 앞으로 삼십 년간 네놈을 써먹을 계책도 이미 세워 뒀었느니라."

즐거운 눈빛으로 불영은 말했다. 물론 운현은 그의 눈빛을 볼 수는 없었지만, 그의 목소리에서 느껴지는 생동감은 분명히 알 수 있었다.

"아주 재미있었지. 네놈으로 이리저리 강호 무림을 그려 보는 것은 말이다. 어떤 여아(女兒)와 엮어볼까 하는 생각을 할 때에는 아주 흥미진진하기까지 하더구나. 헐헐헐."

불영의 웃음소리가 바람결에 실려 흘러간다.
"하지만, 재미있는 놀이도 끝낼 때가 있는 법이다."
어둠 속을 내달리며, 불영은 운현에게 그렇게 말했다.

*   *   *

불영을 뒤쫓는 만옹 인태상의 얼굴은 일그러져 있었다. 마음은 조급한데 생각처럼 불영을 따라잡을 수가 없다. 그의 경공이 이런 경지에 올라 있는 줄은 상상도 못했던 것이다.
'염가, 이 쓸데없는 놈.'
문득 철혈사왕 염중부에 대한 분노가 부글부글 끓어올랐다. 백보신권이 불영의 절기니 뭐니 하며 거창하게 늘어놓기만 하더니 정작 중요한 것에 대해서는 일언반구 없었다.
'돌아가면 내 이놈을…….'
하지만 지금은 그 일을 곱씹을 때가 아니다. 지금은 당장 눈앞에서 달아나고 있는 불영의 뒷목을 잡아채는 것이 더 급했다.
"검 늙은이야!"
만옹 인태상은 검옹 지태상을 불렀다.
"저놈을 어떻게 멈추게 할 수 없겠느냐?"
"쓸데없는 짓이다."
검옹 지태상의 대답은 간단했다. 그리고 만옹 인태상도 그의 말이 옳다는 것을 알고 있었다. 벌써 몇 번 공격해 보았지만 불영은 교묘하게 그들의 공세를 피해나갔다. 그리고 그때마다 거리는 점점 벌어지기만 하고 있지 않은가?

'젠장. 이럴 줄 알았다면…….'

만옹 인태상은 속이 탔다. 이런 식으로 계속 추격전이 길어지는 것은 좋지 않았다. 자신들은 이 부근의 지리에 어둡지 않은가?

반대로 상대는 이 부근의 지리를 손바닥같이 훤히 꿰고 있을 테고 말이다. 그리고 무엇보다 신경이 쓰이는 것은, 저 불영이라는 놈이 어떤 술수를 부릴지 알 수 없다는 것이다.

'좋지 않아.'

인태상은 자꾸만 불안한 생각이 드는 것을 어찌할 수 없었다. 이렇게 신경이 쓰이기 시작했다는 것이야말로 상대의 술수에 말려드는 것인지도 모른다.

만옹 인태상은 이를 악물었다. 여기서 저들을 놓치면 문왕을 볼 면목이 없다. 그리고 일대상인은 또다시 문왕에 대해 실망하게 될 것이다. 그것은 절대 있어서는 안 되는 일이었다. 다시 한 번 그를 실망시킬 수는 없었다.

"네 이노오옴!"

만옹 인태상은 울부짖듯 외쳤다.

*   *   *

항주를 빠져나가는 행렬은 이곳저곳 길목마다 산발적으로

뻗쳐 있었다. 처음에는 무림맹에서 일하던 일반 사람들과 부상자들로 시작되었던 이 줄은, 곧 두려움을 느낀 항주 사람들이 합류하며 행렬의 숫자와 길이를 길게 늘였다.

마치 전쟁을 방불케 하는 큰 싸움과 불타오르는 무림맹의 모습이 항주 사람들의 불안을 자극한 것이다. 거기에는 무림맹이 무너졌다는 도저히 믿기 힘든 사실이 가져온 공포도 큰 몫을 했다.

다행스러운 것은 무림맹을 공격한 자들이 이들에게는 아무런 신경도 쓰지 않았다는 것이다.

마치 잘 훈련된 군대처럼 그들은 자신들이 해야 할 일에만 집중했고, 덕분에 피난민들은 별다른 위험을 당하는 일 없이 항주를 빠져나가고 있었다. 다만 행렬 중간 중간에서 들려오는 부상자들의 신음소리만이 그들의 처량한 신세를 대변하고 있을 뿐이었다.

덜컹.

"으으으."

수레가 덜컹거리자 마치 짐짝처럼 눕혀져 있는 부상자들 사이에서 신음소리가 흘러나왔다. 그러나 사람들은 아무도 돌아보지 않았다. 고삐를 쥐고 있던 사람도 피로에 찌든 얼굴로 묵묵히 수레를 몰 뿐이다.

부상자들은 수레에 되는 대로 마구 실려 있어서 그저 간신히 숨을 쉬고 있을 정도였다. 혼잡한 통에 수레를 구하는 것만으로도 쉽지 않은 일인데다, 부상자들의 수가 적지 않았기 때문이다. 그들은 대부분 무림맹의 전열에 섰다가 큰 부상을 당했거나, 혹은 무림맹으로 날아든 불화살에 피해를 입은 사람들이었다.

그래도 신음이라도 낼 수 있는 사람들은 목숨을 건진 것만으로도 감사해야 할 것이다. 흑창기마대의 말발굽에 밟힌 채 아직 시신조차 수습하지 못한 사람들도 부지기수인 데다가, 같은 수레에 눕혀져 있는 사람들 중에는 이미 숨이 끊어진 사람들조차 있었으니까.

퍼엉!

문득 어디선가 들려오는 폭음 소리에 행렬을 이루고 있던 사람들은 화들짝 놀라며 걸음을 멈췄다.

너나 할 것 없이 어깨를 잔뜩 움츠린 채, 소리가 난 쪽을 두리번거리는 그들의 눈동자에는 두려움이 완연하다. 그러나 더 이상 이상한 소리도, 기척도 들리지 않자 행렬은 다시 천천히 움직이기 시작했다.

끼이익.

수레의 바퀴 축이 다시 소리를 내며 돌아가기 시작하고, 침묵 속에 행렬은 이어진다. 그리고 곧, 커다란 폭음이 행렬 한복판에서 터져 나왔다.

콰아앙!

"으아악!"

"히히히힝."

놀란 말들이 발을 치켜들고, 사람들은 혼비백산하여 흩어졌다. 행렬 한가운데를 직격한 그 폭음은 요란한 기세와 함께 사람들을 넘어뜨렸다. 하지만 그뿐, 엄청난 소리에 비해 파괴적인 힘은 없었다. 그러나 그것만으로도 행렬은 삽시간에 난장판이 되고 말았다.

불영이 사람들의 행렬 한복판으로 뛰어드는 것을 확인한 순간, 인태상은 눈살을 찌푸렸다. 그렇지 않아도 일그러져 있던 그의 이마에 더욱 주름이 깊어진다.

'놈!'

만옹 인태상은 순간적으로 파악했다. 불영이 자신들에게 쉽게 결정할 수 없는 선택을 강요하고 있다는 것을.

"어떡하겠느냐?"

불영이 행렬 중간에 큰 소란을 일으키고 즉시 다시 몸을 날리는 것을 보며 검옹 지태상이 묻는다.

부드득.

만옹 인태상은 이를 갈았다.

'저것들을 다 쓸어버려야 하나?'

생각만으로도 양손에 공력이 모여든다. 검옹 지태상이 그의 심경을 알아차렸다.

"아서라. 그러다 정말 그 어린놈이라도 섞여 있다면 어찌하느냐?"

문왕이 원한 것은 살아 있는 창룡검주다. 그러나 그렇다고 멈춰 서서 행렬을 조사할 수도 없는 일.

"저 늙은이가 아직 그놈을 들고 있는 게 확실한 게냐?"

"들고 있다. 그러나, 확인할 수는 없다."

불영이 일으킨 폭음은 그저 요란한 소리와 기세뿐이었다. 하지만 그 찰나의 순간, 불영의 행동을 두 태상은 파악할 수 없었다.

"혼자 쫓아가겠느냐?"

지태상의 말은 자신이 돌아가 행렬을 확인하겠다는 뜻이다. 인태상은 이를 악물었다. 한 명이 떨어져 나가면 추격이 더욱 힘들어질 것은 뻔한 일이다.

게다가 만일 불영이 또 이런 소란을 일으킨다면, 그때는 어쩔 것인가? 그때도 멈춰 서서 확인할 것인가? 그러면 정말 선택의 여지가 없어진다.

불영의 속셈은 분명했다. 그는 도박을 걸고 있는 것이다.

'놈!'

그들이 불영의 행동을 놓친 것은 그야말로 찰라였다. 게다가 자신들은 둘이 아닌가? 만일 불영이 도박을 걸 셈이라 해도 첫 번째는 절대 아니다.

불영이 도박을 건다면, 그것은 그들이 둘이 아닌 하나가 되었을 때다. 짧은 순간, 수많은 생각을 정리하던 만옹 인태상은 결론을 내렸다.

"안 돼."

만옹 인태상은 지태상에게 말하며 스스로의 마음을 다잡았다. 절대 불영의 술수에 흔들려서는 안된다. 확실해질 때까지 눈앞의 목표에만 집중해야 한다. 쓸데없는 갈등은 틈을 키울 뿐이다.

"네 녀석이 어디까지 도망갈 수 있는지, 한번 보자."

인태상은 이를 갈았다. 그는 반드시 불영을 잡으리라 결심했다. 설령 그가 소림사로 도망간다 해도, 아니 세상 끝까지 도망간다 할지라도 반드시 그를 잡아내고야 말 것이라고, 그는 그렇게 이를 악물었다. 그리고 그의 예상대로, 불영의 앞에는 또 다른 피난 행렬이 그 모습을 나타내고 있었다.

콰아앙!

항주를 빠져나가던 또 다른 피난 행렬은, 갑작스러운 폭음에 난장판이 되고 말았다.

'또 그 짓이냐!'

불영이 정확히 자신의 예측대로 행동하자 인태상은 이를 갈았다. 그리고 이번에는 아무런 갈등 없이, 똑바로 불영을 향해 몸을 날렸다.

"어이구 세상에. 방금 그게 대체 무슨……."

소란이 잦아들자, 혼비백산 흩어졌던 행렬은 다시 제 모습을 갖춰갔다. 재수 없는 자들 중에는 길 옆 진창으로 굴러 떨어진 사람들도 있었지만 다행히도 다친 사람은 아무도 없었다.

"세상에 이게 무슨 난리통인지……."

깜짝 놀란 사람들은 십 년 감수했다는 듯 투덜거리거나 혹은 안도의 한숨을 내쉬며 행렬로 돌아왔다. 다들 방금 벌어진 일이 무슨 영문인지 궁금해했지만 설명할 수 있는 사람은 없었다. 아무도 본 것이 없기 때문이다.

잠시 후, 사람들은 다시 움직이기 시작했다. 이런 두려움에서 벗어나기 위해서라도 한시바삐 항주를 빠져 나가야 했다.

끼이익.

삐걱대는 바퀴 소리와 함께 부상자들을 실은 수레도 다시 움직이기 시작했다. 그리고 부상자들의 신음소리도 다시 새어나온다.

"으으으으."

하지만 아무도 신경 쓰는 사람은 없었다.

"으으윽."

운현은 자신도 모르게 신음을 내뱉었다가 곧 이를 악물었다. 통증은 주기적으로 아랫배에서 시작되었다가 온몸으로 퍼져나간다.

마치 무언가가 온몸을 난폭하게 헤집고 돌아다니는 것 같았다. 하지만 덕분에 이제 정신은 완전히 돌아왔다. 무슨 일이 있었는지도 확실히 기억할 수 있었다. 불영이 속삭인 목소리도 귓가에 또렷하다.

'무림맹을 버려두고 그냥 소림으로 은거하는 것도 괜찮은 일이겠지. 하지만 그래서야 어디 백척간두 진일보라 할 수 있겠느냐? 그야말로 줄타기에서 떨어져 버린 우스운 광대 꼴이지.'

덜컹.

수레가 덜컹이자 또다시 극심한 통증이 엄습한다. 운현은 자신도 모르게 신음을 내었다.

"으윽."

정신이 맑아지자 통증은 더욱 극심하게 느껴진다. 하지만 시간이 지날수록 통증이 줄어들고 있다는 것은 확실했다. 처음에는 정신을 잃을 정도더니 이제는 그보다는 훨씬 덜하다. 온몸을 헤집고 다니는 듯 아파오는 것은 계속되고 있었지만.

'그래서 백척간두에서 어디로 한 발을 내딛을까 생각하다가, 그만 재수 없게도 네놈을 만난 게 아니더냐? 게다가 네 꼴이 이래서야 내 꿈자리도 뒤숭숭할 테고. 아마 이것도 다 내 업인 모양인 게지. 헐헐.'

운현은 독고랑의 마지막 모습을 떠올렸다. 피를 뿌리며 낙엽처럼 떨어지던 그 모습. 그것은 악몽도, 환상도 아니었다. 그는 지금도 그곳에서 자신을 기다리고 있을 것이다. 피에 젖은 그 모습 그대로.

'그러니 딴 생각은 하지 마라. 내 집착이 너에게 이어지는

것을 원하지는 않으니까. 너 때문에 내가 열반에 들지 못하기라도 하면 어찌하겠느냐?'

끼익.

침묵 속에 들려오는 수레의 소음소리. 그는 점점 독고랑에게서 멀어지고 있었다. 운현은 억지로라도 몸을 일으키려 했다. 그러나 다시 통증이 그에게 엄습하고, 운현은 신음을 흘렸다.

"큭."

'혹 내가 열반에 들었다는 소문을 듣게 되면, 그 향차라도 강에 뿌려 주면 그걸로 족하다. 그거, 귀한 거라고 내 말했지?'

운현은 몸을 틀며 한 손을 들어올렸다. 아니, 그렇게 하려고 했다. 하지만 몸은 마치 남의 것인 듯 꼼짝도 하지 않고, 팔은 마치 경련을 일으키듯 부들부들 떨고 있을 뿐이다.

끼익.

'네 덕에 잠시 재미있었다. 헐헐.'

그것이 불영의 마지막 말이었다. 그리고 그 말을 끝으로, 운현은 본래 이곳에 누워 있던 누군가의 시신과 바뀌었다. 불영이 소란을 일으켰던 바로 그 첫 행렬에서. 신승 불영이 도박을 걸었던 것은, 처음부터였던 것이다.

'가야…… 돼.'

운현은 일어나야 했다. 그리고 가야 했다. 독고랑이 기다리는 그곳으로. 운현은 경련으로 떨리는 팔을 몸 쪽으로 애써 끌어당겼다.

"크헉."

팔이 떨어져 나가는 듯했다. 아니, 온몸이 부서져 나가는 것처럼 아파왔다.

'가야…….'

이제 일어나야 했다. 이제 가야만 했다. 독고랑에게, 피비린내 가득한 그곳에 아직도 누워 있을 독고랑에게. 하지만 그의 몸은 일어나지 못할 것이다. 아니 일어나지 않을 것이다.

끼익 끼익.

단조로운 수레바퀴의 소음. 그 소리가 들릴 때마다 운현은 조금씩 멀어지고 있었다. 그 피비린내 나는 곳에서, 그 참혹하고 역겨운 그곳에서, 그 무서운 바로 그곳에서 멀어지고 있다. 운현의 깊은 곳에서 일말의 안도감이 번져가기 시작하고 있었다.

'안 돼! 가야 돼!'

그 안도감에 저항하기라도 하듯 운현은 이를 악물었다. 손에 힘을 주어 일어나려 했다. 하지만 그의 손은 수레 바닥을 짚은 채 조금도 움직이지 않았다. 경련조차, 보이지 않았다.

끼익.

또르륵.

또 한 번의 수레바퀴 소리를 듣는 순간, 운현은 눈물을 흘렸다. 한 방울의 눈물이, 움직이지 않는 자신의 손을 바라보고 있는 운현의 눈에서 흘러내렸다. 그리고 그것은 점차 흐느낌으로 변해갔다.

"흐윽."

눈물이 흘렀다. 가야 한다는 생각도, 그 피비린내 나는 기억도 눈물이 되어 흘러내리는 듯했다. 머릿속에 있는 모든 것이, 아니 운현의 안에 있는 모든 것이 눈물로 변해 흘러나오는 듯했다. 마치 운현을 완전히 비워 버리기라도 할 것처럼.

"쯧."

그의 울음소리가 수레를 모는 사람에게 들린 것일까? 머리 위에서 누군가 혀를 차는 소리가 들려왔다.

"거, 아파도 웬만하면 참게."

수레를 몰던 사람은 뒤도 돌아보지 않은 채 그저 슬쩍 고개를 돌리고는 말했다.

"목숨을 건진 것만도 다행 아닌가?"

흐느낌이 귀에 거슬려 그는 핀잔처럼 말했다. 하지만 말하고 보니 속이 편치 않다. 그렇지 않아도 다친 사람에게 자신이 너무했다 싶은 것이다.

"흑, 흐윽."

수레를 몰던 사람은 혀를 차고는 다시 말했다.

"조금만 참게. 이제 곧 괜찮아질 테니까."

한결 누그러진 목소리였다. 그는 다시 한 번 혀를 차고, 혼잣말처럼 중얼거렸다.

"쯧. 어쩌다 이렇게 되었는지······."

그는 고개를 돌렸다. 그리고 다시 묵묵히 수레를 몰기 시작했다.

끼익 끼익.

수레바퀴 소리 사이로 나지막한 울음소리가 섞여 들고 간간히 누군가의 신음소리가 산발적으로 흘러나온다. 하지만 수레를 몰던 사람은 이제 상관하지 않았다.

터덜터덜 걸음을 옮기는 사람들도 마치 아무것도 들리지 않는 것처럼 묵묵히 걸음을 옮겼다. 그렇게 그들은 항주로부터 멀어져 가고 있었다.

하지만 운현은 알고 있었다. 자신이 도망치고 있다는 것을. 두려움과 피비린내로부터, 그리고 공포로부터. 운현은 그렇게 도망치고 있었다.

아무것도 할 수 없다는 핑계로, 아무것도 하지 않을 것이라는 본심을 감추고 있다는 것을 스스로 잘 알면서도, 그렇게 운현은 항주를 벗어났다.

제4장
운가상단(雲家商團)

 무림맹이 불타올랐다는 소식은 삽시간에 퍼져나갔다. 커다란 도시는 물론이고, 한적한 관도변에 위치한 작은 객점까지 사람들의 화제는 온통 항주에서 생긴 놀라운 일에 대한 것뿐이었다.

 "흑도회 회주인 진무량 대협이 죽었다고?"
 "이 사람아, 진무량뿐인가? 혁련세가의 가주도 커다란 부상을 당했다고 하네. 신흥 오대세가라던 단목세가와 남해검문의 가주들도 무사하진 못하다는군."
 "아니, 대체 누가?"

점심 식사에 곁들인 한 잔의 반주 때문이었을까? 두 사람의 대화는 유난히 분위기를 타고 있었다.

 "철혈사왕 염중부라네."

 나지막한 목소리로 대답하는 그의 음성에는 은은한 두려움이 깔려 있었다. 설마 이곳에 철혈사왕이 나타날 리는 없지만, 그래도 설마 싶은 것이다.

 "철혈사왕!"

 듣던 사람도 놀랐다. 그 역시 자신도 모르게 소리를 낮추며 말했다.

 "아니, 그 노괴(老怪)가 어찌하여……."

 철혈사왕 염중부가 이름을 날리던 것은 삼십 년 전 정사대전 때의 일이다. 지금 그의 이름은 노괴(老怪)라 불리기에 충분했다.

 "말도 말게. 흑도회 회주, 남해검문의 문주, 단목세가와 혁련세가의 가주가 하룻밤 만에 모두 그 앞에 무릎을 꿇었다는군."

 "세상에, 하룻밤 만에……."

 사내는 고개를 끄덕였다. 상대의 반응이 흡족했던지라 그의 목소리에 자연 흥이 올랐다.

 "뿐인가? 소림과 무당, 아미, 화산. 전부 엄청난 피해를 입었다더군. 일류급 제자들도 숱하게 목숨을 잃었다고 말일세."

 "제자들? 그것도 철혈사왕의 짓인가?"

 사내는 고개를 저었다.

"아니, 그들은 장강특무대가 그렇게 만들었다고 하더구만."
"장강특무대!"

장강특무대라면 얼마 전 장강에서 남궁세가를 봉문하게 만들었던 그들이다.

"그럼, 암천무제가?"
"그건 모르겠네만……."

목이 타는지 그는 손에 들고 있던 술 한 잔을 들이켰다. 반주로 한 잔만 하자던 술이 어느새 세 병을 넘어가고 있었지만 그들은 신경 쓰지 않았다.

"아무튼, 그 고고한 장문인들이 제자들이 죽어가는 걸 뒤로 하고 밤새도록 밤길을 달려 간신히 도망쳤다고 하지 않겠나? 천하의 그 소림 장문인까지 말일세."

"맙소사."

듣던 사내가 어이없다는 듯 입을 벌렸다. 소림, 무당, 화산, 아미. 모두 천하를 울리는 이름들이다. 자신들 같은 사람에게는 구름 위의 신선과도 같은 존재들. 그들이 도망쳤을 정도라니, 생각지도 못한 일이다.

"암. 맙소사지. 맙소사고 말고."

무림의 태산북두라는 소림과 무당, 아미파와 화산의 피해는 심각했다. 열 배가 넘는 장강특무대에 포위당한 그들은 탈출에는 성공했지만 정예 제자들의 태반을 잃었다.

그야말로 치욕이라는 단어가 그 이상 어울릴 수가 없었다.

소림의 이름이, 무당과 화산, 아미의 이름이 땅바닥에 구른 것이다.

"그, 그럼 무림맹이 정말로 졌단 말인가?"

"무림맹? 아, 그야 진작에 불타 없어졌지. 지금은······."

사내는 목이 타는지 또 한 잔을 들이켜고 말했다.

"영웅맹(英雄盟)이 들어섰다 하네. 무림맹이 있던 바로 그 자리에 말이야."

"영웅맹(英雄盟)?"

"그래. 영웅맹."

무림맹의 자리에는 새로운 힘이 들어섰다. 정사대전 이래 최대라는, 사람들이 일컬어 항주 혈전이라 이름한 싸움에서 승리한 그들은 스스로를 '영웅맹(英雄盟)'이라 불렀다.

무림맹의 전횡을 타파하고 강호 무림을 구해냈다 하여 영웅으로 자처하는 그들은 장강 수로채 연합과 신녹림, 그리고 영웅맹의 맹주인 철혈사왕 염중부였다.

"장강 수로채의 이무심이 살판났지."

사내는 쓸쓸한 표정으로 중얼거렸다. 수적 따위가 영웅이라니, 쓴웃음이 절로 나오는 소리였다.

"그럼 영웅맹의 맹주가 이무심인가?"

"예끼, 이 사람."

그는 말도 안 된다는 듯 대답했다.

"철혈사왕이 있는데 어디 이무심이 나서겠나?"

"그럼 철혈사왕이 영웅맹 맹주?"

"그렇다고는 하네만……."

사내는 은근히 목소리를 낮추고 얼굴을 가까이 했다.

"영웅맹의 숨은 주인은 따로 있다고 하네."

그는 말했다.

"혈공자(血公子) 문왕."

혈공자 문왕. 실제로 무림맹을 무릎 꿇리고 불태운 것은 바로 그라고 했다. 아무도 그의 얼굴을 제대로 본 사람이 없었지만 그가 전설에 나올 법한 미남자라고, 마치 미녀와도 같은 고운 얼굴 뒤에 잔혹한 심성을 숨기고 있는 영웅맹의 숨은 주인이라고 수군거렸다. 그래서 사람들은 그를 '피의 귀공자, 혈공자(血公子) 문왕'이라고 불렀다.

"듣기로는 암천무제도 혈공자의 수하라더군. 하긴 그러니까 혈공자가 장강특무대를 마음대로 부릴 수 있었겠지."

달칵.

두 사람의 대화는 옆에서 들린 소음에 잠시 끊어졌다. 마치 그들이 대화에 반응하기라도 하듯, 옆 자리에서 밥을 먹던 청년이 수저를 놓친 것이다.

'누구야?'

덕분에 대화가 끊긴 두 사람은 옆 식탁의 청년을 돌아보았다. 허름한 문사 차림새에 잔뜩 움츠린 어깨. 제대로 씻지도 않았는지 흙먼지가 가득한 더러운 옷. 전형적인 낙척서생의 모습이었다.

"쳇."

상대에게서 흥미를 잃은 두 사람은 다시 대화로 돌아갔다. 하지만 대화의 흐름이 끊어지니 어디까지 얘기했는지 생각이 나지 않았다. 잠시 침묵이 흐른 뒤에, 이야기를 듣고 있던 사람이 문득 말했다.

"참, 그럼 무림맹은 어떻게 한다던가?"

"이제 무림맹은 없네."

"뭐?"

사내는 눈살을 찌푸렸다.

"아니, 그만큼 당했으면 복수라도 해야 할 것 아닌가? 당장……."

"모르는 소리 말게. 그 사람들은……."

핀잔을 주던 사내는 자신도 어이가 없다는 듯 헛웃음을 흘렸다.

"글쎄, 태평맹(太平盟)을 만들었다네."

"태평맹(太平盟)?"

"가만있어 보자 태평맹이……."

사내는 손을 들어 하나씩 이름을 부르며 외기 시작했다.

"당문하고 제갈세가가 주축이라 했고, 그리고 혁련세가, 공손세가, 단목세가, 남해검문. 또 하나가…… 아, 그렇지 모용세가로군."

모두 일곱 개를 차례차례 꼽아가던 그가 말했다.
"이렇게 칠대세가가 모여서 태평맹을 만들었다네."
"그럼 그 칠대세가가 복수를?"
피식.
이야기하던 사내가 실소를 흘렸다.
"이름을 보게. 복수하게 생겼는지."

무림맹을 불태운 영웅맹에 대해 일전을 선포하는 대신, 태평맹은 오히려 장강과 그 유역의 이권에 결코 개입하지 않겠다는 것을 공식적으로 천명했다. 혼란한 강호 무림에 더 이상 쓸데없는 피를 흘리게 해서는 안 된다는 것이었다.

하지만 사람들은 알고 있었다. 그들은 단지 영웅맹과의 충돌을 피하고 있는 것뿐이라는 사실을.

그리고 혹시라도 영웅맹과의 마찰이 일어날 듯싶으면 언제라도 먼저 발을 빼리라는 것을. 태평맹은 마치 무림맹이 무너진 사실도, 영웅맹이 장강을 장악한 사실도 없었다는 듯이 행동하고 있었다.

"아니, 대체 어떻게 무림맹이 그렇게 순식간에 사라질 수 있는 건가? 문파들이 전부 전멸을 당한 것도 아닐 텐데……."

의아해하는 그의 물음에 사내가 피식 웃음을 흘린다.

"흥, 그러니까 무림맹이니 뭐니 해왔어도 결국 자기 밥그릇 싸움이었다, 이 말이지. 가주가 다친 문파들이야 당장 복수를 하고 싶겠지만, 다른 문파들이야 어디 그런가? 이런 때일수록 더 몸을 사리게 마련이지. 그리고 자네 같으면 열여덟 개 중에 하나 가지는 거하고, 여덟 개는 뺏겼지만 나머지 열 개 중에 두 개 가지는 거 하고 어느 게 좋겠나?"

이야기를 듣던 사내의 눈살이 찌푸려진다.

"열여덟 개? 열 개? 그게 뭔 소린가?"

"쯧쯧, 이리 계산이 느려서야……."

한심하다는 듯 혀를 차던 사내는 말을 이었다.

"무림맹이 무너졌다고 하지만, 태평맹의 입장에서 보면 오히려 자기 몫이 더 커진 셈이다, 이 말일세."

"그런가?"

귀를 기울이던 사내는 고개를 갸웃했다. 하지만 거대 문파들의 속내야 어찌되건 그가 알 바가 아니다. 그가 관심 있는 것은 다른 것이었다.

"그러면 장강은 이제……."

"그래."

사내는 말했다.

"이제 장강은 영웅맹의 세상일세."

그의 말대로였다. 대륙을 관통하는 기나긴 장강은 이제 영웅맹의 세상이 되었다.

장강을 오가는 배들은 빠짐없이 영웅맹의 사람들에게 보호비를 내었고, 장강과 연계된 관도를 오가는 마차들 역시 영웅맹의 사람들에게 통행세를 내어야 했다. 장강 유역에 있는 수

많은 무관과 중소 문파들도 어떤 식으로든 영웅맹의 영향을 벗어날 수 없게 된 것이다.

"자네도 장강 부근으로 가게 되거든 특히 조심하게나. 영웅맹 사람이라면 무조건 피하고 보는 게 상책일세."

"젠장. 처가가 그쪽이라 매년 가야 되는데!"

"그러게 장가를 잘 들었어야지."

두 사내의 대화는 이제 시시한 신변잡기로 흘러가고 있었다.

달칵.

옆 자리에 앉아 있던 청년은 조심스럽게 일어섰다. 마치 두 사람의 대화를 방해라도 할까 두려워하듯 천천히 몸을 일으킨 그는 객점 주인에게 다가갔다.

"저, 죄송합니다만."

때마침 늘어지게 하품을 하고 있던 객점 주인은 청년에게로 시선을 던졌다. 그리고 객점 주인 12년의 연륜으로 즉시 상대의 처지를 파악했다.

'쯧. 보아하니 과거에 떨어졌나 보군.'

자신 없는 표정에 위축된 어깨. 허름한 문사 차림의 옷에 낡은 등짐 하나. 객점 주인은 음식 값을 선불로 받아둔 것이 천만다행이라고 생각했다.

해마다 몇 명씩 이런 사람들이 있었다. 없는 형편에 공부한답시고 그나마 조금 있는 재산 다 말아먹고, 정작 과거에는 뚝

떨어져서 집에 돌아갈 염치조차 없는 이런 사람들 말이다. 하긴 이런 한적한 관도변 싸구려 객점에서 끼니를 때우는 사람들이 오죽하랴.

"뭐요? 일자리라면 없소이다."

존칭을 사용했지만 퉁명스러운 어조로 주인은 대꾸했다. 이런 사람들이 꼴에 배웠답시고 자존심만 강한 경우가 대부분이기 때문이다.

"저, 그게 아니라……. 혹 여기서 광주(廣州)가는 마차가 있는지 해서……."

청년의 목소리는 기어들어가고 있었다. 우물쭈물한 어조에 자신 없는 말투. 딱 과거에 떨어진 서생의 모습이었다.

"아, 참 답답한 양반일세, 그려."

객점 주인은 어이가 없었다.

"아니, 광주(廣州)가는 마차를 이런 데서 찾으면 어쩌겠다는 거요? 그런 건 큰 도시에 가서 찾아야지."

광주(廣州)는 광동성(廣東省)의 성도(省都)이자 화남(華南)지방 최대의 무역도시다. 당연히 다른 지역과 오가는 물류의 양이 막대하고 드나드는 사람도 적지 않다.

그러나 그것은 어디까지나 커다란 도시의 이야기다. 광주 상인들이 미쳤다고 이런 한적한 관도변의 작은 마을까지 오겠는가?

"크흠. 좀 기다렸다가 지나가는 마차에 부탁해서 요 앞 고개 너머 큰 마을까지 나가보시오."

자신의 한 마디에 기가 죽은 청년의 모습이 왠지 딱해 보여서, 객점 주인은 목소리를 누그러뜨렸다.

"거기서도 광주에 직접 가는 건 없을 거고, 더 큰 성읍으로 나가야 할 거요."

"가, 감사합니다."

인사를 하고 돌아서는 청년을 보며, 객점 주인은 속으로 혀를 찼다.

'쯧쯧. 보아하니 고생깨나 한 모양인데, 그러게 진작 정신을 차리고 땅이라도 팔 것이지……'

객점 주인은 손부채를 부치며 중얼거렸다.

"에이, 요즘 젊은 것들은 그저……"

마치 자신을 향해 말하는 것 같은 객점 주인의 말을 뒤로하고, 청년은 객점을 나왔다. 한낮의 눈부신 햇빛이, 달아오른 관도의 열기와 함께 그에게 훅 달려든다.

휘이이.

한 줄기 바람이 관도에 먼지를 일으키며 불어갔다. 움직이는 것은 아무것도 없었다. 마치 시간이 정지한 것처럼 세상은 너무나 조용하고 그리고 적막했다.

털썩.

청년은 객점 옆 나무 그늘 아래 있는 커다란 바위 위에 힘없이 주저앉았다. 방금 식사를 마치고 나왔건만, 몸이 천근만근 무겁게 느껴진다. 청년은 천천히 손을 들어올렸다. 아무것도 들고 있지 않은 그의 빈손이, 마치 노인의 그것처럼 부들부들 떨리고 있었다. 주먹을 꽉 쥐어보지만, 아무런 힘도 들어가지 않는다는 것은 그 자신이 누구보다도 잘 알고 있었다.

"후우."

땅이 꺼질 듯한 긴 한숨을 내쉬고, 청년은 고개를 들어 관도를 바라보았다. 눈에 초점이 잘 맞지 않으니 그리 멀지 않은 거리도 흐릿하게만 보인다.

앉아 있는 그의 어깨가 자신도 모르게 추욱 늘어졌다. 그렇게 청년은 관도를 바라보며 객점 주인이 말한 마차가 나타나기를 기다렸다. 한적한 관도변에서 그는 고개를 떨구고 아무것도 아닌 사람처럼, 아무것도 아닌 것처럼 그렇게 앉아 있었다.

"아참! 그러고 보니 아까 내 깜박 했는데 말일세."

한창 이야기를 하던 사내가 술잔을 내려놓으며 말했다. 그는 이제 얼굴이 아예 벌겋게 되어 있었다. 이미 그들이 비운 술병이 여남은 개가 넘어가던 중이었기 때문이다.

"항주 혈전 때 이상한 일이 있었다고 하네."

"항주 혈전?"

역시 얼굴이 벌게진 맞은편의 사내가 반문했다.

"아, 이 사람 기억력하고는……. 아 그 왜 무림맹이 싸그리 불탄, 그거 있잖은가, 그거."

"아, 아까 얘기하던 그거. 근데 그게 왜?"
"그때 말이야. 글쎄 철혈사왕을 이긴 사람이 있다고 하데?"
"뭐? 누가?"
"누구라더라……."
그는 취한 정신을 가다듬으며 생각했다.
"영웅맹과 싸울 수 있는 사람은…… 사람은……. 아, 맞다."
그는 말했다.
"영웅맹과 싸울 수 있는 사람은 창룡검주뿐이다."
"창룡검주?"
사내는 고개를 끄덕였다.
"그래. 그 사람이 철혈사왕을 이겼을 뿐만 아니라, 그 사람의 제자는 중소 문파의 무인들을……. 꺼어억."
그는 길게 한 번 트림을 하고 다시 말했다.
"제자는 항주 인근 중소 문파의 무인들을 숱하게 구해냈다고 하던데?"
"그래? 그럼 그야말로 진짜 영웅 아닌가?"
"그르치."
이제는 완연히 꼬부라져 가는 소리로 그는 말했다.
"그래서 장강에 이런 말이 돈다는 거 아닌가? 영웅맹과 싸울 수 있는 사람은! 창룡검주뿐이다아- 이런 말."
"그래? 그럼 그 창룡검주는, 끅. 지금 어디 있다는 겐가?"
역시 꼬부라진 목소리로 상대가 묻는다.

"어디이?"

잠시 생각을 더듬던 그는 반쯤 감긴 눈으로 상대를 쳐다보았다.

"그거야! 나도…… 모르지이."

술기운 가득한 목소리로 사내는 씨익 웃으며 그렇게 말했다.

     *   *   *

덜컹.

마차가 흔들리는 바람에 졸고 있던 중년인이 눈을 떴다. 지루한 여행과 따뜻한 햇살 덕분인지 그는 한참 동안을 계속 그렇게 졸고 있었다.

"아함."

중년인은 늘어지게 하품을 하더니 역시 졸고 있는 옆자리 남자 너머로 보이는 창밖을 이리저리 살폈다.

"어이쿠, 어느새 청원(淸遠)을 지났구먼."

부근의 지리에 익숙한지, 아니면 이 길이 익숙한 것인지 그는 금방 마차의 위치를 알아차렸다.

"이제 광주(廣州)도 금방이구만. 아아아암."

슬슬 잠에서 깨어야 할 시간이라고 생각한 그는 고개를 이리저리 돌리며 굳은 몸을 풀었다. 하지만 비좁은 마차 안에서 그런 행동이 남에게 달가울 리 없다. 중년인의 반대쪽에 앉아 있던 아가씨는 인상을 찌푸리며 노골적으로 싫은 기색을 한다.

 목을 이리저리 꺾고 팔을 굽혔다 폈다 하던 중년인은 문득 맞은편에 앉아 있는 청년을 쳐다보았다. 허름한 문사 차림의 그 청년은 누가 봐도 과거 시험에 떨어진 서생의 모습 그대로였다.

 자신 없는 눈매에 축 처진 등, 그리고 앞날에 대한 불안으로 잠조차 이루지 못해 퀭한 모습의 어두운 얼굴까지 말이다.

 보통 과거에 매달리는 사람들은 서른이 넘어서까지 계속 공부에 매달리는 경우도 적지 않다. 그럴 경우 가족의 고생도 고생이지만, 본인의 마음고생은 말로 다 할 수 없을 정도다.

 오죽하면 과거에 떨어진 것을 마치 '심장에 칼을 맞은 듯하다'라고 표현한 사람도 있었을까? 지금도 그 청년은 초점 없는 눈으로 마차 밖을 내다보고 있었다. 중년인이 졸기 전의 모습 그대로 말이다.

 "자넨 광주(廣州)에 무슨 일로 가나?"

 중년인은 대뜸 청년에게 말을 걸었다. 청년의 시선이 천천히 자신에게 와 닿는다.

 "보아하니 장사꾼 같지는 않은데……. 집이 광주인가?"

 잠시 주저하던 청년은 기어들어가는 목소리로 대답했다.

 "고향이긴 합니다만, 하도 오랜만이라……."

 대답을 얼버무린 청년은 고개를 돌려 다시 창밖을 바라본다. 중년인은 목을 주무르며 혼잣말처럼 중얼거렸다.

"그런가? 뭐, 광주야 늘 새롭다네. 나도 광주에는 자주 오는 편인데, 여기는 정말 올 때마다 변한다니까?"

대충 몸을 풀었는지, 중년인은 자리에 편하게 기대앉으며 말했다.

"사람 많고, 물건 많고, 일도 많고……. 아마 요즘 가장 떠들썩한 이야기라면 청화루에 월향이가 새로 들어온 거 하고…… 아, 언제 한 번 월향이 얼굴이라도 봐야 하는데 말이야. 내 이번 건만 제대로 터지면……."

중년인의 얘기는 옆으로 샜지만 아무도 신경 쓰지 않았다.

"그리고 호암상단이 또 한 번 큼지막한 거래를 성공시킨 게 아주 화제지. 요즘 호암상단이 아주 잘 나간단 말이야. 광주에 진출한 지 이제 채 일 년도 안됐는데 말이지."

"호암상단이요?"

중년인의 말에 반응한 것은 반대쪽에 앉아 있던 아가씨였다. 덕분에 중년인은 청년의 눈빛이 흔들리는 것을 보지 못했다.

"아이구, 아가씨도 아직 호암상단 얘기를 모르시오?"

"저도 광주에는 오랜만이라서……."

자신의 이야기에 반응을 보여주는 사람이 나타나자, 그렇지 않아도 무료했던 중년인은 신이 나서 떠들어대기 시작했다.

"원래 광주는 말이오. 상단이 발에 채일 정도로 많은 도시란 말이지. 아, 그럴 만도 한 것이 광주하면 명실상부 화남(華南)지방 최대의 무역도시 아닌가? 저 멀리 서역(西域)에서까지

상선이 올 정도니 말 다했지."

중년인은 흥이 났는지 연방 몸을 움직여가며 말했다.

"그 무수히 많은 상단 중에서도 크기로 따지자면 광주 이대(二大) 상단을 따라갈 상단이 없었지. 화남상단과 진가상단, 이 둘이면 끝이었단 말이오. 그런데 몇 달 전 호암상단이 광주에 지부를 열었지 않겠소? 뭐, 장강에서 교역깨나 하는 상단인데다, 천하 오대 상단에 꼽히는 곳이니 투자 규모야 말할 것도 없지. 아니, 요즘은 천하 삼대 상단에 꼽히던가?"

중년인은 은근히 목소리를 낮추며 마치 비밀스러운 이야기를 하듯 말을 잇는다. 상인답게 그는 듣는 사람들의 관심을 끄는 법을 아주 잘 알고 있었다.

"하지만 이 광주라는 데가 말이야, 워낙 토박이 상단이 많아서 다른 상단이 터를 잡기가 아주 힘든 곳이란 말이지. 몇 년 전인가? 그때 천하 삼대 상단 중 하나라는 문중상단이 광주에서 아주 탈탈 털려서 나간 적이 있거든. 뭐, 지금이야 문중상단이 아예 이류로 전락하고 말았지만. 사실 말이 났으니 말이지만 문중상단이야 예전부터 주먹구구식으로 방만한 경영에다가 여기저기 손을 안 대는 데가 없기로 유명하고……."

"그래서, 호암상단이 광주에 지부를 내서 어떻게 됐죠?"

이야기가 다시 옆으로 샐 듯하자 아가씨가 중년인의 말을 막고 물었다.

"아, 그게……. 그러니까 호암상단도 실패하고 다 털고 나갈 것이다, 이렇게 예측들을 했다는 거지. 그런데 이 호암상단이 꽤 자금줄이 넉넉했던지, 갑자기 물건들을 사재기하기 시작한 거야. 작정하고 아주 큰 사고를 터트려 버린 거지."

"사재기요?"

아가씨가 고개를 갸웃하며 반문하자 중년인이 눈살을 찌푸렸다.

"이런, 아가씨는 사재기가 얼마나 큰 사건인지 모르는 게로구만. 하긴 장사하는 사람이 아니면 그런 걸 잘 모르겠지만……. 하여간 호암상단의 사재기로 다른 상단에서 아주 난리가 났지. 상도덕을 흐린다느니, 상단의 기본이 안 되어 있다느니 그런 말들이 아주 많았거든. 그리고 사재기는 보통 한두 품목을 콕 찍어서 하는 법인데, 호암상단은 아예 대놓고 무차별적으로 마구 사들이기 시작하더라니까? 약재에, 철광석에, 곡식에…… 하여간 안 하는 게 없어 보일 정도였으니……."

중년인은 질렸다는 듯 고개를 저었다.

"군소 상단들은 당장 기둥이 휘청거릴 정도로 타격을 입었지. 약속한 물품의 납기일은 다가오지, 물건은 구할 수 없지, 값은 천정부지로 뛰지……. 그때 문 닫은 상단도 아마 하나둘이 아닐걸? 결국은 화남상단과 진가상단이 나서서 호암상단에 압력을 가했다오. 직접 보지는 못했지만 아주 살벌했다고 하더구만. 그 자리에서 당장 칼부림이 안 난 게 다행이라고 말이야."

"그래서요?"

아가씨의 물음에 중년인은 어깨를 으쓱했다.

"그래도 결국에는 칼부림이 나고야 말더군. 어디보자, 그게…… 바로 여기쯤이구만."

중년인은 손을 뻗어 마차 밖을 가리키며 말했다.

덜컹 덜컹.

단조로운 마차 소리와 함께 지금까지와 다를 바 없는 평범한 풍경이 지나가고 있었다.

"여기서 사람이 삼십이나 죽었다니까?"

아가씨의 얼굴이 흠칫하는 표정이 되며 굳어진다. 중년인은 자신의 말이 가져온 반응에 만족하며 말을 이었다.

"호암상단이 바로 여기서 괴한들에게 습격을 받았다오. 뭐, 관에서는 조사 결과 산적 떼였다고 했지만 소문으로는 다른 상단들이 사주한 것이 틀림없다고 하더구만."

"그럼 호암상단이……."

중년인은 아가씨의 말에 손을 저었다.

"아니. 놀랍게도 죽은 건 다름 아닌 바로 그 산적 떼라니까? 삼십 명이나 되는 칼 든 무리들이 여기서 모조리 목숨을 잃었다고 하더구만. 호암상단? 아마 몇 명 다쳤다나, 긁혔다나……. 하여간 그 다음부터 호암상단하고 맞서려는 상단이 없어졌지. 뭐, 그 즈음에 호암상단이 진가상단과 화남상단하고 협약을 맺어서 사재기를 그만두었다는 말도 있긴 했지만 말이야."

"그때 호암상단의 호위를 맡은 게 어디였는데요?"

아가씨의 질문은 예리한 데가 있었다. 그러나 중년인은 어깨를 으쓱했다.

"모르지. 적어도 호암상단을 함부로 건드리면 안 된다는 것은 확실하니까. 뭐, 호암상단도 굳이 알리려 들지 않았고……."

중년인의 말에는 이상한 점이 있었다. 보통 큰 상단들은 자신이 어느 무림 문파의 보호를 받는지 알리고자 한다. 자신들의 뒤에 누가 있는지를 알려서 함부로 덤비지 못하게 하려는 것이다. 그런 면에서 호암상단의 행동은 일반적인 것이라 할 수 없었다.

"덕분에 잘 된 것도 있었지."

"잘 돼요?"

아가씨는 눈살을 찌푸렸다. 사람이 삼십이나 죽은 일에 잘 됐다고 하니 말이다. 중년인도 아가씨의 속내를 눈치챘는지 급히 손을 내저으며 말했다.

"아, 오해는 마시오, 아가씨. 사람이 죽은 게 잘 됐다고 하는 말이 아니니까."

중년인은 말했다.

"내 말은, 진가상단과 화남상단 둘이서 꽉 잡고 있던 광주에 호암상단이 끼어드는 바람에 이른바 세 발 솥 시대가 열렸다 이 말이오. 그 전에는 진가상단과 화남상단 둘이서 적당히 나눠먹는 일들도 많았거든. 하지만 호암상단은 꽤나 공격적인 경영을 하기 때문에, 자연스럽게 세 상단이 경쟁하는 체제가 됐다 이거요."

 차분한 음성으로 중년인은 말을 이어갔다.

 "덕분에 나 같은 장돌뱅이도 기회를 노려봄 직하게 되었지. 예전보다 경쟁이 심해지는 바람에 상단들은 많이 어렵게 되었느니 뭐니 해도 말이오."

 말을 시작한 이래 처음으로 중년인의 목소리에서 진심이 느껴졌다. 잠시 감상에 잠겨 있던 그는 문득 고개를 들고는 아가씨에게 말을 걸었다.

 "참, 시간 있으면 같이 차라도 하지 않겠소? 내 이번 거래만 성사되면……."

 "시간 없어요. 그리고, 청화루에 가셔야 하지 않겠어요?"

 아가씨는 똑 부러지는 목소리로 대답했다. 그리고 더 이상 이야기할 것이 없다는 듯, 고개를 돌렸다.

 "어이쿠, 이거 본전도 못 찾았구만. 하하하."

 중년인은 다른 사람들의 시선이 부끄러웠는지 웃음으로 얼버무렸다. 그러나 얼굴색 하나 변하지 않는 것을 보면 그도 얼굴 두꺼운 장사꾼임에 분명했다.

 "이런, 벌써 광주에 들어섰구먼."

 창밖을 살피던 중년인은 주섬주섬 짐을 챙겼다. 그러더니 문득 어두운 표정으로 창밖을 보고 있던 청년에게 한 마디 던졌다.

 "자네도 너무 걱정 말게. 요즘은 다들 과거를 보겠다고 난리들이니 글방이라도 하나 열면 굶지는 않을 걸세."

마차는 곧 멈추고, 승객들은 모두 마차에서 내렸다. 짐꾼들은 마차 뒤편의 짐을 내리느라 분주하고 승객들도 각자 자신들의 짐을 챙기고는 총총히 사라졌다.

 중년인은 마지막으로 한 번 더 아가씨에게 말을 건네 보았지만, 아가씨는 쳐다보지도 않은 채 자신의 갈 길로 사라졌다.

 청년은 제일 마지막에 마차를 떠났다. 그는 마차 안에 앉아 있던 아가씨가 그 긴 여행 내내 자세 한 번 흐트러트리지 않고 앉아 있었다는 사실을 기억해냈지만, 곧 고개를 저었다.

 어차피 자신과는 전혀 상관없는 일이었다. 중년인의 그 수많은 이야기도 그저 아픈 기억일 뿐이다. 많이 낯설어진 거리를 두려워하듯, 청년은 내키지 않는 발걸음을 억지로 옮기며 광주 시내로 들어섰다.

* * *

 운가상단(雲家商團)은 수대에 걸쳐 광주에 뿌리를 내려온 토박이 상단이다. 비록 큰 상단이라고는 할 수 없었지만 중소 상단들 중에서는 그래도 꽤나 탄탄한 규모를 가지고 있었다. 그것은 바로 운가상단이 광주에서 쌓아온 신용 덕분이었다.

 상단의 가문치고는 조금 고지식하고 반듯한 가풍 때문이었는지, 운가상단은 거래에 있어서 다른 사람에게 손가락질당할 만한 일은 결코 하지 않았다.

때문에 큰 이득을 보는 일도 없었지만 적어도 상단의 신용만큼은 확실하게 지켜올 수 있었다. 그리고 그 쌓은 신용이 운가상단의 자산이 되어 다른 중소 상단에 비해 비교적 큰 거래선을 확보하고 있었으며, 언제나 활기찬 분위기로 북적거렸다.

이것이 청년이 기억하는 운가상단의 모습이었다. 그러나 지금 눈앞에 보이는 광경은 청년의 기억과는 꽤 동떨어진 모습이었다. 그것은 마치 쓸쓸한 옛 영화를 추억하며 쇠락해가는 상단의 모습, 바로 그것이었다.

"무슨 일이오?"

아무도 없는 대문을 빗자루질하던 하인은 청년이 문 앞에서 서성거리자 고개를 들고 물었다.

"아, 저······."

청년이 머뭇거리며 대답을 제대로 못하자 하인의 눈에 경계의 빛이 돈다. 그는 손에 들고 있던 장대비를 마치 봉이라도 쥐듯 거머쥐고 자세를 바로 했다.

"뭐요? 당신은 누구요?"

상대가 수상한 기색을 보인다고 판단하자 당장 하인의 말투가 바뀌었다.

"저는 어르신을 뵈려고······."

"어르신? 운 어르신 말이오?"

허름한 차림의 낯선 청년이 어르신을 뵙는다고 하자 하인은 오히려 경계심을 높였다. 초면에 높은 사람을 들먹이는 것은 무언가 얻으려는 불청객의 상투적 수법이었기 때문이다. 하인은 이 청년을 쫓아내 버리기로 마음먹었다.

"어르신은 지금 바쁘시오. 그러니 쓸데없는 수작은 그만두고 용건이 있거들랑 어서 누군지나……."

"무슨 일이냐?"

하인의 뒤에서 중년인의 중후한 목소리가 들려왔다. 하인은 급히 몸을 돌리더니 고개를 숙였다.

"부, 부총관님."

"무슨 일이기에 대문 앞에서 소란을 떠는 것이냐?"

뒤에 나타난 사람은 운가상단의 부총관이었다. 이제 막 중년을 넘어 노년으로 접어들기 시작한 그는 나이에 비해 강한 눈매에다 차가운 인상을 지니고 있었다. 매사에 엄하고 무뚝뚝한 편이라 운가상단의 하인들이 꽤나 어려워하는 사람이었다.

"글쎄 이 사람이 다짜고짜 운 어르신을 뵙겠다고……."

부총관의 눈매가 살짝 일그러졌다. 한눈에 보기에도 불청객이 분명한 허름한 차림의 서생. 그의 판단 역시 하인의 판단과 그리 다르지 않았다.

"이보시오. 젊은이. 무슨 용건인지는 모르겠으나……."

말을 잇던 부총관은 문득 청년의 얼굴이 낯익다는 것을 발견했다. 그리고 오래된 이름 하나를 머릿속에서 떠올리는 것은 금방이었다.

"운현 도련님?"

부총관은 눈살을 찌푸리며 말했다. 그러자 청년이 기다렸다는 듯 대답한다.

"오랜만입니다…… 부총관."

일그러진 얼굴의 부총관을 향해, 운현은 어색한 표정으로 그렇게 말했다.

*　　　*　　　*

"후우."

운가상단을 이끌고 있는 단주, 운일평은 깊은 한숨을 내쉬었다. 십여 년 만에 찾아 온 조카의 모습을 보면 누구라도 그렇게 할 수밖에 없으리라. 운일평은 조카의 모습을 한동안 쳐다보다가 천천히 말했다.

"어찌된 일인 게냐?"

운현이 전한 소식에는 분명히 전시(殿試)에 합격하여 진사(進士)가 되었다 했다. 학사의 직임을 받아 북경에 머물며 생활에 부족함이 없다고도 했다.

자주 소식을 전해 오지는 않았지만 이제는 혼인을 하겠다는 소식이 들려와야 할 차례라고 생각하고 있었는데, 난데없이 이 꼴이 어쩐 일이란 말인가?

게다가 조카의 모습은 일견 보아서도 말이 아니었다. 핼쑥하게 마른 것은 물론이고 얼굴에 드리운 그림자는 조카의 몸 상태가 정상이 아니라는 것을 말해준다.

마치 죄라도 지은 사람처럼, 어깨를 축 늘어트리고 아무 말이 없는 운현의 모습에 문득 불길한 생각이 운일평의 머리를 스친다.

"너, 혹시……"

운일평은 불안한 표정을 숨기지 않았다. 그는 심각한 어조로 물었다.

"조정에서 심각한 사건에라도 관련된 것 아니냐?"

줄을 잘못 서서 형(刑)을 받고 하루아침에 삭탈관직을 당하는 것은 관직 세계에서 드문 일이 아니다. 잘 나가던 벼슬아치도 순식간에 바닥으로 굴러떨어질 수 있다.

문제는 그런 일들이 본인뿐만 아니라 가문에도 영향을 끼친다는 사실이다. 만일 운현이 그런 경우라면, 그리고 그것도 꽤 심각한 사건에 연루된 것이라면 문제는 간단하지 않다. 하지만 운현은 고개를 저었다.

"그런 일은……. 없습니다."

"그럼 어찌된 일이냐?"

운일평은 답답하다는 표정으로 말했다. 운현은 잠시 머뭇거리다가 어렵게 입을 열었다.

"그저 어쩌다 보니…… 이렇게 되었습니다."

대답하는 운현의 목소리에는 회한이 서려 있었다. 운일평은 한숨을 내쉬었다.

"후우."

분명히 뭔가 사연이 있는 것이 틀림없었다. 그러나 조카는 입을 열지 않는다. 모진 고초를 당했기 때문일까? 아니면 무슨 사연이 있는 것일까?

확실한 것은 적어도 자신이 걱정하는 그런 일은 아니었으리라는 것이다. 그가 아는 조카의 성품은, 적어도 가족과 친척에게까지 폐를 끼치는 그런 사람은 아니었으니까.

착잡한 마음으로 운일평은 조카의 모습을 바라보았다. 아직 혼인은 하지 않았다지만 서른을 넘긴 어른이다. 그가 이런 꼴이 되어 자신에게 찾아온 것은, 이제 더 이상 아무 데도 갈 곳이 없다는 뜻이리라.

"알았다."

운일평은 그렇게 이야기할 수밖에 없었다. 누가 뭐라 해도 그는 돌아가신 형님의 하나뿐인 자식이니까.

"일단 가서 좀 쉬도록 해라. 네 일은, 나중에 천천히 이야기하도록 하자꾸나."

"감사합니다. 숙부님."

운현은 꾸벅 머리를 숙이며 인사를 했다. 어딘가 궁색해 보이는 조카의 그런 모습이 그의 딱한 처지를 말해주는 것 같아서 운일평은 인사를 받으면서도 마음이 편치 않았다.

달칵.

운현이 방을 나갔지만 운일평은 착잡한 표정을 거두지 못했다.
'하필 요즘 같은 상황에……'
나쁜 일은 한꺼번에 온다고 했던가? 그렇지 않아도 어려운 상단의 요즘 형편에 저런 꼴을 하고 나타난 조카의 모습은 운일평의 마음을 더욱 심란하게 했다.
"후우우."
운일평이 긴 한숨을 내쉬는데, 문득 말도 없이 방문이 열렸다.
덜컥.
"부인."
갑자기 문을 열고 들어선 사람은 그의 부인이었다. 그녀는 딱딱한 표정으로 거침없이 방으로 들어섰다. 그리고는 말 한마디 없이 운일평의 맞은편에 앉는다.
"어쩐 일이시오?"
"어쩐 일이겠어요?"
가시 돋친 대꾸. 그녀는 싸늘한 시선으로 운일평을 쳐다보며 말했다. 그녀가 하는 말의 의미를 운일평 역시 모르지는 않았다.
"후."
운일평은 한숨을 내쉬고 말했다.
"허나 혈연이라고 찾아온 아이요. 몸도 멀쩡하지 않은데 어찌 그냥 놔둘 수 있단 말이오?"
"혈연이요? 그럼, 우리는 어떻게 하구요?"
"부인."

운일평은 그녀를 진정시키려 했지만, 그녀는 물러서지 않았다.

"십 년 만에 저 꼴을 하고 나타난 사람이에요. 대체 뭘 믿고 넙죽 받아들인다는 거예요? 혹시 역모에라도 연루되었다면, 나중에 그 뒷감당을 어떻게 하려고 그러세요?"

"그럴 리 없소."

운일평은 고개를 저었다. 하지만 그녀는 믿지 않았다.

"더구나 지금 우리가 새로운 사람을 받아들일 형편인가요? 있던 사람들도 내보내는 판이에요. 저런 아무짝에도 쓸모없는 군식구를 들여서 대체……."

"부인!"

정색한 운일평의 목소리에 그녀는 말을 멈췄다.

"저래도 내 형님의 아들이오. 내게는 조카이고, 당신에게도 역시 조카요."

그녀는 입을 다물었다. 하지만 결코 납득한 표정은 아니었다.

"그리고, 저 아이라고 어찌 생각이 없겠소?"

운일평은 차분한 목소리로 말했다.

"지금은 비록 저런 모습이지만, 저 아이도 이제 어엿한 어른이오. 그리고 본래 총명한 아이였으니 어련히 알아서 잘 처신하지 않겠소?"

그의 말은 곧 자신의 소망이기도 했다. 운일평은 부인을 바라보며 말했다.

"그때까지만이니, 당분간은 탐탁지 않은 면이 있더라도 부인께서 참아주시오."

그녀는 입을 다물고 아무 말도 하지 않았다.

대대로 상단을 이어왔던 집안에서 태어나 상단의 집안으로 시집온 그녀는 본래 성격이 거침없고 똑똑하며 기가 셌다.

그녀의 친정에서도 그녀가 한 번 고집을 부리면 아무도 막을 사람이 없었다. 그런 그녀라도 오직 한 사람에게만은 고집을 굽혔다. 바로 자신의 남편, 운가상단의 주인인 운일평이었다.

"알았어요."

한참만에 그녀는 말했다.

"하지만, 제가 그 아이에게 잘 대해줄 것이라고는 생각하지 마세요."

그녀는 자리에서 일어섰다. 그리고 자신의 불만을 표현하기라도 하듯 제대로 인사도 하지 않고 방을 나가 버렸다.

"후우."

운일평은 다시 한 번 한숨을 내쉬었다. 그렇지 않아도 어려운 상황에 또 다른 어려움 하나가 얹힌 셈이니, 이래저래 나오는 것은 오직 한숨뿐이다. 그러나 뾰족한 수가 없었다.

'어떻게든 견뎌내는 수밖에.'

착잡한 표정으로 운일평은 입을 다물었다. 그는 마음의 결의를 다지기라도 하듯 주먹을 쥐었지만, 그의 손은 어쩐지 허전하게만 느껴졌다. 그렇게 운가상단에 또 하루가 저물어 가고 있었다.

＊　　　＊　　　＊

 그날 밤, 운현은 밤새도록 제대로 잠을 이루지 못했다. 오랜 여행으로 지친 몸이니 금방 잠이 들 법도 했지만 이상하게 잠이 오지 않았다.

 낯선 잠자리 때문일까? 아니면 덥고 습한 기후 때문이었을까? 밤새 뒤척이던 운현이 결국 더 이상 잠들기를 포기한 것은 아직 아무도 일어나지 않은 새벽 시간이었다.

 다시 한 번 잠을 청하는 대신, 운현은 침상에서 일어나 옷을 갈아입었다.

 오랜만에 입어보는 깨끗하고 단정한 옷. 하지만 어쩐지 남의 옷을 입는 것처럼 어색한 느낌이 들었다. 책도 없는 서탁 앞에 잠시 앉아 있던 운현은 자리에서 일어섰다. 그리고 천천히 문을 밀고 밖으로 나섰다.

 끼익.

 문을 열자 시원한 새벽 공기가 운현을 휘감아 들었다. 아직 해는 뜨지 않았지만 어둠은 완연히 그 기운을 잃어가고 있었다. 모두들 아직 깊은 잠에 빠져 있는 듯, 운가상단은 어스름 사이로 조용히 침묵을 지키고 있다.

 자박.

 조심스럽게 운현은 걸음을 옮겼다. 십여 년 만에 다시 보는 운가상단을 눈에 익히기라도 할 듯 운현은 이리저리 거닐었다. 예전에는 그렇게 커 보이던 저택이었는데, 지금 다시 보는 운가상단은 아담하다는 생각마저 들 정도로 작아 보였다.

운가상단은 실제로도 그리 큰 저택이 아니었다. 그렇게 얼마간을 거닐자 더 이상 갈 곳이 없어진 운현은 발길을 돌려 뒤뜰로 향했다.

"후우."

뒤뜰에 도착한 운현은 숨을 몰아쉬었다. 얼마 걷지도 않은 것 같은데 숨이 가빠왔다. 그렇게 잠시 숨을 돌리고 나서 운현은 정원의 모습을 천천히 돌아보았다.

오래된 저택답게 운가상단의 뒤뜰은 작지만 꽤 정갈하게 꾸며져 있었다. 십여 년 전에도 이 저택에서 가장 마음에 들었던 곳은 바로 이 뒤뜰이었다. 운현은 걸음을 옮겨 정원 한쪽 구석에 만들어져 있는 작은 나뭇등걸 의자에 몸을 기댔다.

얼마나 그렇게 앉아 있었을까? 운현은 문득 정신을 차렸다. 주변이 환하고 새들의 울음소리가 들려온다. 잠시 앉아 있었다고 생각했는데 어느새 꽤 시간이 흐른 듯싶었다.

운현은 급히 자리에서 일어났다. 이렇게 있다가 혹 다른 사람이라도 만나면 낭패다 싶은 마음에, 운현은 급히 발걸음을 재촉하여 뒤뜰을 떠났다. 하지만 그런 자신을 탐탁찮은 눈으로 계속 바라보던 누군가가 있다는 것을, 운현은 알지 못했다.

제5장
식객(食客)

 아침이 밝아오자 운현은 숙부께 아침 문안을 드리러 갔다. 숙부는 운현에게 불편한 것이 없는지 물어보고, 앞으로는 따로 문안을 오지 않아도 좋다고 했다.
 '너도 성인이고, 생각해야 할 것도 많을 테니······.'
 숙부의 말이 어서 형편을 추스르고 앞날을 결정하라는 뜻임을 운현은 모르지 않았다. 운현은 알았다고, 그렇게 대답한 후에 물러나왔다.
 숙모는 아침 문안을 받지도 않았다. 그녀는 운현이 채 문안인사를 꺼내기도 전에 '됐다'라며 '이제 오지 말라'고까지 했다. 운현은 고개를 숙이고 그저 물러나올 수밖에 없었다.

그날 오전 내내 운현은 숙소에 있었다. 하지만 쉴 수는 없었다. 밤사이 제대로 잠을 청하지 못한 터라 피곤할 법도 하건만, 이상하게 잠을 잘 수가 없었다. 환한 낮이어서 그랬는지, 침상에 누웠다가도, 서탁에 앉았다가도 금방 일어나서 이리저리 서성이게 되곤 했다.

그렇게 오전 내내 서성이던 운현은 결국 오후쯤 되어 숙소를 나섰다. 하지만 할 일은 없었다. 이리저리 운가상단을 거닐던 운현은 부총관을 만났다.

"도련님?"

하인들에게 무엇인가 시키고 있던 부총관은 운현을 보자 눈살을 살짝 찌푸렸다.

"아, 부총관."

운현은 그가 어려웠다. 생각해 보니 십여 년 전에도 그를 어려워했던 것 같다.

"어디 나가십니까?"

"아니, 아닙니다."

식객은 할 일이 없다. 운현은 대답을 얼버무렸다.

"그저, 여기도 꽤 오랜만이라서……."

그러니까 하릴없이 서성이고 있었다는 이야기다. 부총관은 마음에 들지 않는다는 듯 찌푸린 눈살을 펴지 않았다.

"그, 그럼……."

운현은 자리를 뜨려 했다. 그러나 부총관의 목소리가 운현의 발목을 잡았다.

"도련님."

부총관은 하인에게 시키던 것을 마무리하고 돌아섰다. 그리고 운현에게 말했다.

"드릴 말씀이 있습니다. 잠시 같이 가시지요."

강한 눈빛으로 쳐다보는 부총관의 말에, 운현은 고개를 끄덕일 수밖에 없었다.

부총관이 운현을 데리고 간 곳은 새벽에 운현이 갔던 바로 그 뒤뜰이었다. 작은 연못과 꽃들, 그리고 나무들로 꾸며진 뒤뜰은 새벽의 모습과는 달리 화창한 볕 아래에서 마음껏 그 자태를 뽐내고 있었다.

"몸은 괜찮으십니까?"

부총관의 말에 운현은 고개를 끄덕였다.

"괜찮습니다."

부총관은 찌푸린 눈살을 펴지 않았다. 그가 살펴본 운현의 얼굴은 과히 보기 좋지 않았다.

총기라곤 찾아볼 수 없는 눈빛에 어두운 그늘이 내려앉은 핼쑥한 얼굴, 심하게 말라 보이는 그의 모습은 몸 상태가 결코 정상이 아니라는 것을 말해주고 있었다.

게다가 자세히 살펴보니 아직 한창이랄 수 있는 나이임에도 불구하고 여기저기 희미한 검은 반점 비슷한 것들까지 보이고 있었다. 그저 오랜 여행 탓이라고 하기엔 뿌리가 깊어 보이는 모습이다.

'쯧. 어려운 일을 겪었거나 아니면 술에 찌든 탓이겠군.'

이런 얼굴을 한 사람을 부총관은 많이 보았다. 대도시 광주에서 갑자기 재물을 얻고, 생활이 무너진 채 이리저리 향락에만 휩쓸려 다니다가 결국은 재산과 건강까지 모조리 잃어버린 그런 사람들 말이다.

"도련님도 이미 아시겠지만, 지금 상단의 형편이 좋지 못합니다."

부총관은 단도직입적으로 이야기를 시작했다.

"그리고 지금 저희는 도련님을 오래 보살펴 드릴 만한 여력도 없습니다. 이번 달에만 해도 벌써 다섯 명의 하인들을 내보냈으니까요."

운현은 묵묵히 부총관의 이야기를 듣고 있었다.

"제가 이렇게 말씀드리는 것이 주제넘을지도 모르겠습니다."

"아닙니다."

운현은 고개를 저었다. 부총관은, 운현이 아는 한 자신이 아주 어릴 적부터 이 집에 있어온 식구 같은 사람이다. 운일평이 그를 동생처럼 대하니, 운현에게는 삼촌 같은 사람이 아닌가? 비록 한 번도 운현에게 친절한 모습을 보여준 적은 없지만 말이다.

"도련님께서 어떤 결정을 하실지는 모르겠습니다만, 가능한 빨리 해주셔야 합니다. 어차피 도련님도 계속 이렇게 있을 수는 없지 않겠습니까?"

"알겠습니다."

운현은 대답했다. 부총관은 할 말을 다 했다고 생각했는지 운현에게 고개를 숙여 인사를 하고는 말없이 떠났다. 그리고 그가 떠난 다음에도, 운현은 한동안 그 자리에서 움직이지 않았다.

"후우."

혼자 남은 운현은 긴 한숨을 내쉬었다. 부총관의 말이 옳았다. 결정을 내려야 했다. 하지만 무슨 결정을 내리란 말인가? 운현은 자신도 모르게 나뭇등걸 의자에 털썩 주저앉았다. 다리에 힘이 없었다.

"후우우."

또 한 번 땅이 꺼질 듯한 한숨이 새어 나왔다.

"땅이 꺼지겠군요."

운현은 흠칫 놀라 고개를 들었다. 비단 옷을 예쁘게 차려입은 젊은 아가씨의 모습이 눈에 들어왔다. 이제 갓 스무 살이나 되었을까? 그녀는 눈살을 찌푸린 채로 운현을 보며 말했다.

"그렇게 한숨을 쉬고 있을 시간이 있으면, 상단의 일이라도 돕는 게 어때요?"

당돌한 목소리의 그 아가씨는 어딘지 숙부의 모습을 닮아 있었다. 그리고 그제서야 운현은 상대가 누구인지 알아차렸다.

"아……. 희연 누이."

그녀는 운일평의 딸, 운희연이었다. 운현에게는 사촌동생 뻘이 되는 그녀. 하지만 운현이 기억하는 그녀의 모습은 아주 어릴 때 모습뿐이다. 그것도 멀리서 몇 번 슬쩍 보았을 뿐이라 특별히 기억나는 것은 없었다.

운희연은 운현의 말에는 대꾸도 하지 않고 저벅저벅 걸어오더니 맞은편 의자에 털썩 앉았다. 그녀는 운현을 아주 익숙한 듯 대했다.

"어떻게 된 거예요?"

눈살을 찌푸린 채 그녀는 추궁하듯 물었다.

"전시에 합격하고, 북경에서 학사가 되었다고 하지 않았어요?"

운현은 씁쓸한 미소를 머금을 뿐, 대답하지 않았다.

"몸이 멀쩡한 걸 보니 형(刑)을 당한 건 아닌 거 같은데, 대체 뭐에 빠져서 그렇게 폐인이 된 거예요? 술? 도박? 아니면 여자?"

운희연은 거침없이 말했다.

"누, 누이."

놀란 운현이 뭐라 대답도 하기 전에, 운희연은 벌써 자리에서 일어나고 있었다.

"뭐, 됐어요. 어차피 시답잖은 이유 때문이겠지."

자리에서 일어선 운희연은 운현을 내려다보며 말했다.

"어쨌거나 이 집은 놀고먹는 한량이 유유자적하는 것을 봐줄 정도로 여유 있는 집안이 아니에요. 이 집에서 밥을 먹겠다면 무엇이라도 하세요."

운희연은 몸을 돌리려다가 문득 생각난 듯 다시 고개를 돌렸다.

"그리고 여기서 그런 청승맞은 모습을 하고 있지 말아요. 괜히 나까지 기분 나빠지니까. 여기는 내 자리예요. 알았어요?"

그 말을 끝으로 운희연은 뒤도 돌아보지 않고 자리를 떴다. 그녀의 외모는 숙부를 닮았지만 성격만큼은 젊었을 때의 숙모 그대로였다. 물론 운현은 그것을 알지 못했지만.

엉거주춤 일어나려던 운현은 다시 의자에 털썩 주저앉으며 한숨을 내쉬었다.

"후우."

피곤했다. 광주에 오면 모든 것을 잊고 한동안 조용히 지낼 수 있을 줄 알았는데, 지극히 현실적인 문제들이 그를 괴롭히기 시작하고 있었다.

"그래. 계속 이렇게 있을 수는 없겠지."

운현은 중얼거렸다. 숙부도 숙모도, 부총관이나 희연 누이의 말도 모두 옳았다. 언제까지고 이렇게 있을 수만은 없었다. 하루라도 빨리, 무엇이라도 해야 했다. 그러나 무엇을, 어떻게 해야 한단 말인가?

"배운 재주라곤 그저 글 읽는 것뿐이니."

자조적인 음성으로 운현은 중얼거렸다. 그리고 자신도 모르게 이렇게 말했다.
"그리고 검(劍)인가……."
자신의 입에서 내뱉어진 말을 듣는 순간 운현은 벌떡 일어섰다. 그리고 허둥지둥 그 자리를 떠났다. 마치 누군가에게 쫓기기라도 하는 사람처럼.

*　　*　　*

"허억!"
외마디 비명과 함께 운현은 벌떡 일어났다. 동시에 그를 괴롭히던 모든 것이 사라져 버렸다. 꿈이었다.
"허어, 허억."
하지만 정말 지독한 꿈이었다. 운현은 정신을 차리고 주변을 둘러보았다. 눈이 익숙해지자 곧 자신의 숙소라는 것을 깨달을 수 있었다. 광주의 운가상단에 있는 자신의 숙소.
운현은 침상에서 일어나 탁자로 갔다. 탁자 위에 있던 물을 벌컥벌컥 들이마신 운현은 길게 숨을 내쉬었다.
"후우."
그제야 마음이 천천히 가라앉기 시작했다. 그 지독한 악몽의 기억이 조금씩 퇴색해 가면서 주위가 눈에 들어오기 시작했다.

"이런……."

그러고 보니 온몸이 땀으로 흥건했다. 침상에 있던 침구도 여기저기 땀이 배어 있었다.

문득 바깥을 살피니 아직 새벽이 오기도 전이다. 어제보다 오히려 더 이른 시각. 다시 한 번 한숨을 내쉬고, 운현은 침구와 옷을 정리하기 시작했다.

잠시 후, 운현은 간단하게 몸을 씻고 옷을 갈아입은 후 탁자 앞에 앉았다. 젖어 있던 침구도 대충 정리했다. 땀에 젖은 옷과 침구는 유난히 냄새가 지독했다.

다른 사람들 눈치를 봐야 하는 운현으로서는 신경 쓰일 수밖에 없는 일이었다.

하지만 더 신경 쓰이는 것은 바로 자신의 악몽이다. 처음에는 일충현과 함께 황궁에서 검을 수련하는 것으로 시작하다가, 북해의 소궁주가 나타나고, 그리고 마지막에는 피로 물든 독고랑의 얼굴에서 깨어나는 꿈. 자신의 온몸이 피로 물들어버리는 그 지독한 악몽. 언제나 똑같은 그 지긋지긋한 꿈.

"이러다 내가 미치는 것 아닐까?"

운현은 파리한 음성으로 중얼거렸다. 악몽을 꾸는 것은 이번이 처음이 아니었다. 잠이 들면 언제나 그 꿈을 꿨다. 그리고 온통 땀으로 젖어버린, 가위에 눌린 듯 신음하며 깨어나는 자신을 발견하곤 했다.

"후우우."

느는 것이라곤 오로지 한숨뿐이다.
'땅이 꺼지겠군요.'
운현은 문득 희연의 목소리를 떠올렸다.
"땅이 꺼지겠군."
 쓸쓸한 목소리로 운현은 중얼거렸다. 정말로 한숨에 땅이 꺼지는지는 알 수 없었지만 적어도 한 가지는 확실했다. 그것은 이대로 있을 수는 없다는 것이었다. 운현 자신으로서도, 그리고 다른 사람의 눈치를 보아서도.

 그날 아침, 운현은 부총관을 찾아갔다. 부총관은 자신의 집무실에서 그날 해야 할 일을 정리하고 있었다.
"부총관님."
"도련님?"
 부총관은 아침 일찍부터 찾아온 운현을 보고 의외라는 표정을 지었다.
"어쩐 일이십니까?"
"부탁드리고 싶은 것이 있습니다."
"부탁?"
 운현의 말에 부총관이 눈살을 찌푸린다. 난데없이 이게 무슨 소리인가 싶은 것이다. 그러나 운현은 진지했다.
"부총관님 말씀이 맞습니다. 저도 이대로 계속 있을 수는 없지요. 하지만, 제가 무슨 일을 해야 할 지, 아니 할 수 있을지 전혀 감을 잡을 수가 없습니다. 제가 할 줄 아는 것은 그저……."

운현은 입을 다물고 잠시 고개를 숙였다. 그러나 곧 고개를 들었다.

"그저…… 글 읽는 것뿐이니까요."

운현은 말했다.

"그래서 부총관님이라면 제가 무엇을 해야 할지 말해주실 수 있을 것이라고 생각했습니다."

부총관은 잠시 침묵했다. 그는 마치 운현의 마음속을 꿰뚫어 보기라도 할 듯, 강렬한 눈매로 운현을 똑바로 주시하고 있었다.

"진심이십니까?"

부총관은 물었다. 운현은 서슴없이 고개를 끄덕였다.

"흐음……."

부총관의 이마에 주름이 진다. 이런 책임은 가능한 지고 싶지 않았다. 다른 사람의 인생에 관여하는 일은 젊은 혈기가 왕성했던 예전으로 이미 족하다. 하지만, 운현의 진지한 눈빛을 외면하는 것도 쉽지 않다. 게다가 그는 자신을 믿고 이런 부탁을 하는 것이 아닌가?

"휴."

결국 부총관은 가벼운 한숨을 내쉴 수밖에 없었다. 그는 손에 들고 있던 서류를 내려놓고 운현을 돌아보았다.

"알겠습니다."

"감사합니다. 부총관님."

운현은 부총관에게 깍듯이 예를 표했다.

"우선, 그 부총관님이라는 말씀부터 그만두십시오. 예전처럼 그저 부총관이라고 부르시면 족합니다."

"알겠습니다."

"우선 도련님이 할 일은 몸을 추스르는 것입니다."

부총관은 단도직입적으로 말했다. 그의 성격이 그러하듯이.

"그런 몸으로는 아무것도 할 수 없습니다."

"그러면 어떻게……."

운현이 묻자 부총관은 간단하게 대답했다.

"몸을 움직여 일을 하십시오."

"일?"

"물을 길어도 좋고, 마당을 쓸어도 좋고, 청소를 하는 것도 좋습니다. 장작을 패도 괜찮겠지요. 무엇이든 몸을 움직일 수 있는 일을 하십시오."

부총관은 운현을 똑바로 쳐다보며 말했다.

"이곳은 상인의 가문입니다. 선비의 체면치레 같은 건 잊어버리십시오. 도련님이 일을 한다고 해서 수군거릴 사람은 아무도 없습니다. 아니, 오히려 몸을 움직여서 일을 하지 않으면, 아무도 이 집에서 환영받지 못합니다. 우선 그렇게 해서 건강을 추스르도록 하십시오. 할 수 있는 것을 찾는 것은, 그 다음부터 해도 늦지 않습니다."

눈살을 찌푸리며 부총관은 한 마디를 덧붙였다.

"그리고, 그동안은 술이든 도박이든 절대 손대면 안 됩니다."

운현은 눈을 휘둥그레 뜨며 손을 내저었다.

"그, 그런 건 없습니다."

"그렇습니까?"

부총관의 매서운 눈초리가 운현을 똑바로 바라본다.

"그러면 됐습니다."

그것으로 끝이라는 듯, 부총관은 고개를 돌렸다. 그리고 다시 서류를 손에 잡고 일을 시작한다.

"감사합니다."

운현은 정중하게 예를 표하고는 부총관의 집무실에서 물러나왔다. 그런 운현의 뒷모습을, 부총관은 매서운 눈초리로 바라보고 있었다.

도와준다고는 했지만 그렇다고 당장 모든 일을 챙겨주겠다는 뜻은 아니다. 그는 말만 번지르르한 사람 역시 많이 겪어보았다. 운현이 그런 사람이 아니라고는 장담하지 못하는 일이다. 게다가 몸을 먼저 추슬러야 한다는 말 역시 거짓말이 아니다.

"곧 알게 되겠지."

어차피 금방 드러날 사실이다. 운현이 말만 번지르르한 사람인지 아닌지 말이다. 그렇게 중얼거리며 부총관은 다시 일에 열중했다.

　　　　　*　　　*　　　*

　부총관을 만난 바로 그날부터 운현은 부총관의 말을 실천에 옮겼다. 부총관이 말한 대로 청소를 하기로 마음먹었고 운현은 먼저 자신의 방부터 청소를 시작했다.

　청소는 생각보다 힘들었다. 힘든 일을 해서가 아니라 몸이 제대로 말을 듣지 않아서였다. 오랜만에 몸을 움직여서인지 조금만 움직여도 온몸이 삐그덕거리는 것 같았다. 그리고 너무 쉽게 지쳤다.

　"후우."

　운현은 청소하던 모습 그대로 벽을 기댔다.

　'겨우 이 정도로…….'

　아무래도 자신의 몸 상태는 생각하던 것보다 더 심각한 듯했다. 부총관이 먼저 몸부터 추스르라고 한 말은 결코 빈말이 아니다. 이래서야 무슨 일을 하겠는가?

　'몇 번 앉았다 일어섰을 뿐인데.'

　몸은 예전처럼 말을 듣지 않고 무슨 일이든 쉽게 지친다. 이렇게 기대어 쉬는 것도 벌써 몇 번째인가? 이제 겨우 자신의 방을 청소했을 뿐인데 말이다. 시간도 어느새 오전을 훌쩍 넘기고 있지 않은가?

　'정말…… 한심하군.'

　운현은 벽에 기대서서 그렇게 자조적인 쓴웃음을 흘렸다.

절망 같은 것은 없었다. 좌절하지도 않았다. 아니, 오히려 당연한 일이라는 생각이 들었다. 이렇게 되는 것이 마땅하다고, 그렇게 생각했다.

'나 같은 사람 따위…….'

새벽에 꾼 악몽의 한 자락이 문득 운현의 마음에 엄습한다. 운현은 급히 고개를 저었다. 마치 달라붙는 악몽을 털어내기라도 할 듯이.

'움직여야 돼.'

운현은 다시 몸을 일으켰다. 그리고 열심히 청소를 계속했다. 움직일 때마다 몸 여기저기서 비명을 지르듯 삐걱거리고 통증이 찾아왔지만 운현은 계속 움직였다.

'그래도…….'

아픈 가운데서도 운현은 피식 웃음을 흘렸다.

'다른 생각이 안 나는 건 좋은 일이군.'

단순 작업으로 몸을 움직이는 것은 좋은 점이 확실히 하나 있었다. 그것은 딴 생각이 들지 않는다는 것이다. 청소든 뭐든 몸을 움직이고 있을 때는 확실히 다른 생각을 할 겨를이 없었다. 그것이 자신의 앞날에 대한 것이든, 혹은 악몽이건, 혹은 이제는 완전히 끝장났다고 생각되는 자신의 몸 상태건 말이다.

"으챠."

운현은 청소를 계속했다. 근육과 관절이 여기저기서 고통을 호소했지만 묵살했다. 지금 자신이 할 수 있는 일은 오직 이것뿐이라는 듯, 운현은 온 정신을 집중해서 그렇게 청소를 계속했다.

정오 무렵 운현은 청소를 마쳤다. 자신의 숙소뿐만 아니라 주변까지 가능한 깨끗이 청소했다. 겨우 숙소 청소 하나에 오전이 휙 지나간 셈이었지만, 청소를 마치자 나름대로 무언가 뿌듯한 성취감도 느낄 수 있었다.

오후에는 마당을 쓸었다. 커다란 빗자루로 마당을 쓰는 것은 단순한 반복이다. 쓸고, 걷고, 쓸고, 걷고. 운현이 한 것은 그것뿐이었지만 역시 쉬운 일은 아니었다.

어지러워진 운현은 몇 번이고 주저앉아서 쉬어야 했다. 하지만 그것도 잠시, 운현은 곧 다시 일어나 빗자루질을 반복했다. 자신의 몸이 생각보다 심각하게 망가졌다는 것은 이미 알고 있는 일이다.

몇 번 쓸고, 빗자루를 의지해서 조금 쉬고 하는 일이 계속되었다. 다른 생각이 떠오를 틈을 주지 않겠다는 듯, 운현은 빗자루를 쉬지 않고 끊임없이 움직였다.

물을 긷는 일은 생각보다 더 힘이 드는 일이었다. 하인들은 큰 물통을 잘도 나르는데, 자신은 물통을 나르기는커녕 제대로 균형을 잡기도 힘들었다. 물통과 함께 바닥에 몇 번을 뒹굴고 나서, 운현은 물 긷는 일을 포기했다. 도저히 몸의 균형을 제대로 잡을 수가 없었다.

하루 종일 몸을 움직여 일하느라 피로에 지친 노곤한 몸은,

눕기만 해도 저절로 잠에 빠져들 것만 같았다.

그렇게 아주 오랜만에 운현은 상쾌하다는 느낌을 받았다. 그리고 기분 좋은 피로감과 함께 잠자리에 들 수 있었다. 피로에 지친 운현은 눕자마자 금방 잠에 골아 떨어졌다.

"헉!"

운현은 다시 악몽과 함께 잠에서 깨어났다. 지독한 꿈, 똑같은 악몽. 초저녁에는 그렇게 달콤한 잠에 푹 빠져들었던 것 같은데 결국 악몽은 다시 또 운현을 찾아왔다.

"허억. 허억."

온몸이 땀으로 흥건하다. 침상도 온통 땀이다. 유난히 지독한 냄새를 풍기는 땀. 결코 정상이라 할 수 없는 일이었지만, 운현은 크게 개의치 않았다. 그런 일에 신경 쓸 겨를이 없다기 보다는, 그저 아무래도 상관없다는 생각이 들었다.

부스럭.

운현은 자리에서 일어났다. 그리고 물을 들이켰다.

"후우."

정신을 차리고 바깥을 보니 아직 이른 새벽인 듯 어스름이 짙었다. 그러나 운현은 다시 잠을 잘 수 없으리란 것을 알았다.

"안 되겠군."

결심한 운현은 몸을 씻고 옷을 갈아입은 후에, 간단하게나마 침구를 정리했다. 그리고 긴 빗자루를 하나 챙겨들고 마당으로 나갔다.

사락 사락.

빗자루가 지날 때마다 바닥에 긴 빗자루 자국이 생겨났다. 마치 커다란 붓으로 그림을 그리는 것처럼 마당에 빗자루 자국이 하나둘 아로새겨진다.

사락 사락.

한 번 한 번 운현은 힘을 주어 빗자루를 움직였다. 새벽의 쌀쌀한 느낌은 어느새 사라지고, 운현의 이마에는 땀방울이 맺힌다. 지금 이 순간 운현은 마치 빗자루질에 목숨을 건 사람 같았다.

"후우."

새벽이 걷혀갈 무렵 운현의 빗자루질은 끝이 났다. 그리고 그는 자신이 공들여 이루어 놓은 일을 바라보았다. 마당 전체에 마치 여인의 고운 머릿결 같은 무늬가 아로새겨져 있었다.

눈앞에 펼쳐진 그 모습이 마치 무언가 대단한 일이라도 이루어낸 것처럼 뿌듯한 느낌을 갖게 했다. 운현은 희미한 미소를 지었다.

"하, 멋지군요."

문득 들려온 여인의 목소리에 운현은 고개를 들었다. 숙부 운일평의 딸, 운희연이었다. 하지만 그녀의 말과는 다르게, 지금 그녀의 얼굴에 떠오른 표정은 결코 감탄이라고는 말할 수 없었다. 아니 한쪽 눈살을 찌푸린 그녀의 모습은 어이없다는 표정에 더 가까웠다.

"설마 밤새도록 빗자루질을 한 건가요?"

반은 조롱하는 듯한 말투가 분명했지만 운현은 전혀 상관하지 않았다.

"설마 밤새도록 빗자루질을 하지는 않았지."

어깨를 으쓱하며 운현이 대답했다.

"그래서, 결국 하기로 한 일이 이건가요?"

"일단은."

"일단은?"

운현은 희미한 미소를 지우지 않은 채 말했다.

"먼저 내 정신 상태를 좀 가다듬어야 할 것 같아서 말이야."

"빗자루질로요?"

"안 될 것 없겠지. 해보니까 의외로 꽤 좋은걸? 딴 생각도 안 나고."

운현의 대답이 능청스럽게 이어지자 운희연은 오히려 기분이 상했다.

"잘 해보세요."

새침하게 한 마디를 던지고서, 운희연은 발걸음을 돌렸다. 그리고 일부러 보란 듯이, 운현이 쓸어놓은 마당 한가운데를 가로질러 걸어갔다. 하지만 운현은 전혀 상관하지 않았다. 운희연이 자신을 빈정대듯이 말했을 때와 마찬가지로.

"자, 다음은 물 긷기라도 도전해 볼까?"

 운희연 덕분에 땀이 쏙 들어갔다. 운현은 빗자루를 들고 발길을 옮겼다. 자신이 이룩해 놓은 작품을 차마 망칠 수 없어 마당 주변으로 빙 둘러가는 수고를 하기는 했지만 말이다. 어느새 환하게 떠오른 아침 해가 마당을 따스하게 비추고 있었다.

* * *

 송가장(宋家莊)은 귀주성(貴州省) 북쪽에 위치한 작은 도시 준의(遵義)에 뿌리내린 중소 문파였다. 비록 규모는 작았지만 그래도 이 지역에서는 꽤 알아주는 문파에 속했다.

 그러나 요즘 송가장의 형편은 그리 좋다고 할 수 없었다. 왜냐하면 도시 남쪽에 떡하니 쌍검문(雙劍門)이라는 문파가 새로 들어섰기 때문이다.

 처음 쌍검문이 들어설 때만 해도 두 문파의 관계는 그리 나쁘지 않았다. 쌍검문은 후발주자답게 송가장의 기득권을 인정했고, 그들의 활동 영역도 도시의 남쪽 지역에 한했다. 제자들의 숫자 또한 송가장의 반을 조금 넘는 정도에 불과했다.

 그러던 쌍검문이 점차 슬금슬금 발을 뻗기 시작한 것은 무림맹이 무너졌다는 소식이 들리자마자였다.

 그들은 곧 도시 중심부에 있는 커다란 시장에까지 진출해서 벌써 다섯 개의 기루 중에 두 개의 기루와 보호 계약을 맺었다. 그 기루들은 지난 수년간 송가장의 보호 아래 있던 곳들이었다.

"이건 말도 안 됩니다!"
송가장(宋家莊)의 대제자인 송시원은 분을 참지 못하고 씩씩거리는 목소리로 말했다.
"어찌 그들이 감히 우리 송가장을 넘볼 수 있단 말입니까?"
송가장의 장주, 송한방은 미간에 주름을 잔뜩 잡고 앉아 있었다.
"당장 따끔한 맛을 보여줘야 합니다."
송시원의 흥분한 목소리에도 불구하고, 송한방은 묵묵부답이었다.
"장주님."
송가장의 총관이 조용한 목소리로 말했다.
"이상한 소문이 돌고 있습니다."
"소문?"
총관은 조심스럽게 말했다.
"우리 송가장이 도시의 기루에서 발을 빼고 모두 쌍검문에 넘기기로 했다는 소문입니다."
쾅!
송시원은 탁자를 내리쳤다. 그는 총관의 말에 더욱 흥분한 표정이었다.

"그것 보십시오, 아버님! 저들이 우리를 우습게보지 않고서야 어찌 이런 일이……."

"조용히 못하겠느냐?"

송한방이 매서운 눈초리로 송시원을 쳐다보자, 송시원은 움찔하며 입을 다문다. 그가 조용해지자 송한방은 총관을 보며 물었다.

"어째서 그런 소문이 났다고 하던가?"

"아무래도 쌍검문이 새로운 세력을 등에 업은 듯합니다."

"새로운 세력?"

중소 문파들이 커다란 문파나 널리 알려진 고수와의 돈독한 관계를 자랑하는 것은 흔한 일이었다. 그것은 보통 소림의 속가 제자라던가, 혹은 화산 명숙의 지인(知人)이라던가 하는 식으로 실제로는 몇 다리 건너 이름만을 파는 경우가 대부분이었지만, 가끔은 무시 못할 큰 문파와 실제적인 친분을 맺는 경우도 있었다.

물론 이런 경우에도 상당한 대가를 지불하고서 사안에 따라 도움을 얻는 경우였지만, 그렇다 해도 그것을 무시할 수는 없었다.

특히 큰 문파가 정색을 하고 나설 경우 순식간에 휩쓸려 버릴 중소 문파의 경우는 더더욱 말이다. 그러니 송가장으로서는 쌍검문의 새로운 세력이라는 것을 신경 쓸 수밖에 없는 것이다.

"어디라던가?"

"아직 확실하지는 않습니다만……. 아무래도 그게…… 영웅맹이라는 것 같습니다."

"여, 영웅맹!"

총관의 말에 송한방은 안색이 변했다.

"그게 정말인가?"

"확실한 것은 모르겠습니다만, 곧 영웅맹에서 고수들이 쌍검문을 돕기 위해 올 것이라는 소문이 파다합니다."

"말도 안 됩니다. 아버님!"

송시원은 벌떡 일어섰다.

"쌍검문에서 의도적으로 흘린 헛소문이 틀림없습니다."

그는 목에 핏대를 세워가며 외쳤다.

"영웅맹이 왜 이곳까지 사람을 보낸단 말입니까!"

송한방의 매서운 눈초리가 다시 한 번 송시원을 향하고, 송시원은 찍 소리도 못한 채 다시 자리에 앉는다. 하지만 그의 말에도 일리는 있었다.

"그들이 어찌 영웅맹과 직접 관계를 가진단 말인가? 게다가 아직 쌍검문이 우리와 싸움을 할 것이라 정해진 것도 아닌데, 어찌 벌써 영웅맹의 고수들이 온다는 소문이 있단 말인가?"

"쌍검문이 송가장과 결전을 치를 것이라는 소문이 시내에 파다합니다. 그 소문을 쌍검문이 일부러 흘린 것이 확실하다면, 쌍검문은 이미 결정을 내린 것이라는 뜻이 되겠지요."

식객(食客) 163

쌍검문이 송가장을 이곳에서 쫓아내기로 이미 결정했다면 가능한 이야기다. 영웅맹이라는 막강한 힘을 등에 업고 있다면 충분히 가능한 일이 아니던가?

쌍검문의 젊은 문주의 성격대로라면 아예 번거로운 신경전을 생략하고 바로 힘으로 밀어붙이는 것도 있을 법한 얘기다.

"으음."

송한방의 이마에 깊은 주름이 생겼다.

"아버님! 이대로 쌍검문에게 송가장을 넘겨주실 셈입니까!"

송시원은 다시 벌떡 일어나서 외친다. 쌍검문의 문주에게 이상하리만치 경쟁의식을 갖고 있는 그로서는 도저히 이번 일을 참을 수 없으리라.

그리고 또한 이번 일을 통해 자신의 실력을 뽐내고 싶다는 젊은 혈기 역시 가세했을 터이고 말이다. 그러나 송한방은 송가장의 주인으로서 그렇게 혈기로만 이 일을 처리할 수가 없었다.

"총관."

"네."

"혹시 태평맹에 끈을 댈 수 없겠나?"

"태평맹이요?"

총관의 눈이 휘둥그레진다.

"그래. 아니면 태평맹과 관계를 맺고 있는 다른 문파라도 좋네. 쌍검문에서 영웅맹을 들고 나오면, 이쪽에서도 가만히 있을 수는 없는 일 아닌가? 쌍검문에서도 실제로 영웅맹 고수들이 오는 것은 아닐 테고 말일세."

영웅맹의 고수들이 쌍검문에 온다는 소문은 분명히 지나치게 과장된 것이다. 송한방은 그렇게 판단했다. 말이야 바른 말이지, 대체 그 무시무시한 영웅맹이 무어 먹을 게 있다고 이 도시까지 온단 말인가?

그것도 장강에서는 한참이나 떨어진 이곳까지 말이다. 그러니 아마도 영웅맹과 끈을 대고 있는 다른 문파에서 사람이 오는 것이 분명할 것이라고, 송한방은 생각했다.

총관 역시 송한방의 생각이 일리 있다고 판단했다. 소문을 쌍검문에서 흘리고 있는 것이 사실이라면 충분히 그럴 가능성이 있었다.

"알겠습니다. 한번 알아보겠습니다. 다만 비용이……."
"비용은 걱정 말게."

송한방은 고개를 끄덕이며 말했다.

"아, 그리고 그 영웅맹이 온다는 소문이 어디까지 사실인지도 한번 은밀히 알아보게."
"알겠습니다."

총관은 고개를 끄덕였다. 그는 별다른 무공도 없고 머리가 좋은 것도 아니었지만 이 도시에 그의 술친구 아닌 사람이 없다고 할 정도로 발이 넓었다. 그라면 송한방이 궁금해하는 것들을 충분히 풀어줄 수 있을 것이다.

"쌍검문 이놈들······."

송한방은 나지막이 이를 갈았다.

"어디 두고 보자."

건곤일척의 싸움이다. 누구든 이 싸움에서 지는 쪽은 이 도시를 떠나야 할 것이다. 그리고 그것은 틀림없이 쌍검문이 될 것이라고, 송한방은 그렇게 생각했다.

*　　　*　　　*

"장주님. 쌍검문의 소문이······ 아무래도 사실인 듯합니다."

"사실이라니. 그게 무슨 말인가?"

총관의 말에 송가장 장주 송한방의 눈썹이 일그러진다.

"얼마 전 쌍검문의 문주가 중경에 있는 영웅맹 지부에 직접 찾아가서 백호 가죽을 가져다 바쳤다고 합니다. 그래서 영웅맹 중경 지부장이 쌍검문의 일에 기꺼이 협력할 것을 약속했다고······."

송한방의 안색이 파랗게 변했다.

"그, 그럼 영웅맹의 고수들이 온다는 소문이 사실이라는 뜻인가?"

총관은 착잡한 표정으로 고개를 끄덕였다. 영웅맹의 고수들이 온다는 건 그저 소문이라 치부했다. 그런데 그 설마가 사실이 되다니.

"태평맹에 끈을 대는 일은 어찌됐나?"

"아무래도 안 되겠습니다."

"안 된다니! 그게 무슨 말인가?"

송한방은 있는 대로 인상을 찌푸렸지만 총관은 안타까운 표정으로 고개를 젓는다.

"그게, 영웅맹 이름만 나오면 모두 고개를 젓습니다. 상대가 영웅맹이라면 천하를 뒤져본들 나설 문파가 아무도 없을 거라는군요."

총관이 지난 몇 주간 수많은 문파들을 찾아다니며 얼마나 고생을 했는지는 송한방도 잘 알았다. 하지만 결과가 이래서야 그 고생이 무슨 소용이 있는가?

"정말, 정말 아무도 없단 말인가?"

절망적인 목소리로 송한방은 되뇌었다. 영웅맹, 영웅맹하더니 설마 이 정도일 줄 알았으랴?

"방법이 없는 것은 아니라고 합니다만……."

주저하는 태도로 어렵게 입을 연 총관의 말에 송한방은 번쩍 고개를 들었다.

"방법이 없는 게 아니라고? 그게 뭔가?"

"저, 그게……."

총관은 어색한 표정으로 대답했다.

"차라리 직접 영웅맹에 손을 쓰는 편이 나을 거라고 하더군요."

"뭐? 손을 쓰다니, 끈을 댄다는 말인가?"

송한방은 눈살을 찌푸렸다. 송가장의 적인 쌍검문을 편들고 있는 게 바로 그 영웅맹인데, 그 영웅맹에 끈을 대라니?

"그렇습니다."

끄덕이는 총관의 대답에 송한방은 어이없는 표정을 지었다.

"아니, 하지만 영웅맹은 이미 쌍검문과 손을 잡았다고 하지 않았는가?"

"그게 그렇지만도 않은 모양입니다."

"그렇지만도 않다고?"

"네."

총관은 눈을 빛내며 송한방에게 설명을 시작했다.

"말씀드렸듯이, 쌍검문이 영웅맹에 끈을 댄 것은 얼마 되지 않은 근래의 일이라고 합니다. 그것도 오직 쌍검문 문주가 가져다 바친 백호 가죽 때문이지요. 즉, 그것은 영웅맹과 쌍검문이 어떤 의리가 있어서 그런 것이 아니라는 뜻도 됩니다."

문득 송한방의 눈빛이 빛났다. 총관의 말에서 해결책을 발견한 탓이다.

"그러면……"

"네."

총관은 고개를 끄덕였다.

"우리가 더 좋은 조건을 제시한다면, 영웅맹은 쌍검문이 아닌 우리 송가장의 편이 되어 줄 것이라는 말이지요."

송한방의 얼굴이 일그러졌다. 방법은 발견했다지만 입맛이 너무 썼다.

"영웅맹이…… 그런 정도였단 말인가?"

"어차피 영웅맹은 이곳에는 관심이 없습니다. 그저 좋은 조건을 부르는 편에 힘을 빌려주겠다, 이것뿐이지요."

사실은 힘을 빌려주는 것도 아니다. 이름만 빌려주는 것으로 끝날 공산도 컸다.

아무나 영웅맹에 속한 사람이 와서 중재랍시고 결론을 내려 버리면 그것으로 일은 끝이다. 누가 감히 그것에 반대할 수 있겠는가? 태평맹 칠대세가조차도 발을 빼는 영웅맹의 결정을 말이다.

"차라리 가까운 당문에 직접 끈을 대 보면 어떤가?"

총관은 고개를 저었다.

"당문에서 우리 같은 작은 문파의 일에 관심을 가져줄 리가 있습니까? 게다가, 태평맹은 영웅맹과 분란을 일으키지 않을 것이라고 천명했다고 하지 않습니까?"

당문은 태평맹의 주축문파다. 태평맹이 그러하다면 당문 역시 그러하다는 뜻이 된다.

"하긴, 그렇겠지."

당문에 비하면 송가장은 그야말로 달빛 앞에 선 반딧불이다. 사실 따지고 보면 애초에 송가장과 쌍검문의 다툼에 영웅맹이라는 이름이 나온 것부터가 말이 안 되는 것이다.

"제길. 쌍검문 놈들."

송한방은 이를 갈았다.

"어떻게 하시겠습니까?"

총관의 말에 송한방은 입술을 깨물었다. 어차피 방법이 없었다.

"할 수 없지. 총관이 한 번 더 수고를 해주어야겠네."

송한방은 말했다.

"중경에 다녀오게."

중경. 영웅맹의 지부가 있는 바로 그 도시다. 총관은 깊이 고개를 숙이며 송한방의 명을 받들었다.

* * *

준의에서 중경까지는 산길로 꼬박 500리가 넘는 먼 길이다. 그래도 준의는 예로부터 교통의 요지라 일컬어지던 곳이었기에 정말 산을 헤매는 일은 없었지만, 관도를 타고 간다 하더라도 500리는 결코 짧지 않은 거리였다. 더구나 술로 찌든 총관에게는 더욱 말이다.

하지만 총관에게는 송가장의 미래를 좌우할 막중한 사명이 있었다. 500리 먼 길을 마다않고 중경에 도착한 총관은, 대도시에 온 기쁨도 잠시 뒤로 미뤄두고 먼저 영웅맹 중경지부에 대한 것을 알아보기 시작했다.

영웅맹의 지부는 장강을 따라 세워져 있었다. 중심지인 항주를 비롯해서, 소주, 남경, 상해가 영웅맹의 주요 무대였고, 장강의 강줄기가 머무는 무한과 사실상 장강 상선들의 다른 쪽 끝이라 할 수 있는 중경이 영웅맹의 주요 지부가 있는 도시였다.

굳이 세력 판도만을 따진다면 칠대세가의 태평맹이 훨씬 더 크다고 할 수 있었지만, 대륙의 중심을 관통하는 동서 물길인 장강을 장악한 영웅맹이야말로 가장 노른자위를 차지한 것이나 마찬가지였다. 그리고 그 막대한 이권을 바탕으로, 영웅맹은 하루가 다르게 그 기세를 넓혀가고 있었다.

총관은 자신의 특기를 활용하여 먼저 주루에 자주 출입하는 영웅맹의 사람에게 접근했다. 귀주성 최고의 주당(酒黨)이라는 별명답게 총관은 바로 며칠 만에 영웅맹의 중간 연락책쯤 되는 사람과 안면을 트는 데에 성공했고, 그를 이용하여 우회적으로나마 이번 송가장과 쌍검문의 분쟁에 관한 영웅맹의 의향을 타진해 볼 수 있었다.

결과는 절반의 성공이었다. 총관의 생각대로 영웅맹은 이번 일에 얼마든지 송가장의 입장을 지지해 줄 의향을 가지고 있었다. 송가장이든, 쌍검문이든 기본적으로 영웅맹으로서는 아무 상관이 없었던 것이다.

그러나 결과는 또한 절반의 실패이기도 했다. 영웅맹이 부른 값이, 너무 컸던 것이다. 송가장으로서는 감당할 수 없을 만큼.

 그날, 총관은 중경의 한 기루에서 술이 떡이 되도록 퍼마셨다. 송가장에 남다른 애착을 가지고 있었던 그로서는 이번 실패에 대한 자책감과 이제 송가장도 끝이라는 사실에 너무 낙담했기 때문이다.
 완전히 만취한 그는, 기루에서 우연히 합석하게 된 사람들을 붙잡고 자신의 신세와 송가장의 형편에 대해 주저리주저리 늘어놓았다. 아마도 그것은 그가 아무런 의도 없이 술자리를 가진 아주 드문 경우였을 것이다.
 허나 아무리 취한다 해도 밤사이에 사실이 변할 리는 없는 법. 총관은 축 늘어진 어깨로 500리 길을 되짚어 송가장으로 돌아올 수밖에 없었다.
 그리고 송가장은, 집을 비울 생각을 하는 대신 전의를 불태우며 이를 악물었다. 그것은 궁지에 몰린 쥐가 고양이라도 깨물어보겠다는 그런 심정이었다.

제6장
창룡지회(蒼龍志會)

"영웅맹이 이번엔 귀주성(貴州省)의 준의(遵義)에 손을 뻗으려나 봅니다."

어두운 등불, 침침한 불빛 아래 한 사내가 나지막한 음성으로 말했다.

"준의(遵義)라…… 중경에서는 500리나 떨어진 곳이 아닌가?"

또 다른 사내의 목소리. 두 사람 모두 젊은 청년 정도의 연배라는 느낌을 갖게 하는 목소리였다.

"그러면 실제로 세력을 확장하려는 의도는 없는 거예요."

구슬이 굴러가듯 맑은 여인의 목소리가 뒤를 이었다.

"그러면 이대로 놔둬야 할까?"

"아니, 그렇지 않아요."

젊은 사내의 목소리에 여인의 목소리가 대답했다.

"오히려 이것은 좋은 기회예요."

"기회?"

묵직한 음성을 지닌 또 다른 목소리가 반문했다. 역시 젊은 청년의 것이었다.

"그래요. 우리가 원하는 것은 실제로 영웅맹의 지부를 괴멸시킨다거나 하는 것이 아니에요. 그저 사람들에게 한 가지 사실만 환기시켜 주면 족해요."

그녀는 말했다.

"영웅맹에 대항하는 세력이 있다는 것. 그리고 그것이 바로 우리라는 것을 알리는 것만으로도 충분하지요."

"흐음."

잠시 침묵이 흘렀다. 그리고 사내의 목소리가 흘러나왔다.

"그렇군. 이 정도라면 실제로 커다란 문제를 일으키지 않고도 충분히 목적을 달성할 수 있겠군."

"그래요. 또한 그다지 큰 위험부담 없이 일을 성사시킬 수 있다는 장점도 있어요. 영웅맹 역시 별 준비 없이 이 일에 뛰어들 테니까요. 그저 동전이라도 줍는 심정으로 말이에요."

"그럼, 방법은?"

묵직한 목소리가 물었다. 이번에 대답한 것은 젊은 청년의 목소리였다.

"결정적인 순간에 일을 마무리 짓고 즉시 퇴각할 것. 그렇지 않소?"

"맞아요. 저 역시 대협의 의견에 동의하는 바예요."

희미한 등불 아래 분명히 보이지는 않았지만 여인의 목소리는 그녀가 지금 미소 짓고 있다는 것을 확신하게 했다.

"다른 의견이 없으면 그렇게 하도록 하겠소."

이의는 없었다. 청년은 나지막한 목소리로 말했다.

"수적들과 녹림의 도적들이 감히 영웅이라 자처하는 세상이오."

낮은 목소리였지만 청년의 음성에는 참담함이 절절히 묻어났다.

"이름난 무가도, 뿌리 깊은 명문정파도 모두 자신의 살길만 찾을 뿐, 강호의 도의를 돌아보는 자는 아무도 없소."

그의 말은 옳았다. 막대한 피해를 입은 소림, 화산, 무당, 아미는 산문 밖으로 나오지도 못한다 했다.

소문이 과장된 것이라 해도 그들의 활동영역이 엄청나게 위축된 것은 사실이었다. 그리고 그것은 영웅맹과, 급격히 세를 확장한 태평맹의 세가들 때문이기도 했다. 사실상 태평맹이 영웅맹과 함께 천하를 나눠먹고 있다는 말은 그저 뜬소문이 아니었다.

"영웅맹과 싸운 자는 오직 창룡검주뿐이오. 철혈사왕을 패퇴시킨 이 또한 오직 창룡검주뿐이오. 영웅맹에 맞설 자는 오직 창룡검주뿐이라는 소문도 이미 강호에 파다하오. 그러나 그가 어디 있는지 알 수 없소. 죽었는지, 혹은 살았는지조차도. 그러나 그렇다고 우리마저 이대로 침묵하고 있을 수는 없소. 설령 그가 죽었다 해도, 우리마저 멈춰 있을 수는 없소."

"맞아요."

여인의 목소리가 나지막이 흘러 나왔다.

"우리에겐 그가 필요해요. 아니, 천하가 그를 원하고 있어요."

"그러므로 우리는 여기서 선언하는 바이오."

그들의 눈빛이 얽히며 서로의 결의를 확인했다. 청년은 강한 어조로, 그러나 나지막한 목소리로 말했다.

"우리는 영웅맹을 무찌르고 강호 무림에 정의를 바로 세울 것이오. 이것이 창룡검주의 뜻이자 바로 모든 천하인의 뜻이오. 그러므로 우리는 스스로 이렇게 칭할 것이오. 우리는 창룡의 뜻을 잇는 자들! 바로……."

격앙된 음성으로, 그들은 동시에 말했다.

"창룡지회(蒼龍志會)!"

* * *

운가상단에서 머물기 시작하면서, 운현은 날마다 부지런히 몸을 움직였다. 새벽부터 마당 쓸기, 청소하기는 물론이고 이제는 물 길어오기와 장작패기까지 그 영역을 넓혀가고 있었다.

 마치 일에 한이라도 맺힌 사람처럼 그는 쉬지 않고 움직였다. 밤이면 밤마다 늘 피곤에 곯아떨어질 정도로 열심히 일을 하고도 항상 새벽이면 운가상단의 누구보다 먼저 일어나 있었다. 처음엔 이상하게 바라보던 운가상단의 사람들도, 이제는 운현의 일하는 모습을 당연한 듯이 받아들이고 있었다.

 그렇게 운현이 운가상단에서 머무른 지도 어언 한 달이 되어가던 그날도, 운현은 여전히 꼭두새벽부터 빗자루질에 여념이 없었다.

"일찍부터 나오셨군요."

문득 들리는 목소리에 운현은 고개를 들었다.

"아, 나오셨습니까?"

목소리의 주인공은 부총관이었다. 운현은 공손히 그에게 예를 표했다.

부총관도 운현의 예에 정중하게 답한다. 그리고 운현의 모습을 물끄러미 바라보았다.

"많이 좋아지셨군요."

"네?"

부총관의 입가에 희미한 미소가 스쳐 지나갔다.

"이제는 누가 봐도 폐인이라는 생각은 하지 않겠습니다."

폐인. 한 달 전 운현의 모습에 가장 잘 어울리는 단어였다.

아무리 씻고 깨끗한 옷을 입어도, 초점 없는 눈빛과 퀭한 얼굴, 그리고 짙게 드리워진 검은 그늘과 앙상하고 축 처진 어깨는 가릴 수가 없었던 것이다. 그러나 지금은 그때와는 완전히 달라진 모습이었다.

또렷한 눈빛과 당당하게 편 어깨는 운현의 얼굴에 드리운 그늘을 걷어냈다. 예전의 어둡고 자신 없어 보이는 모습은 어느새 사라지고 말과 행동에서 생기가 느껴지기 시작했다.

게다가 오랜 학문으로 형성된 그의 학자적 분위기는, 비록 빗자루를 들고 있었어도 자연스럽게 우러나오고 있었다.

'폐인이라……'

운현은 쓸쓸한 웃음을 감추지 않았다. 아마 누가 봐도 그랬을 것이다. 그 즈음의 자신은.

"좋습니다."

"네?"

난데없는 부총관의 말에 운현은 고개를 들어 그를 쳐다보았다.

"한 달 전, 제게 도와달라고 하셨죠?"

운현은 고개를 끄덕였다. 부총관은 특유의 무뚝뚝한 표정으로 말했다.

"따라오십시오. 도련님."

부총관이 운현을 데리고 간 곳은 그의 집무실이었다. 운가상단 같은 작은 규모의 상단에 부총관의 집무실이 따로 있다는 것은 의외였지만, 그것은 그만큼 운일평이 부총관을 가족같이 여기고 있다는 뜻이기도 했다. 실제로 운일평은 중요한 일에 항상 부총관의 의견을 물을 정도였다.

슥.

집무실에 도착한 부총관이 운현에게 내민 것은 한 벌의 깨끗한 새 옷이었다.

"이게…… 뭡니까?"

운현의 질문에 총관은 대답하지 않았다. 그것이 옷이라는 것은 누구나 알 수 있는 것이었으니까.

"광주는 기회의 땅입니다."

부총관은 말했다.

"그러나 그 기회를 잡기 위해서는 상품성이 있어야 합니다. 광주는 기회의 땅이자, 상인의 도시이기도 하니까요."

"상품성……."

"그렇습니다."

부총관은 운현을 보며 말했다.

"다행히도 도련님은 이미 그것을 가지고 있습니다."

"제가요?"

부총관은 고개를 끄덕였다.

"하지만 저는 할 줄 아는 것이 아무것도……."

"전시(殿試)의 합격자가 아닙니까?"

날카로운 눈빛으로 부총관은 말했다.

"도련님은 과거를 준비하는 사람이라면 누구나 꿈꾸는 전시의 합격자입니다. 그리고 과거를 준비하는 자식을 가진 부모라면 누구라도 입을 벌리고 부러워할 사람이기도 하지요. 그리고 요즘은 너나 할 것 없이 과거를 준비하는 세상입니다."

"하, 하지만 저는……."

전시의 합격자라고 해도 이 꼴로 돌아온 형편이다. 그것이 무슨 도움이 될까?

"중요한 것은, 사람들이 도련님의 능력을 일단 인정하고 시작할 것이라는 사실입니다. 실제로 도련님을 겪어보기도 전에 말이지요."

"아……."

운현은 부총관이 무엇을 말하는지 알아차렸다. 하지만 그것은 운현이 대단히 싫어하는 것이기도 했다.

"하지만 저는 학벌을 뽐내는 사람이 되고 싶지 않습니다."

"학벌을 뽐내라는 것이 아닙니다."

부총관은 단호하게 말했다.

"광주 사람들은 바보가 아닙니다. 만일 도련님이 그만큼의 실력을 가지고 있지 못하다면, 오히려 전시의 합격자라는 것은 더 큰 비난과 조롱이 되어 날아올 테니까요."

그의 말은 옳았다. 사람들은 결코 바보가 아니다. 특히나 계산에 밝은 광주 상인들이라면 더욱 더 그렇다.

"도련님이 가진 또 하나의 상품성은 바로 오랜 학문으로 자연스럽게 몸에 밴 학자적 품성입니다."

"네?"

학자적 품성이라니, 생각하고 있지 않던 부총관의 말에 운현은 반문했다.

"광주는 상인의 도시입니다. 상인들은 서로를 너무나 잘 알고 있기 때문에, 같은 상인을 상대할 때는 결코 경계심을 풀지 않습니다. 하지만 도련님 같은 학자적 품성을 지닌 사람을 만나게 되면 자연스럽게 경계심을 풀게 됩니다."

부총관은 무뚝뚝한 표정으로 마치 품평을 하듯 말했다.

"비록 말로는 세상 물정 모르는 사람이라고 할지 몰라도, 고아한 학문의 세계를 탐구하는 학자들에 대해서 상인들은 막연한 동경을 가지고 있기 때문입니다. 사람들은 말 많은 달변가보다는 오히려 학자풍의 도련님에 대해서 보다 쉽게 신뢰를 가지게 될 것입니다."

운현은 부총관의 말을 생각해 보았다. 아마도 그의 말은 모두 옳을 것이다. 하지만 가장 중요한 문제가 하나 남아 있었다.

"하지만 제가 무엇을 할 수 있겠습니까?"

그것이 문제였다. 아무리 상대방에게 좋은 인상을 줄 수 있다 하더라도 문제는 내용이 아닌가?

"무엇을 하고 싶으십니까?"

부총관이 묻는다. 운현은 대답할 말이 없었다. 그러나 부총관도 운현의 대답을 기대하지는 않은 듯, 곧 말을 잇는다.

"하고 싶은 것이 없어도 좋습니다. 상인의 기본은, 자신이 팔고 싶은 것이 아니라 사람들이 원하는 것을 파는 것이니까요."

부총관이 말했다.

"팔리는 것을 파는 것. 그것이 상인의 출발점입니다."

부총관은 한 아름의 책을 들어 서탁 위에 올려놓았다.

탁.

수북이 쌓인 책들. 낡고 닳아서 마치 오래된 장부 같은 책들이었다. 그리고 실제로 그 책들의 절반은 상단의 오래된 장부였다.

"광주의 상단들은 대단히 전문화되어 있으며 복잡한 일처리 체계를 가지고 있습니다. 때문에 모든 상단들은 정확한 업무 능력을 가진 사람들을 항상 필요로 합니다. 소위 똑똑한 사람들을 말입니다."

부총관은 서탁 위에 놓인 책들 위에 손을 얹었다.

"이제부터 이 책들을 읽으십시오."

운현의 시선이 자연스럽게 책들로 향하고, 부총관의 설명이 이어졌다.

"상단의 서류 업무와 관련된 업무 처리 능력이라는 것, 복잡해 보여도 사실 별것 없습니다. 도련님이라면 충분히 하실 수 있을 것입니다. 다른 사람들도 다 하는 것이니까요."

사실 그렇다. 사람이 하는 일이고, 사람이 만들어 놓은 것 아닌가? 그것도 특별한 천재들을 위한 것이 아니라 수많은 평범한 상인들을 위해서 말이다. 부총관의 말은 충분히 납득이 가는 이야기였다.

"사실 제가 보기에 도련님께 가장 걸맞은 일은 이곳 광주에서 서원(書院)을 차리는 것입니다."

생각에 잠긴 운현의 귀에 부총관의 목소리가 들려온다.

"그러나 그것은 상당한 자본을 필요로 하는 일입니다. 한 푼도 없는 지금의 도련님께는 사실상 불가능한 일이지요."

부총관은 판단은 냉정했다. 그리고 현실적이었다.

"일단 지금 도련님께 급한 것은 안정된 직장을 갖는 일입니다. 일단 괜찮은 상단에서 자리를 잡고 장기적인 안목에서 차근차근 돈을 모은다면, 나중에는 서원(書院)도 충분히 시도해 볼 만한 일이겠지요."

말하는 부총관의 얼굴에는 착잡한 심정이 떠올라 있었다. 만일 운가상단이 지금처럼 어렵지만 않았더라도 작은 서원(書院)을 시작하는 것은 충분히 가능한 일이었는지 모르기 때문이다. 허나 지금은 그럴 상황이 되지 못했다.

"그리고 몸을 움직이는 일도 틈틈이 계속하도록 하십시오. 망가진 상품은 아무리 포장을 잘 해도 티가 나기 마련이니까요. 특히 광주의 닳고 닳은 상인들의 눈을 속인다는 것은 어림도 없는 일입니다."

'망가진 상품이라.'

부총관의 말이 맞았다. 한 달 전 자신은 정말 망가져 있었는지도 모른다. 하지만 지금은 어떨까? 지금은, 망가지지 않았다고 말할 수 있을까?

"이제부터는 도련님 하기에 달렸습니다."

부총관은 묵직한 음성으로 말했다. 운현은 고개를 끄덕였다.

"알았습니다."

운현의 대답에 부총관의 입가에 미소가 걸린다. 운가상단에 와서 처음으로 보는 부총관의 미소였다.

"아, 그리고."

옷과 책을 한 아름 안고 집무실을 나가려는데, 문득 생각났다는 듯 부총관이 운현을 불렀다.

"네?"

손에 짐을 든 상태라 어정쩡한 모습으로 운현이 돌아보자 부총관이 잠시 머뭇거리더니 이렇게 묻는다.

"혹시, 밤에 뭐…… 따로 하는 일이라도 있습니까?"

"밤에?"

운현은 어리둥절한 표정으로 고개를 저었다.

"없는데요?"

"그렇습니까?"

마치 속마음을 꿰뚫어 보기라도 할 듯 부총관은 매서운 눈초리로 운현을 쳐다보았다. 그러나 운현의 눈동자는 그의 대답만큼이나 투명했다.

'괜한 걱정이었나 보군.'

부총관은 시선을 거두었다. 운현의 침소를 담당한 하녀의 말이, 유난히 침구가 빨리 더러워지는데다 역한 냄새가 나서 세탁하기가 어렵다고 불평을 하기에 한번 물어본 것이었다.

"알겠습니다."

운현이 없다 하니 없는 것일 터이다. 부총관은 고개를 끄덕였다.

"감사합니다. 그럼……."

운현은 작별인사를 건넸다. 그리고 집무실에서 빠져나왔다.

'상품이라…….'

숙소로 발을 옮기며 운현은 생각했다. 사실 사농공상(士農工商)이니 뭐니 하는 것도 이제 책 속의 이야기가 된 지 오래이다. 그리고 실제로 대접받는 것은 언제나 돈과 권력이 있는 사람들이 아니던가? 더구나 이곳은 상인의 도시, 광주다. 그리고 자신이 있는 곳은 상단이고.

한 달 만에 처음으로, 이곳이 광주라는 사실이 피부에 와 닿는 것 같았다. 그리고 한 달 만에 처음으로, 자신이 이제 다른 세상에 와 있구나 하는 생각이 들었다.

도산검림(刀山劍林)에 피가 강을 이루던 그 세계와 전혀 다른 곳에. 예전 일은 과거가 되어 흘러갔다. 이제는 정말로 잊을 수 있을 것 같은 느낌이 들었다. 모두 과거가 되어 버렸으니까. 모두 흘러가 버렸으니까.

이런저런 상념 속에 운현은 숙소로 발길을 옮겼다. 하지만 오늘 새벽에도 악몽 속에서 잠을 깨었다는 것을, 그는 잠시 잊고 있었다.

* * *

영웅맹의 고수가 쌍검문에 온다는 소문은 절반만 사실이었다. 영웅맹의 사람이 쌍검문에 온 것은 사실이었지만, 그들은 고수라기보다는 거의 녹림의 산도적 떼에 가까운 인물들이었기 때문이다.

비록 그들이 화려한 비단옷을 걸치고 값비싼 장신구로 몸을 둘렀다 하더라도, 그리고 화려하게 장식한 검을 허리에 차고 있었다 하더라도, 그들의 몸에 밴 습성은 그런 것으로 가려지지 않는 것이었다.

그래도 그들이 영웅맹의 사람들이라는 것은 변하지 않는 사실이었다. 그들은 단 세 명뿐이었지만, 쌍검문의 문주를 비롯한 제자 사십여 명이 모두 문 밖까지 나가서 맞이해야 했다.

"쯧. 아주 시골 촌구석이구만, 촌구석."

마차 밖으로 나온 영웅맹의 사람이 처음으로 내뱉은 말은 짜증 섞인 투덜거림이었다.

"어이구. 형님, 어서 나가시오. 아주 갑갑해 죽겠소."

뒤에서 들려온 걸죽한 목소리. 뒤룩뒤룩 살찐 모습의 사내는 갑갑한 듯 숨을 몰아쉬며 마차 밖으로 나왔다.

"뭐하는 게냐? 체통을 좀 지키지 않고."

마지막으로 내린 사내는 셋 중에서 가장 무인다웠다. 그의 매서운 눈매와 날카로워 보이는 인상은 사람들에게 위압감을 주기에 충분했다.

"어서 오십시오. 영웅맹의 호걸 여러분."

쌍검문(雙劍門)의 문주 장열해는 만면에 웃음을 지으며 그들을 맞이했다.

"여러분께서 오시기를 아주 손꼽아 기다렸소이다. 하하하하."

그는 호탕하게 웃음을 터트렸지만 돌아온 대답은 그리 좋지 않았다.

"손꼽아 기다린 것 치고는 대접이 좋지 않군, 그래."

쌍검문의 문주는 움찔했다. 날카로운 인상의 사내가 인상을 썼기 때문이다. 하지만 그에게도 변명거리는 있었다.

"하하. 세 분을 위해 화려한 주연을 준비했었습니다만, 본래 어제 오시기로 하셨던지라……. 하하하하."

잘못이 상대편에 있음을 말해야 했지만 추궁하는 것처럼 들려서는 절대 안 되었다. 감히 쌍검문이 영웅맹에 대해 잘못을 추궁한다는 것은 결코 있어서는 안 되는 일이기 때문이다.
"이봐, 우리가 할 일이 없어서 노는 사람들인 줄 아나? 우리도 아주 바쁘단 말이야. 오늘이라도 왔으면 감사한 줄 알아야지."
제일 처음 마차에서 내린 사내가 눈살을 찌푸리며 말한다. 쌍검문의 문주 장열해는 급히 고개를 숙이며 말했다.
"아, 물론 당연한 말씀입니다. 하하하."
혹시라도 그들의 기분이 틀어질까 염려한 장열해는 만면에 미소를 띠우며 말했다.
"이제 이 일만 끝내시면 아주 근사하고 화려한 주연을 준비하겠습니다. 그 점에 대해서는 걱정 마십시오. 하하하."
"흥. 이런 시골 촌구석에서 화려해 봤자지."
뒤룩뒤룩 살이 오른 사내가 코웃음을 치며 말했다. 그들이 온 대도시 중경에 비한다면 그 역시 사실인지라 장열해는 아무런 대꾸를 하지 못했다.
"무, 물론 그렇습니다만……."
장열해가 땀을 닦고 있는데, 옆에 서 있던 쌍검문의 총관이 슬쩍 끼어들었다.
"이곳은 본래 소수 부족이 많은 곳이라 꽃도 아주 색다른 맛이 있습니다. 물론 중경의 화사한 꽃들보다야 향기는 부족하겠지만 말입니다."
총관의 말에 두 사람의 얼굴에 금방 화색이 돈다. 그 말에 신경 쓰지 않는 사람은 매서운 눈초리를 가진 사내뿐이었다.

아무래도 그가 이 일행의 책임자인 듯했다. 어쨌든 총관 덕에 한결 분위기가 부드러워지자 쌍검문의 문주 장열해는 이 기회를 놓칠세라 얼른 본론으로 들어갔다.

"송가장 놈들은 지금 영웅맹의 처사가 잘못되었다며 노골적으로 나서고 있습니다. 발칙하게도 세 분을 영접조차 하지 않고 말입니다."

"뭣이? 그런 괘씸한 놈들을 보았나!"

뚱뚱한 사내가 그의 말에 호응하자 장열해는 더욱 힘을 얻었다.

"그러게 말입니다. 그들이 이미 무기를 들고 나왔으나, 세 분 호걸들께서 나서신다면 저들도 어쩌지 못할 것입니다. 그러니 영웅맹의 명예를 위해서도……."

"그만."

매서운 눈초리를 가진 사내가 인상을 찌푸리며 장열해의 말을 끊었다.

"맹의 명예는 너 따위가 거론할 것이 아니다."

쌍검문의 문주 장열해는 아차 하며 입을 막았다. 혹 심기를 거슬렸나 싶어 눈치를 보는데, 사내가 간단하게 한 마디를 내뱉었다.

"가자."

기다리고 기다리던 한 마디였다. 장열해는 한 손을 높이 치켜들며 외쳤다.

"가자! 송가장으로!"
"와아아아!"
사십여 제자들이 일시에 함성을 질렀다. 그리고 보무도 당당하게 그들은 송가장으로 나아갔다.

송가장에는 침묵이 감돌았다. 그러나 그것은 아무도 없어서가 아니라, 다들 팽팽한 긴장 속에 있었기 때문에 생겨난 침묵이었다.
"아, 아버님, 정말 쌍검문에서 쳐들어올까요?"
"온다."
송한방은 아들 송시원의 불안한 목소리에 고개를 끄덕이며 말했다.
"어떻게 얻어낸 기회인데 그들이 놓치겠느냐?"
영웅맹의 도움이란 것은 아무 때나 얻어지는 것이 아니다. 쌍검문의 여력도 언제나 넉넉한 것이 아니다. 아마도 자신들을 몰아내기 위해 일생일대의 투자를 한 것이리라. 그러니 그들로서는 절대 이번 기회를 놓칠 리도, 놓칠 수도 없는 것이다.
"하지만 우리도 이대로 물러설 수는 없다."
송한방은 결의를 다졌다.
"물러가란다고 물러가면 끝내는 설 자리조차 잃게 된다. 약한 모습을 보이는 자는 목숨마저 잃는 것이 강호 무림의 법이다. 우리의 살 길은 우리의 손으로 개척해야 한다."

검을 쥔 손에 힘이 들어갔다. 그러나 반대로 그의 아들 송시원은 얼굴에서조차 불안한 기색이 역력했다.

"하, 하지만 만일 정말 영웅맹의 고수들이 온다면……."

"이놈!"

송한방은 아들 송시원을 큰 목소리로 꾸짖었다.

"네가 어찌 적 앞에서 그런 약한 모습을 보인단 말이냐! 썩 정신 차리지 못하겠느냐!"

스릉.

송한방은 검을 뽑았다. 그는 아들을 향해 검을 겨누며 소리쳤다.

"너는 개처럼 죽을 것이냐! 정녕 그러길 원하느냐!"

어느새 칠십여 제자들의 시선은 송한방과 그 아들 송시원을 향해 있었다.

"누가 이곳의 주인이냐! 누가 이 준의를 지켜왔느냐! 바로 우리다!"

송한방의 외침은 제자들의 가슴에 불을 지피고 있었다.

"우리를 핍박하는 것들이 누구냐! 누가 우리를 이곳에서 몰아내려 하느냐! 바로 쌍검문이다!"

이제 송한방의 격노한 음성은 아들 송시원이 아니라 제자들을 향해 있었다.

"이대로 물러나겠느냐! 이대로 삶의 터전을 내어주겠느냐!"

송한방은 피를 토하듯 절규했다.

"절대 아니다! 우리는 준의의 송가장이다! 우리야말로 이곳의 주인이다!"

"와아아아아!"

제자들의 환호가 울려 퍼졌다.

"아버님."

송시원의 눈에서 눈물이 흘러내렸다. 하늘을 찌를 듯한 환호성이 그의 가슴에도 불을 질렀다.

"우리는!"

송시원은 검을 빼들었다. 그리고 하늘 높이 올리며 소리쳤다.

"이곳의 주인이다!"

"와아아아!"

칠십여 제자들의 환호가 다시 한 번 하늘을 찌를 듯 울리는데, 갑자기 찬물을 끼얹는 소리가 들려왔다.

쾅쾅쾅!

거칠게 대문을 두드리는 소리에 제자들의 환호성이 일시에 잦아들고 송가장에 긴장이 감돈다.

쾅쾅쾅!

"송가, 네 이놈!"

문 두드리는 소리와 함께 들리는 것은 쌍검문의 문주, 장열해의 목소리다.

"안에 있는 것을 알고 있다. 어서 썩 열지 못하겠느냐!"

제자들이 송한방을 쳐다본다. 송한방은 말했다.

"열어라!"

끼이익.

문이 열리자 기다렸다는 듯 쌍검문의 제자들이 몰려 들어왔다. 칠십여 송가장 제자들의 살기 어린 눈초리 속에서도 그들은 기세가 등등하다.

"네 이놈, 송가야! 네가 이런 대죄를 범하고도 살 줄 알았더냐!"

"대죄라니? 송가장이 이 준의에 뿌리를 내린 이래 불법을 행한 일은 티끌만큼도 없었느니라!"

송한방의 당당한 대답에도 장열해는 기가 죽지 않았다.

"허어, 이놈이. 영웅맹의 고수들께서 이미 모든 것을 다 알고 이곳에 오셨거늘, 네가 어찌 뻔뻔스런 얼굴로 거짓을 말한단 말이냐! 네가 목숨이라도 살리고자 한다면 당장이라도 자신의 잘못을 인정하고 이 준의를 떠나야 할 것이다!"

장열해의 말에 송가장의 제자들 사이에서 웅성거리는 소리가 일어났다.

"영웅맹……."

송한방의 얼굴에도 어둠이 깔린다.

"어느 분께서 영웅맹의 고인들이시오?"

"우리다."

한 마디 목소리와 함께 쌍검문의 제자들이 반으로 갈라지듯 비켜선다. 맨 앞에 서 있던 문주 장열해도 급히 자리를 비켜섰다.

"세 분을 영접하지 못한 점 사과드리오."

송한방은 정중하게, 그러나 당당하게 예를 표했다.

"그러나 이것은 우리 송가장과 쌍검문의 문제요."

송가장의 장주, 송한방의 음성은 당당하고 기백이 있었다.

"이젠 아니다."

나지막한 목소리가 매서운 눈초리의 사내로부터 흘러나왔다. 송한방은 이를 악물고, 장열해의 얼굴에는 화색이 돈다.

"우리가 나선 이상, 이제 이것은 영웅맹의 문제다."

사내의 목소리에는 일말의 감정도 담겨 있지 않았다. 그는 칼자루를 쥔 쪽이 어느 쪽인지 분명하게 알고 있었다.

"어, 어째서 이 일에 영웅맹이 나서는 것이오. 엄연히 강호 무림의 도리가 있거늘……."

"어째서냐고?"

사내는 피식 헛웃음을 흘렸다. 그리고 송한방을 쳐다보며 천천히 말했다.

"영웅맹이 바로 천하의 주인이기 때문이다."

너무나 당연한 듯 말하는 그 목소리에, 아무도 대답을 하지 못했다. 쌍검문의 사람들도, 송가장의 사람들도 그 당당한 대답에 대꾸할 말을 잊은 듯했다.

"하하하하!"

바로 그때였다. 잠시간의 정적 위로 난데없는 웃음소리가 울려 퍼졌다.

"누구냐!"

매서운 눈초리의 사내가 제일 먼저 반응했다. 그는 웃음소리의 주인공을 찾아 재빨리 사방을 살폈다.

"영웅맹이 천하의 주인이라고? 으하하하하!"

또 다른 웃음소리가 들려왔다.

"오랜만에 제대로 된 헛소리를 듣는구나. 우하하하!"

웃음소리는 사방에서 들려왔다. 매서운 눈매의 사내는 물론 영웅맹에서 온 다른 두 사내도 급히 검을 빼어 들고는 크게 외쳤다.

"어느 놈들인지 썩 모습을 보여라!"

휘리릭.

지붕 위로부터 두 개의 그림자가 날아 내렸다. 그들의 경공으로 보아 결코 삼류라 할 수 없는 높은 수준의 무공을 지닌 자들이었다.

휘리릭.

모습을 나타낸 것은 그들만이 아니었다. 송가장의 담을 가볍게 날아 넘어온 다른 세 개의 그림자가 그들 앞에 모습을 드러냈다. 세 명의 영웅맹 사내들은 순식간에 다섯 명의 괴한들에게 둘러싸인 형국이 되었다.

"네놈들은 누구냐!"

갑자기 나타난 그들은 하나같이 복면으로 얼굴을 가리고 있었다. 그들은 짐짓 목소리를 바꾸어 말했다.

"우리는 창룡의 뜻을 따르는 자들이다."

"창룡? 창룡검주!"

영웅맹 사내들의 안색이 일시에 변했다. 그 장강에 나돌고 있는 '영웅맹과 싸울 수 있는 사람은 창룡검주뿐이다' 라는 소문을 그들도 이미 듣고 있었기 때문이다.

"쳐라!"

한 마디 외침과 함께, 복면의 사내들은 일시에 영웅맹에서 온 자들에게 검을 휘둘러 갔다.

채채챙.

쌍검문도, 송가장도 갑작스러운 상황에 정신을 차릴 수가 없었다. 더구나 검광이 번득이고 눈으로 따라가기 힘들 정도로 어지러이 움직이는 저들의 모습은, 감히 그들이 끼어들 수 없는 싸움이라는 것을 알게 했다. 정말로 순식간에, 영웅맹에서 온 세 명의 사내들은 수세에 몰리고 말았다.

"형님!"

궁지에 몰리고 있던 뚱뚱한 사내가 다급한 목소리로 외쳤다. 그들은 숫자에서나 실력에서나 감히 새로 나타난 사내들에게 미치지 못했다.

"기혼단(氣魂丹)을 써라!"

매서운 눈매의 사내가 어쩔 수 없다는 듯이 외쳤다. 그 말이 끝나자마자, 영웅맹의 세 사내는 다급한 와중에서도 일제히 품속에 손을 넣어 무엇인가를 꺼냈다.

그리고 곧 자신들의 입으로 가져갔다. 그러나 복면의 사내들은 그것을 보며 오히려 눈빛을 빛냈다.

"훗."

마치 그 순간을 기다린 듯, 그들의 검은 세 사내의 급소를 노리고 일제히 날아왔다. 그리고 영웅맹에서 온 세 명의 사내들은 그 검을 자신들의 몸으로 고스란히 받아내야 했다.

"허억!"

"커억!"

"으으으."

외마디 비명과 함께 그들은 그대로 무너져 내렸다.

"너희들이 기혼단을 쓸 줄 알았다."

쓰러진 그들을 내려다보며, 복면을 한 사내가 비웃듯 말했다.

"어, 어떻게……. 그것을……."

"실력도 없는 쓰레기들이, 의지할 것이 기혼단밖에 더 있겠느냐?"

"너, 너는 누구……."

"알 것 없다."

파앗!

가볍게 휘두른 그의 검은 사내의 마지막 숨통을 끊었다.

촤악!

그의 검에서 피가 튀고, 사방에 정적이 감돌았다. 쌍검문도, 송가장도 삽시간에 눈앞에서 벌어진 믿지 못할 일에 경악을 금치 못하고 있었다. 그런 그들을 향해, 복면의 사내가 외쳤다.

"영웅맹의 세상 따위는 없다!"

그는 피 묻은 검을 높이 들었다.

"영웅맹과 싸울 수 있는 사람은 창룡검주뿐이다. 우리는 창룡의 뜻을 따르는!"

복면의 사내들이 일시에 검을 치켜들고 크게 외쳤다.

"창룡지회(蒼龍志會)다!"

휘리릭.

외침과 함께 그들은 일시에 몸을 날렸다. 그리고 나타났을 때처럼 순식간에 사라졌다.

'이, 이게 대체……'

송가장의 장주 송한방은 정신을 차릴 수가 없었다. 방금 눈앞에서 벌어진 일들이 꿈이나 환상이 아닐까 싶을 정도였다. 하지만 바닥에 남겨진 세 구의 시신은 그것이 꿈이 아니라는 것을 말해주고 있었다.

『장주.』

난데없이 귀를 파고드는 목소리에 송한방은 깜짝 놀라 고개를 들었다.

'전음!'

송한방은 자신에게만 들리는 이것이 전음이라는 것을 알았다. 그리고 그 주인공이 방금 전 사라진 복면의 그 사내라는 것도.

『어떻게 처신해야 할지는 장주께서도 잘 아실 것이오.』

긴장한 표정으로 송한방은 귀를 기울였다. 그리고 그의 안색이 점점 어둡게 변해갔다. 잠시 후, 송한방은 자신의 검을 들고 일어섰다.

"송가장의 제자들이여!"

갑작스런 외침에 모두의 시선이 송한방에게 집중되었다. 특히 어쩔 줄 모르고 있던 쌍검문의 문주 장열해는 덜컥하는 마음으로 급히 고개를 든다. 그러나 그의 예상은 불행히도 정확히 들어맞았다.

"복수의 기회가 왔다!"

송한방은 이를 갈았다.

"쌍검문을 쳐라!"

문주를 비롯한 쌍검문 제자들의 얼굴은 새파랗게 변했다. 처음부터 영웅맹만을 믿고 나선 걸음이다. 감히 영웅맹의 이름 앞에 검을 빼들 자가 없으리라 생각하고 안이한 마음으로 온 것이다.

그러나 송가장의 제자들은 벼랑 끝에 몰려 서슬 퍼런 독기를 내뿜고 있던 참이다. 압도적인 숫자 이전에 이미 기백부터가 달랐다.

"와아아아!"

하늘을 찌를 듯한 함성이 송가장에 울려 퍼졌다. 그날 송가장에서는 이후로 내내 준의 사람들에게 회자될 혈전(血戰)이 벌어졌다.

그날 이후, 송가장은 영웅맹에서 나온 세 명의 시신을 정성들여 수습한 후 최고급 관에 보관했다. 송가장은 또한 그들이 누구에게 어떻게 죽임을 당했으며, 어떤 일이 벌어졌었는지를 자세하게 적어 중경의 영웅맹 지부에 알렸다.

그들을 초청한 쌍검문에 처음부터 미심쩍은 점이 있었으며, 그들이 도착하는 정확한 날짜를 알고 있던 것이 오직 쌍검문뿐임을 부각시켰고, 무엇보다 흉수들의 정체가 '창룡지회(蒼龍志會)'라 하는 이름 모를 괴집단이었음을 분명히 밝혔다.

영웅맹 중경지부는 당연히 발칵 뒤집어졌다. 영웅맹에서 사람들이 나와 관을 가져가고, 살기등등한 사람들이 준의를 돌아다니며 한동안 도시를 시끌벅적하게 만들었다.

그러나 송가장에서는 창룡지회란 자들에 대해 아무것도 모르는 것이 확실했던데다가, 의혹을 풀어줄 쌍검문의 핵심 인물들이 모두 죽임을 당한 후라 새로운 사실을 밝혀줄 만한 것이 아무것도 없었다.

결국 그렇게 시간을 끌다가 사건은 유야무야 마무리되었다.

비록 말단에 불과하다 해도 세 명이나 목숨을 잃었는데, 영웅맹의 대응은 이상하게도 별 열의가 없었다. 예전의 무림맹이라면 어림도 없었을 이야기였다.

때문에 소문에는 송가장이 이 일을 마무리하는 대가로 영웅맹 중경지부에 정기적으로 상납을 하기로 했다는 말도 돌았지만, 송가장 장주 송한방은 아무런 언급도 하지 않았다.

시간이 지나자 송가장이나 쌍검문에 대해서는 더 이상 아무도 말을 하지 않았다.

하지만 창룡의 뜻을 따른다고 선언한 '창룡지회'에 대한 이야기는 발에 날개를 단 듯 퍼져나갔고, '영웅맹에 맞설 자는 창룡검주뿐이다'라는 소문은 장강을 따라 강호 무림 곳곳으로 흘러나가고 있었다.

제7장
인륜지대사(人倫之大事)

 운현이 운가상단에 머무르기 시작한 지도 어느새 두어 달이 지났다. 말끔한 새 옷을 입고 한 손에 늘 서책을 들고 있는 운현의 모습은, 이제 누가 봐도 멋들어진 학자의 풍모를 보이고 있었다.

 물론 그가 들고 있는 서책은 고금의 경전이 아니라 상단의 실무를 기록한 서책과 장부였지만, 한 손을 뒤로 하고 점잖은 자세로 서서 책을 읽고 있을 때에는 마치 심오한 학문이라도 닦는 듯한 느낌을 받을 정도였다.

 덕분에 거의 폐인 취급을 받던 예전과는 달리, 요즘 운가상단 내에서 운현의 인기는 꽤 높이 올라가고 있었다. 그리고 운현이 아직도 이른 새벽의 빗자루질로 하루를 시작한다는 것은, 이제는 운가상단의 사람들조차 아무도 신경 쓰지 않는 당연한 사실이 되어가고 있었다.

"부르셨습니까? 숙부님."
운현은 정중하게 고개를 숙여 예를 표했다. 그것은 두 달 전의 궁색한 듯한 인사와는 전혀 딴판이었다.
인사를 받는 그의 숙부, 운일평의 표정 또한 그리 나쁘지는 않았다.
점잖은 자세로 운현이 자리에 앉자, 운일평이 말했다.
"요즘 상단에 대한 공부를 하고 있다고?"
"네. 그렇습니다."
운현은 대답했다.
"부총관님께서 도와주셔서 상단의 업무에 대해 배우고 있습니다."
"좋은 생각이다."
운일평은 말했다.
"부총관에게 도움을 청한 것은 아주 잘한 일이다."
운현이 부총관의 도움을 받는다는 것은 운가상단에서 가장 확실한 조력자를 얻은 것이나 마찬가지다. 운일평은 조카가 현명한 선택을 했다고 생각했다.
"내 부총관에게 말해둘 터이니, 가끔 상단의 일도 보아두거

라. 공부에 도움이 될 것이다."

"감사합니다. 숙부님."

고개를 숙이며 인사하는 운현의 모습을 물끄러미 바라보던 운일평은 씁쓸한 표정이 되었다. 상단이 이런 형편만 아니었더라도 운현이 일할 만한 곳을 찾는 것은 쉬운 일이었을 것이다. 하지만 지금의 운가상단은 벼랑 끝에 몰린 형국이나 마찬가지였다.

"미안하구나."

밑도 끝도 없는 숙부의 말이었지만, 그 안에 담긴 진심은 운현에게도 전해졌다.

"아닙니다. 숙부님. 저를 이곳에 있게 해주시는 것만으로도 감사하고 있습니다."

"그리 생각해 주니 고맙다."

운일평은 착잡한 심정을 감추지 못했다.

"너의 일은 내가 따로 알아볼 터이니 너무 염려하지 말거라. 열심히 하고 있으면 좋은 결과가 올 것이다."

운현은 고개를 끄덕였다.

"아, 그러고 보니 희연이는 종종 보느냐?"

희연이라면 숙부의 딸인 운희연을 말한다. 운현은 고개를 저었다.

"거의 못 보고 있습니다만……."

같은 운가상단 내에 있었지만 운희연의 얼굴을 보는 일은 거의 없었다.

 마치 숙모의 얼굴을 제대로 본 적이 거의 없는 것처럼. 그리고 운희연은 처음 몇 번 만났을 때의 인상 때문인지 기회가 있더라도 운현이 피하곤 했다.

 "그래? 그 아이가 너를 잘 따르는 듯하니, 혹 만나면 좋은 얘기라도 해주려무나. 장성하고 나니 딸자식이라고 하나 있는 것이 이 아비에겐 거의 아무 말도 하질 않으니……. 쯧. 무슨 생각을 하고 있는지."

 '잘 따른다고?'

 운일평의 말은 의외였다. 잘 따르기는커녕 운희연은 운현을 볼 때마다 톡톡 쏘아대지 않았는가? 그러나 더 이상 물어볼 수는 없었다.

 "그래, 너도 바쁠 터인데 그만 물러가보도록 해라."

 운현은 숙부 운일평에게 고개를 숙였다. 그리고 조용히 물러나왔다.

 그날 이후, 운현은 부총관과 함께 종종 광주를 나다니게 되었다. 깨끗한 옷을 단정히 차려입은 운현이, 조용하고 침착한 모습으로 부총관과 함께 광주를 지나다니는 광경은 곧 다른 상단 관계자들의 이목을 끌었다.

 정보에 빠른 광주의 상단 관계자들에게, 운가상단에 새로 모습을 나타낸 젊은 학자풍의 재인(才人)에 대한 소문이 퍼지는 것은 금방이었다.

 더구나 전시(殿試)에 합격하고 북경에서 학사까지 지냈었다는 그의 이력은 부총관의 말대로 충분히 다른 상단 관계자의 관심을 끌 만한 것이었다. 그러나 그것은 운현이나, 심지어 부총관마저도 전혀 예상하지 못한 엉뚱한 결과를 가져왔다.

* * *

 하청상단은 광주에서 꽤 규모가 있는 상단이었다. 광주의 이대 상단 중 하나인 진가상단과 든든한 거래선을 유지하고 있었고, 일 년에 몇 차례는 자체적인 거래를 통해 큰 이윤을 남기기도 하였다.

 하청상단에서 먹여 살리는 중소 상단만 해도 하나둘이 아니라고 말할 정도였으니, 광주 상계에서 그 영향력을 짐작할 만했다.

 "후우."

 바로 그 하청상단의 단주, 하용한은 땅이 꺼져라 긴 한숨을 내쉬고 있었다. 그것은 요 몇 년간 그의 속을 푹푹 썩이고 있는 아주 고질적인 문제 하나 때문이었다.

 "주위 사람들에게는 단단히 입막음을 시켜 놓았습니다."

 앞에 앉아 있던 총관이 나지막한 목소리로 말했다.

 "적어도 두 번 다시 그가 아가씨를 만나는 일은 없을 것입니다."

그러나 하용한은 다시 한 번 긴 한숨을 내쉬었다.

"후우우."

속이 썩어 들어가는 것만 같았다. 하나 있다는 딸자식이 이렇게 자신의 속을 썩일 줄은 생각도 못한 일이다.

"이번엔 정 대감댁 자제라 했더냐?"

입에서 꺼내기도 싫은 말이었다. 하용한이 눈살을 있는 대로 찌푸리며 묻자 총관은 고개를 끄덕였다.

"그렇습니다."

정 대감댁 자제라 하면 광주에서도 행실이 좋지 못하기로 소문난 자였다. 이 여자 저 여자 집적대는 것은 물론이고 유부녀에게까지 손을 뻗친다 하니 말해 무엇하랴. 물론 정 대감댁 자제야 사실 무엇을 하건 알 바 아니겠지만 문제는 자신의 딸이 그자와 어울린다는 사실이다.

"정 대감 댁에서도 이 일을 쉬쉬하려는 분위기였습니다. 그러니……"

"행실을 단정히 하라고 그렇게 말했는데도!"

하용한이 분노한 음성으로 일갈했다. 하지만 정작 그 말을 들어야 할 그의 딸은 그 자리에 없었다. 그저 총관만이 그의 분노의 일갈에 고개를 푹 숙이고 있을 뿐이다.

"한두 번이 아니지 않는가! 대체 그 아이는 무슨 생각으로!"

본인이 없으니 생각을 들을 수가 없다. 하용한은 한동안 분을 삭이지 못했다.

 그의 딸이 문제를 일으킨 것은 이번이 처음이 아니었다. 유복한 가정에서 막내로 태어나 유난히 귀여움을 받고 자랐던 그녀는 그만큼 철이 없었다.

 화려하고 새로운 것을 좋아하고 쉽게 싫증을 내더니 비슷한 류의 친구들을 만나고 나서는 그 정도가 더욱 심해졌다. 본래 자존심이 유난하더니 철이 들어서는 아예 누구의 말도 듣지 않는다.

 처음에는 철이 없어 그러려니 했다. 꽃다운 젊은 시절에 누군들 한 번쯤 그러고 싶지 않겠는가 여기며 넘어가기도 했다. 그런데 나이가 들수록 철이 들기는커녕 오히려 점점 그 정도가 심해졌다. 이제는 그녀가 정 대감댁 자제와 어울려 다닌다고 하면 오히려 정 대감 쪽에서 염려할 정도가 된 것이다.

 "저……."

 총관이 조심스럽게 말을 꺼냈다. 주인의 심기가 대단히 불편하다는 것을 그도 알고 있었기 때문이다.

 "영령 아가씨도 이제 혼기가 꽉 찼으니……."

 "그러니 더 문제 아닌가!"

 속을 긁는 듯한 총관의 말에 하용한의 분노가 다시 일어났다.

 "혼기도 꽉 찬 것이 대체 어쩌자고 저런단 말인가!"

 총관은 급히 뒷말을 이었다.

"적당한 혼처를 골라 어서 혼인을 시키는 것이 어떻겠습니까?"

하용한의 얼굴이 있는 대로 일그러졌다.

"누가 그걸 모르겠나? 문제는 혼처가 있어야지! 혼처가!"

문제의 핵심은 바로 그것이었다. 혼기가 꽉 찬 처자가 행실이 좋지 않다고 동네방네 소문이 났으니 대체 어쩌자는 말인가?

아무리 하용한의 눈에는 제 자식이 예뻐 보인다고 해도, 광주 시내에 그녀의 품행을 모르는 사람이 없을 정도니 말이다. 괜찮다 싶은 혼처에 슬그머니 말을 넣어보았지만 이미 모두 완곡히 거절당한 지 오래인 것이다.

"하나 있습니다."

총관의 말에도 하용한의 눈살은 쉽게 펴지지 않았다.

"하청상단의 딸을 아무 곳에나 시집보낼 수는 없네."

그는 으름장을 놓듯이 말했다. 그것은 그의 자존심이 결코 허락하지 않았다. 사랑하는 딸을 아무 곳에나 시집보낸다는 것은 죽어도 있을 수 없는 일이었다.

"전시의 급제자라 합니다."

"급제자? 전시의?"

하용한의 눈빛이 관심을 보이기 시작했다. 총관은 계속 말했다.

"북경에서 학사를 지낸 이력도 있습니다."

"학사? 북경에서?"

이 정도면 괜찮은 정도가 아니다. 하용한은 눈이 번쩍 뜨였다.

"그런데? 뭔가 흠이 있을 것 아닌가? 나이가 너무 많은가? 그럼 안 되는데."

천성적으로 타고난 장사꾼인 하용한은 이런 괜찮은 조건의 혼처가 그냥 자기 딸에게 굴러오지 않을 것을 직감적으로 알아차렸다.

"혼기가 꽉 찬 청년입니다. 얼마 전에 조정에서 파직을 당하고 운가상단에 식객으로 머물고 있다 합니다."

"파직?"

즉, 잘렸다는 이야기다. 하용한의 눈살이 다시 찌푸려진다.

"문제가 있는 건 아닌가?"

그가 말하는 문제란 무언가 심각한 일에 연루된 것이 아닌가 하는 것이다. 조정의 일이라면 친척은 물론 삼대, 사대에까지 영향을 미치는 것도 흔한 이야기니까.

"없습니다."

총관은 단호한 어조로 말했다.

"이미 뒤를 좀 알아보았습니다만, 적어도 문제가 될 만한 요소는 하나도 없었습니다."

요주의 인물들을 알아보는 것은 어렵지 않았다. 조정의 세세한 내용까지야 어찌 알랴마는, 위험인물로 낙인찍혔는지 여부를 조사하는 것 정도야 관리들 몇 명을 구워삶으면 얼마든지 알아볼 수 있었다.

정말 심각한 일들은 지방 관청에까지 공문이 하달되기 때문이다. 그리고 하청상단에는 그런 친분을 쌓고 있는 관리들이 한둘이 아니었다.

"기록이 없어서 정확한 것은 파악하지 못했습니다만, 요 근래에 특별히 문제를 일으켜 파직당한 학사가 없다고 하니 아마 스스로 사직한 것이 아닌가 싶습니다."

"파직도 아니고 사직이라……."

기록이 없다는 것은 문제될 것이 없다는 뜻이다.

"즉, 흠이라면 아무것도 가진 것이 없다…… 이 정도라는 뜻인가?"

"땡전 한 푼 없다고 합니다."

총관은 유난히 땡전이라는 말을 강조했다.

"생긴 건? 멀쩡하고?"

"잘 생긴 건 아닙니다만 아주 고고한 학자풍입니다. 얼굴에 학사라고 써 있는 것 같을 정도입니다."

총관의 즉답에 하용한은 잠시 생각에 잠겼다.

"흐음."

하용한은 수염을 어루만지며 생각했다.

'괜찮은데?'

단지 가진 것이 없는 정도라면 그다지 문제될 것이 없다. 하청상단에는 낙향문사 하나쯤 먹여 살릴 수 있는 여유는 충분하고도 넘쳤으니까.

'적당한 서원(書院)을 하나 열어주고 이곳에 정착하게 한다면······.'

상대가 상단과는 상관없는 문사라는 것도 마음에 들었다. 이 기회에 아예 딸을 상단과는 관계없는 사람으로 만드는 것도 아주 좋은 일이었다.

게다가 전시의 급제자에 북경에서 학사를 했다 하니 서원(書院)의 장래성도 꽤 있어 보였다. 예로부터 교육자라 함은 만인의 존경을 받는 직업이 아니던가?

'원장이라, 아니 학장(學長)이라고 하는 게 더 좋겠군.'

학장(學長). 어감도 좋았다. 지역사회의 번듯한 교육계 관계자와 사돈이라면 하청상단에도 결코 나쁜 일은 아닐 것이다.

'좋군.'

하용한은 이 혼사가 이익이 남는 거래라는 것을 확신했다.

"지금 어디에 머물고 있다고?"

"운가상단입니다. 운일평의 조카라고 합니다."

"운가상단이라······."

일이 되려면 하늘이 돕는다. 하용한은 총관을 보며 말했다.

"요즘 운가상단이 좀 어렵지?"

"화남상단의 일이 끊겼다 하니 아무래도 타격이 클 것입니다."

"그러면 그쪽에서도 이번 혼담에 적극적으로 나설 가능성이 있겠군."

"상당할 것입니다."

"흐음."

하용한은 고개를 끄덕였다. 생각은 길었지만 결단은 빨랐다.

"좋아!"

만족한 미소를 지으며 하용한은 총관에게 말했다.

"추진하게!"

"네."

총관은 고개를 숙이며 그렇게 대답했다.

* * *

"화려하군요."

운현은 놀란 눈으로 이리저리 살피며 말했다. 부총관은 오히려 의외라는 표정으로 운현을 바라본다.

"북경의 기루는 더 화려할 텐데요?"

운현은 머리를 긁었다.

"이런 데는…… 별로 가본 적이 없습니다."

별로 없는 것이 아니라 거의 없었다. 과거에 합격하기 전까지는 서원(書院) 동료들의 권유에도 애써 고개를 저었고, 황궁

내에서는 감히 상상도 못하는 일이었던 데다가, 그나마 항주의 서호변에서 유유자적 술을 몇 잔 마셔본 것이 고작이다.

이곳 광주에서는 더더군다나 불가능한 일이었으니, 아무래도 운현은 이런 화류계와는 인연이 먼 듯하다.

"그렇습니까?"

부총관은 여전히 의심스런 표정을 지우지 않았다. 다른 곳도 아니고 천하의 중심지라는 북경에서 적지 않은 세월을 지내는 동안 기루 한 번 가보지 않았다는 것이 그로서는 쉽게 납득하기 어려운 말이었기 때문이다.

"가끔은 이런 것이 기분전환이 되기도 하지요."

운현이 유명하다는 광주의 난화기루에 오게 된 것은 바로 부총관의 제의 때문이었다. 운현의 얼굴에서 가끔 보이는 우울한 그림자를 염려한 부총관이 기분전환 삼아 술이라도 한 잔 하자고 한 까닭이었다.

사실 지금의 운현에게서 두 달 전의 그 폐인 같은 모습을 상상하기란 어려울 정도였다. 늘 부지런하고 열심인 운현의 모습을 보며 부총관은 내심 흡족해하고 있었다.

그러나 가끔씩 운현의 시선에 스쳐가는 어두운 그림자는, 아직도 그의 안에 무언가 남아 있음을 말해주고 있었다. 부총관은 그것을 염려한 것이다.

예의바른 사환이 두 사람에게 자리를 안내하고, 부총관과 운현은 화려한 난화기루 한구석에 자리를 잡고 앉았다.

"얼굴이 더 좋아지셨군요, 도련님."

부총관은 운현에게 말했다. 그러나 운현은 대답을 흐렸다.

"에? 아…… 네."

특별히 얼굴이 좋아질 일도 없을 뿐더러, 그저 부총관의 인사치레거니 생각한 탓이다.

"그동안 상단의 일을 익히시느라 수고하셨습니다."

"아닙니다. 오히려 부총관님께서……."

부총관은 고개를 저었다.

"같은 거래조건이라 할지라도 상인에 따라 그 결과는 천차만별인 법입니다. 도련님께서는, 아주 좋은 결과를 내고 계십니다."

부총관의 말에도 운현의 표정은 쉽게 펴지지 않았다.

"제가, 잘 할 수 있을까요?"

지난 한 달간, 운현은 부총관이 준 책들을 읽는 데 거의 모든 시간을 들였다. 숙부의 배려에 따라 부총관과 함께 상단에 다니며 어떻게 일을 하는지 보기도 했다. 덕분에 운현은 부총관이 준 책들을 모두 읽고 내용을 익히게 되었지만, 정작 스스로는 자신이 없었다.

"도련님께 부족한 것은 실무 경험뿐입니다. 차근차근 배워 가신다면, 좋은 결과가 있을 것입니다.

"좋은 결과라……."

운현은 나지막이 부총관의 말을 되뇌었다. 그의 얼굴에 또 다시 어두운 그림자가 스쳐 지나간다.

'쯧. 웃음은 얕고, 어두움은 깊군.'

부총관은 운현을 보며 속으로 혀를 찼다. 이제는 그의 어두운 그림자가 술이나 다른 향락으로 몸을 망친 것 때문이 아니라는 것을 부총관도 안다.

그동안 그가 보여준 모습은 부총관으로 하여금 운현에 대한 인식을 뿌리부터 완전히 바꿔놓게 했다. 만일 그가 성실한 사람이 아니라면 세상에 누가 성실하다 말할 수 있겠는가? 그런 운현이니만큼 그의 어두운 그늘에도 필히 무슨 사연이 있을 것이라고, 그렇게 여기게 된 것이다.

"여기, 음식과 술을 좀 내주게."

부총관은 사환을 불러 몇 가지의 요리와 가벼운 술을 주문했다. 음식이 나오기를 기다리는 사이, 부총관은 가벼운 대화로 분위기를 풀어나갔다.

"요즘 지내시는 것은 어떻습니까?"

"괜찮습니다. 숙부님께서도 잘 해주시고……."

"아직도 새벽에 마당을 쓰시더군요?"

"그저, 제 마음 자세를 좀 가다듬을 겸 해서요."

마음을 가다듬어야 한다는 것은 곧 마음이 번잡하다는 뜻이기도 하다. 부총관이 내심 염려를 하며 운현을 쳐다보는데, 운현이 문득 입을 열었다.

"아, 그러고 보니."

부총관이 쳐다보자 운현이 물었다.

"희연 누이 말입니다."

"희연 아가씨 말씀입니까?"

"요즘 무슨 생각을 하는지 모르겠다고, 숙부님께서 그러시더군요."

"아가씨라면 걱정하실 것은 없을 것입니다."

부총관은 말했다.

"워낙 똑똑하고 당찬 분이시니까요. 어머님을 쏙 빼닮았습니다."

운현은 동의했다. 운희연이 당차다는 것만은 말이다.

"그러고 보니, 아가씨가 예전에 도련님을 꽤 만나고 싶어 했지요."

"저를요?"

부총관은 술잔을 들어올리며 말했다.

"상단 가문에서 학사인 사촌이 있다고 하니 어린 마음에 꽤 동경이 되었던 모양입니다. 아마 벌써 오륙 년 전 이야기지요?"

운희연이 자신을 잘 따르는 것 같다고, 왜 숙부가 그렇게 말했는지 운현은 알 것 같았다.

"옛날이야기군요."

오륙 년이나 더 된 예전의 이야기다. 운현은 쓸쓸한 표정으로 술잔을 들었다. 그러나 부총관은 아직 할 말이 남아 있었다.
"하지만 희연 아가씨께서는 지난번 제게……."
"실례해요."
 부총관의 말은 갑작스럽게 끼어든 누군가의 목소리에 의해 중간에서 끊어졌다. 부총관도 그리고 운현도 고개를 돌려 목소리의 주인공을 바라보았다.
"아니, 영령…… 아가씨."
 그들의 대화를 방해한 사람은 날아갈 듯 화려한 비단옷을 차려입은 아리따운 아가씨였다. 일견 보기에도 고급스러운 장신구들로 멋지게 치장한 그녀는 무언가 불쾌한 표정으로 운현을 바라보고 있었다. 부총관이 그녀를 알아보는 것을 보니 낯선 사람은 아닌 듯했다.
"오랜만에 뵙겠습니다."
 부총관은 자리에서 일어나 그녀에게 인사를 했다. 그녀는 가볍게 고개를 숙여 부총관의 예에 답례하고는 운현을 쳐다본다.
"도련님. 이분은 하영령 아가씨이십니다."
 운현은 자리에서 일어났다. 부총관이 정식으로 소개를 하니 인사를 안 할 수가 없었다.
"만나 뵙게 되어 반갑습니다. 운현이라 합니다."
 운현의 인사에도 불구하고 그녀는 그저 고개를 까딱일 뿐, 제대로 답례를 하지 않았다. 처음 보았을 때부터 그녀는 운현에게 무언가 화가 나 있는 듯했다.

"잠시 이야기할 수 있겠죠?"

묻고는 있었지만 실제로 상대의 의향을 묻는 말은 아니었다. 그녀는 말을 끝내자마자 이미 몸을 돌리고 있었으니까.

"죄송합니다만, 좀 곤란하겠습니다."

예상치 않았던 대답에 하영령의 발이 멈췄다. 그녀는 천천히 고개를 돌리며 어이없다는 표정으로 운현을 바라보았다. 그녀의 눈꼬리가 살짝 올라간다.

"뭐라구요?"

상대의 무례에 이미 운현의 기분도 상해 있던 터다. 운현은 정중하지만, 단호하게 말했다.

"지금 저는 이분과 함께 있던 중이었습니다. 합석이라 해도 양해를 구해야 할 터인데, 어찌 제가 이분을 혼자 두고 아가씨를 따라갈 수 있겠습니까?"

이치에는 지극히 합당한 말이었으나 여심(女心)에는 합당한 말이 아니었다. 더구나 하영령처럼 이미 화가 나 있는 상태의 아가씨에게는 말이다.

"지금 당신이……."

그녀의 앙칼진 목소리가 막 튀어나오려는 순간, 부총관이 운현에게 말했다.

"도련님. 저는 괜찮습니다."

"하지만, 부총관님."

부총관은 고개를 끄덕였다.

"아가씨께서 이렇게 찾아오신 것은 분명히 중요한 일일 것입니다. 그러니 지금은 아가씨의 뜻대로 하시는 것이 옳을 듯 싶군요."

오랜 동안 상단의 일을 보아왔던 사람답게, 부총관은 분위기를 파악할 줄 알았다. 부총관의 권유가 운현은 불만스러웠지만, 그의 조언을 따르는 것이 제일 낫다는 것은 알고 있었다.

"알겠습니다."

운현은 어쩔 수 없이 그렇게 말할 수밖에 없었다.

"그러면 잠시만 기다려 주십시오, 부총관님."

부총관은 염려 말라는 듯 고개를 끄덕였다. 그리고 자신을 지나치는 운현에게 슬며시 속삭였다.

"냉정한 마음으로 거래에 임하지 않으면, 항상 손해를 보게 되는 법입니다."

'아!'

그 한 마디에, 운현은 정신이 드는 듯했다. 아직 상대의 용건도, 의도도 제대로 파악하지 못한 상태에서 자신이 지나치게 감정적이 되어 있다는 것을 깨달은 것이다.

"알겠습니다."

운현은 속삭이듯 대답했다. 그리고 부드러운 목소리로 하영령에게 말했다.

"기다리게 해드려서 죄송합니다. 가시지요."

달라진 운현의 태도에 하영령의 눈동자에 이채가 돌았다.
"흥."
그러나 그뿐, 하영령은 한 마디 말도 없이 다시 발길을 옮겼다. 그녀의 발길이 향하는 곳은 아무나 올라갈 수 없다는 난화기루의 2층이었다.

하영령이 들어선 곳은 난화기루 2층의 작은 방들 중 하나였다. 방이라 해도 벽 대신에 간단한 칸막이와 병풍으로 가려놓은 곳이었지만 사방에 늘어져 있는 화려한 휘장으로 가리면 충분히 밀실의 역할을 할 수도 있는 그런 곳이었다. 그리고 하영령이 성큼 들어선 곳 또한 휘장으로 사방이 막혀 있는 곳이었다.
"앉아요."
방에 들어선 하영령은 크고 화려한 붉은색 의자에 털썩 몸을 기대며 말했다. 이런 곳이 처음인지라, 운현은 신기한 마음에 이리저리 둘러보다가 하영령의 말에 문득 정신을 차리고 맞은편 의자에 조심스럽게 앉았다.
"참 내."
그런 운현의 모습을 쳐다보던 하영령이 어이없다는 듯 중얼거린다. 운현은 그녀의 말에 기분이 상했지만 부총관의 말을 떠올리며 차분히 마음을 가라앉혔다.
"무슨 용건이십니까?"

하영령을 쳐다보며 운현이 정중하게 말했다. 가까이서 보니 하영령은 꽤나 이쁘장한 얼굴을 하고 있었다.

세련된 몸짓과 화려한 장신구들은 그녀의 아름다움을 더 빛나게 하는 듯하고, 한창 나이인 그녀에게서 흘러나오는 성숙한 분위기는 확실히 무시 못할 매력을 뿜어내고 있었다. 기루의 은근한 조명은 그런 그녀의 모습을 더욱 매혹적으로 보이게 했다.

하영령은 운현의 질문에 대답하지 않았다. 대신 그녀는 운현을 빤히 쳐다보고 있었다. 정확히는 운현을 위아래로 훑어보며 자세히 관찰하고 있는 듯 보였다.

그러다 잠시 후, 그녀는 운현에게서 시선을 거두고 뒤로 몸을 기대며 말했다.

"전시의 합격자라면서요? 북경에서 학사도 지내고."

운현은 내심 불쾌했다. 자신의 말에는 대답도 않고 다짜고짜 묻는 태도가 마음에 들지 않았던 것이다. 그러나 이럴수록 더 냉정해야 한다고 생각했다. 자신은 상대를 모르는데, 그녀는 자신을 잘 알고 있다는 말투가 아닌가?

"그렇습니다."

운현은 조용한 목소리로 대답했다.

"파직당하고 거의 폐인 꼴로 돌아왔다던데……. 술? 도박? 아니면 여자?"

운현은 자신도 모르게 쓴웃음을 지었다.

'어떻게 된 게 이 동네는……'

묻는 말이 운희연과 한 자도 틀림이 없었다. 아마도 숱한 사람들이 그 문제로 폐인이 되는 모양이리라.

"아, 여자는 아니겠네."

하영령은 앞에 놓여 있던 술잔을 들어올리며 말했다. 그리고 단번에 들이켰다.

탁.

마치 물이라도 마신 양, 하영령은 얼굴색 하나 변하지 않았다. 그녀는 운현을 쳐다보며 또박또박 말했다.

"지금 기분이 어때요? 하늘에서 돈이라도 떨어진 듯싶죠? 이게 웬 떡인가 싶기도 할 거고."

운현을 향한 그녀의 시선은 날카로웠다. 분명한 적대감을 그 눈빛에 담고, 하영령은 말했다.

"하지만, 이제 그 꿈을 깨게 되었으니 어떡하죠?"

운현은 어이가 없었다. 화가 나기보다 오히려 어리둥절했다. 상대가 무슨 말을 하는지 도통 감을 잡을 수 없었기 때문이다.

"저, 죄송하지만 지금 무슨 말씀이신지……"

"아! 모른 척하는 거예요? 이런 거 아주 질색인데."

그녀는 짐짓 과장된 몸짓으로 고개를 저으며 말했다. 그녀의 시선이 똑바로 운현을 향했다.

"분명히 말하지만."

마치 최후통첩을 하듯, 그녀는 말했다.

"내가 당신과 결혼하는 일은 없을 거예요."

"네?"

너무나 의외의 말에 운현은 그만 자신도 모르게 반문했다. 그것도 눈살을 있는 대로 찌푸리며 말이다. 냉정해야 한다는 부총관의 말도, 이 순간은 깨끗하게 날아가 버렸다.

"뭐예요? 지금 그 표정."

하영령의 고운 이마에 살짝 주름이 간다. 그녀가 문제 삼은 것은 운현이 정말 모르는 것 같다는 사실이 아니었다. 아니, 그런 것이라면 더 좋지 않았다. 자신과 결혼한다는 말에 어찌 저런 반응을 보일 수 있단 말인가? 설령 그녀가 결혼해 줄 마음이 전혀 없다 해도 말이다.

그녀의 말에는 상관하지 않고, 운현은 손으로 미간을 짚었다.

'또 오해인가? 지긋지긋하군.'

아주 질리도록 당해온 일이다. 운현은 애써 마음을 가라앉히며 고개를 들었다.

"아무래도 사람을 잘못 찾으신 듯합니다."

운현은 침착하게 그리고 차분한 목소리로 말했다.

"저는 당신과 결혼하고 싶은 마음도 없고 그럴 생각도 없습니다. 아니, 그럴 형편도 되지 않습니다."

운현은 말했다.

"그러니 제가 당신과 결혼하는 일은 없을 것입니다."

"흥."

하영령은 코웃음을 쳤다.

"그거, 아주 유치한 거 알아요?"

그녀는 비웃음을 흘리며 말했다.

"퇴짜 맞고 나서 나도 너 싫어, 하는 거 말이에요."

막무가내였다. 말이 통하지 않는다. 운현은 순간 속에서 울컥 하는 것을 느꼈다. 하지만 부총관의 말을 다시금 떠올리며 애써 내리 눌렀다.

"아가씨."

하영령이 턱을 치켜들고 운현을 내려다본다. 할 말이 있으면 해보라는 식이다.

"이런 데 올 시간 있으면, 책이라도 한 자 더 읽고 예의가 무엇인지 좀 배우십시오."

운현은 말했다.

"입어례(立於禮)라 하지 않습니까?"

입어례(立於禮). 예에 선다는 말이니 즉 예의를 아는 것이 사람의 기본이자 근간이라는 뜻이다.

익히 알려진 이 말로써 운현은 상대의 무례를 꼬집은 것이다. 그러나 다만 상대가 하영령이라는 것을 간과한 것이 바로 운현의 실수 아닌 실수였다.

"뭐, 뭐라고?"

운현은 하영령의 말에 상관하지 않고 자리에서 일어섰다. 더 이상은 완전한 시간낭비에 불과했다.

 "야, 야! 거기 안 서?"

 하영령이 발끈하고 일어섰지만 운현은 뒤도 돌아보지 않고 걸어 나갔다. 무례한 사람에게는 인사조차 아까웠다.

 "야……. 야!"

 하영령이 손가락질까지 하며 불렀지만 이미 운현은 나가 버린 뒤다. 펄럭이는 휘장만이 그녀의 손가락 끝에서 흔들리고 있었다.

 "저게 지금 내 치맛자락을 붙들고 부탁해도 모자랄 판에……."

 하영령은 씩씩거리며 말했다. 사실 치맛자락을 붙들어도 결혼해 줄 생각은 없다. 하지만 그래도 모자랄 판에 나도 싫다며 돌아서다니, 분수를 몰라도 정도가 있는 법이다.

 "이씨."

 입술을 깨물어 본들 이미 상대방은 가고 없다. 하영령은 털썩 자리에 앉았다. 그녀는 목이 타는지, 술잔을 들어올려 단번에 들이켰다.

 탁.

 술잔이 부서져라 탁자에 내려놓았지만 화는 풀리지 않는다. 면전에서 이렇게 무시를 당하는 일은, 그녀에게 지극히 드물고 낯선 일이었기 때문이다.

"입어⋯⋯. 뭐라고?"

하영령은 운현이 마지막으로 남긴 말을 곱씹어 보았다. 그리고 눈살을 찌푸리며 자신의 옷을 이리저리 쳐다보았다. 하지만 세련되고 좋기만 한 옷이다. 광주의 어느 여자라도 부러워할 만한.

"이 옷이 뭐가 어때서?"

하영령은 신경질적으로 손을 흔들었다. 화려한 장신구가 그녀의 손목에서 무심히 반짝이고 있었다.

제8장
거래에도 마음이 있다

 황금색 이중 지붕을 얹은 거대한 전각. 붉은빛 담장을 두른 대륙의 심장. 천하의 모든 부귀와 권세가 모여드는 자금성의 한 모퉁이에서, 화려한 관복(官服)을 차려 입은 노인의 흰 수염이 분노로 인해 파르르 경련하고 있었다.
 "네, 네 이놈!"
 누구라도 그 앞에 엎드리게 할 만큼 기백 있는 호통이었다. 그러나 그 앞에 무릎 꿇는 사람은 한 사람도 없었다. 아니, 오히려 치욕스럽게 무릎 꿇린 채 두 손을 뒤로 결박당한 것은 바로 그였다.
 두 사람의 중무장한 금의위가 뒤에서 그를 찍어 누르고 있었고, 검을 빼어든 수십의 금의위가 철통같이 그를 둘러싸고 있었다.

"천한 내시 따위가 어디서 감히!"

백발이 성성한 노익장의 호통은 대전을 쩌렁쩌렁 울렸다. 하지만 그것은 그저 공허하게 울리는 외침이 되고 말았다.

"과연 사대삼공을 지낸 명문가의 어르신다운 기백이군요. 후후훗."

작은 부채로 얼굴을 가리고 마치 여인네의 그것인 양 가벼운 웃음소리를 흘리는 사람. 붉은빛 태감의를 단정하게 차려 입은 동창(東廠) 병필태감(秉筆太監) 박 공공은 대전을 울리는 호통소리에도 전혀 주눅 든 기색이 없었다. 이미 상대의 목숨이 자신의 손아귀에 들어와 있음을 알고 있는 까닭이다.

"네가 감히 이런 짓을 하고도 하늘이 두렵지 않느냐!"

노인의 서슬 퍼런 호통이 다시금 대전에 울려 퍼진다.

"하늘이라구요?"

박 공공은 가볍게 미소 지었다.

"그 하늘의 노여움을 산 분이, 다름 아닌 자신이라는 것을 어찌 아직 모르신단 말입니까?"

부드럽고 가는 목소리로 박 공공은 말했다.

"역천(逆天)의 무리와 손을 잡고, 사리사욕을 채우기 위해 무수한 백성들의 피를 흘리게 하고, 감히 천하를 도탄으로 빠뜨리게 한 당신의 죄. 하늘이 정녕 그것을 모르리라 생각했단 말입니까? 쯧쯧."

"네, 네 이노옴!"

정성스레 가꾼 노인의 흰 수염이 파르르 떨린다. 박 공공은 작은 부채를 들어 입을 가렸다.

"물론 그 때문에 이렇게 당신의 목을 취할 수 있게 되었으니 저로서는 참으로 감사한 마음뿐이지만요. 후훗."

노인은 이를 갈았다. 분명 항주 무림의 일에 협조한 것은 자신의 실수였다.

그러나 더욱 큰 실수는 박 공공을 그냥 내버려 두었다는 사실이다. 그가 이토록 신속하고 과감하게 행동할 줄을 어찌 알았으랴.

"내, 내 너를 진작 죽였어야 했거늘!"

파르르 떨리는 노인의 눈꺼풀. 마치 지금 당장이라도 그를 죽일 듯이 쏘아보는 노인의 눈빛을 정면으로 마주하며, 박 공공은 부드러운 미소로 답했다.

"아, 그리고 홀로 외롭지는 않을 테니 걱정 마십시오."

박 공공은 품에 손을 넣어 붉은 비단 두루마리 하나를 꺼냈다. 그리고 한쪽을 잡고 아래로 가볍게 떨어트렸다.

펄럭.

펼쳐진 두루마리에 날아갈 듯한 서체로 빽빽하게 쓰여진 이름들. 노인은 눈을 부릅떴다.

"함께 영화를 누렸으니, 함께 고초를 받아야 공평한 것 아니겠습니까? 하늘은, 진정 누구에게나 편벽됨이 없으니까요. 후후훗."

"네가 이러고도 무사할 줄 아느냐?"

노인은 줄기줄기 원한이 서린 목소리로 말했다.

"쯧쯧. 사대삼공의 명문가 어르신께서 뒷골목 협잡배 같은 뻔한 협박을 하시다니요."

박 공공은 안타까운 듯 고개를 저으며 말했다.

"이럴 때는 멋들어지게 시라도 한 수 읊어야지요."

노인을 똑바로 쳐다보며, 박 공공은 웃는 얼굴로 말했다.

"그래야 사람들이 당신의 마지막 유언이라며 한 번쯤 읽어 주기라도 할 테니까요."

박 공공은 손을 들어 가볍게 흔들었다. 그러자 옆에 지켜 서 있던 중무장한 금의위가 그 앞에 나서며 고개를 숙인다.

"네! 공공."

박 공공은 나지막이 말했다.

"끌고 가세요."

"존명!"

명령을 받은 금의위가 눈짓을 보내자, 노인은 금의위 무사들의 우악스런 손길에 마치 개가 끌려 가듯 대전 밖으로 끌려 사라졌다.

"장군."

"네, 공공."

박 공공의 한 마디에 즉시 금의위 무사가 고개를 숙인다. 병필태감 박 공공은 들고 있던 붉은 비단 두루마리를 그에게 건넸다. 금의위는 고개를 숙인 채 공손히 손을 내밀어 두루마리를 받아들었다.

"역적들의 명단입니다."

박 공공은 말했다. 많은 사람의 목숨을 좌지우지할 무서운 한 마디가 그의 입에서 아무렇지도 않게 내뱉어지고 있었다.

"오늘 밤이 지나기 전에, 모두 반드시 잡아들여야 할 것입니다."

사대삼공의 명문가다. 관계를 맺고 있는 자들도, 세력을 형성한 자들도 결코 작지 않고 하나같이 무시할 수 없는 자들일 터이니, 박공공의 명령이 서슬 퍼런 것도 당연한 일이다.

"존명!"

금의위는 즉시 그의 명을 받들었다. 그는 지체 없이 대전을 나갔다. 대전 바깥에는 어두운 밤임에도 불구하고 수백의 금의위가 창검을 뽑아든 채 질서 정연하게 도열해 있었다.

촤악, 촤악, 촤악, 촤악!

수백의 중무장한 금의위가 지휘자를 따라 일사분란하게 대전 앞에서 빠져나갔다. 바로 병필태감 박 공공의 명령을 수행하기 위해서.

"후후훗."

박 공공은 느긋한 걸음으로 대전을 나왔다. 수백의 금의위가 사라진 자리를 바라보며, 그는 만족한 미소를 떠올렸다. 지난 수개월간, 물밑으로 팽팽하게 벌어졌던 황실의 권력투쟁이 이제 오늘로써 그 막을 내렸다. 내일의 하늘(天)이, 바로 이 순간 그의 손에 의하여 결정된 것이다.

자박 자박.

그가 대전을 벗어나자 금의위 무사들이 그를 호위한다. 뒤를 따르는 십여 명의 금의위 무사와 함께 그는 자금성의 미로를 익숙하게 빠져나갔다. 가볍게 옮기는 그의 걸음을 따라 붉은색 태감의 자락이 자금성의 불빛 아래 물결치듯 흔들린다.

자박.

이윽고 한 전각 앞에 도착한 그는 수행하던 금의위들을 물린 채 홀로 조심스럽게 전각 안으로 들어갔다. 그리고 희미한 어둠 속을 걸어 들어가더니 두 손을 모으고 깊이 고개를 숙인다.

"전하."

공손하고 가느다란 목소리에서는 끝없이 자신을 낮추는 그의 조심스러움이 묻어나고 있었다.

"신, 전하의 명을 받들어 방금 역적의 수괴를 잡아들였나이다."

"오오."

부드러운 음성이 박 공공의 가느다란 음성에 답했다. 쾌활하고 밝은 목소리였지만 그 목소리에 묻어나는 떨림은 그가 이 소식을 얼마나 초조하게 기다렸는지를 말해주고 있었다. 박 공공은 허리를 숙이며 말했다.

"그의 조력자들 또한 오늘 밤이 가기 전에 남김없이 잡아들이게 될 것입니다."

박 공공은 머리가 땅에 닿을 듯 조아리며 더욱 깊이 허리를 숙여 말했다.

"이로써 황실을 어지럽히던 역적의 무리들을 모두 쓸어내게 되었으니, 모두 전하의 하해와 같은 은덕이옵니다."

박 공공은 바닥에 닿을 듯 머리를 조아리며 말했다.

"수고했네……. 박 공공."

짧은 말이었지만 울려오는 목소리에는 말할 수 없는 감회가 가득 서려 있었다. 격동을 이기지 못하고 꽉 그러쥔 손은 그동안 그가 겪어온 고초가 어떠했는지 짐작할 수 있게 한다. 잠깐 그렇게 말을 잇지 못하던 그는 잠시 후 낮은 목소리로 입을 열었다.

"이것을 보게."

그가 내민 것은 또 하나의 붉은 비단 두루마리였다. 박 공공은 공손한 자세로 두 손을 내밀어 두루마리를 받아들었다. 그리고 천천히 그것을 펴보았다.

"영웅맹……."

붉은 두루마리를 살피던 박 공공이 나지막이 중얼거린다.

"내일, 그대에게 황상의 조칙이 내려질 것일세."

팍, 팍.

박 공공은 즉시 소매를 털고 바닥에 무릎을 꿇었다.

쿵.

"그대에게 도찰원(都察院)의 모든 권한을 부여하니, 감찰어사대(監察御史臺)를 지휘하여 역적의 무리들과 연루된 자들을 소상히 밝히고, 그 죄상을 낱낱이 파헤쳐 남은 무리들을 반드시 뿌리 뽑도록 하게. 감히 황실을 능욕하려 한 자들이 누구인지, 반드시 밝혀내야 할 것이네!"

"신(臣), 목숨을 다해 전하의 성지(聖旨)를 받들겠나이다."

쿵, 쿵, 쿵.

박 공공의 이마가 세 번 바닥을 울렸다. 그렇게 강호 무림의 운명은 붉은 담으로 둘러싸인 황금색의 지붕 아래에서 움직이기 시작하고 있었다.

*   *   *

"창룡지회?"

화려한 붉은 비단옷을 차려입은 중년인은 눈살을 찌푸리며 말했다. 마치 황제의 보좌처럼 온갖 금은보석으로 장식된 의자에 비스듬히 기대앉은 그는, 바로 영웅맹의 맹주 철혈사왕 염중부였다.

"네. 창룡의 뜻을 따르는 자들이라 합니다."

"창룡검주가 모습을 드러냈단 말인가?"

그자들이 말하는 '창룡'이 누구를 뜻하는지는 묻지 않아도 뻔했다. 염중부의 말에 수하가 대답했다.

"그렇지는 않은 듯합니다."

수하는 중경지부의 보고서를 서탁 위에 조심스럽게 올려놓았다.

"하지만 중경지부의 하급 무사 둘과 지역 책임자 한 명이, 스스로를 창룡지회라 하는 자들에 의해 귀주성의 준의에서 목숨을 잃었습니다."

"준의?"

"중경지부에서 500리 거리의 작은 도시입니다."

500리라면 가까운 거리가 아니다. 염중부의 눈살이 다시 찌푸려지는 것은 중경지부가 구태여 그런 소도시에 개입한 이유를 짐작하고도 남음이 있기 때문이다.

"그곳에 있는 문파간의 분쟁에 개입했다가 창룡지회라 하는 자들의 습격을 받았다고 합니다. 그들은 창룡검주만이 영웅맹에 맞설 수 있는 자라 하며, 스스로를 창룡의 뜻을 따르는 창룡지회라 하였습니다."

팔락.

염중부는 보고서를 펼쳐들었다. 그곳에는 귀주성 준의에서 일어난 일에 대한 사건개요가 적혀 있었다. 철혈사왕 염중부는 보고서를 훑어보며 생각에 잠겼.

거래에도 마음이 있다 243

"흐음."

영웅맹을 구성하는 큰 축인 수적연합과 녹림은, 본래 그들이 그러하듯 조직적인 체계가 갖추어져 있지 않았다. 그러나 주먹구구식으로 장강의 패권을 차지할 수는 없는 법. 혈공자 문왕은 무림맹을 무너뜨리기 이전에 벌써 치밀한 조직체계를 구상해 놓고 있었다.

조직체계는 구상만으로 되는 것이 아니다. 조직을 이끌어나가는 데는 필수적으로 강력한 지도력이 필요했다. 그리고 그 지도력으로 말하자면, 철혈사왕 염중부를 따라갈 만한 사람은 없었다. 덕분에 영웅맹은 사람들의 예상과는 달리 빠르게 그 조직체계를 갖춰 나가고 있었다.

"창룡지회라……."

염중부는 한 손으로 관자놀이를 짚었다.

"대책을 강구하라 이를까요?"

"필요 없다."

탁.

철혈사왕 염중부는 손가락으로 보고서를 툭 내던지며 말했다.

"네?"

나른한 표정을 숨기지 않으며, 염중부는 수하에게 귀찮은 듯 말했다.

"이름도 모를 지방 소도시에 기껏 서너 명이 나타나서 난동을 피운 일 아니냐? 이런 일들까지 일일이 대응할 정도로 맹에 할 일이 없는 줄 아나?"

철혈사왕 염중부의 매서운 눈매가 수하에게 향하고, 수하는 그의 시선에 움찔 움츠러든다.

"맹이 정색을 하고 나서면 그게 바로 이놈들이 바라는 바대로 되는 것이다. 다음부터 이런 일은 각 지부에서 알아서 처리하라고 하도록. 그리고 확실히 그 지역을 장악하기 전에는 어쭙잖은 짓은 절대 하지 말라고 엄히 일러라."

"존명!"

수하는 고개를 숙이며 명을 받들었다.

"지부확장은 어떻게 되었나?"

"지부 유치를 원하는 장강 유역의 문파들은 많으나, 그 지역의 수채들과 이해관계가 얽힌 터라 협의하는 일이 쉽지 않습니다. 아무래도 이무심 총채주께서……."

장강 수로채 연합의 총채주인 철면무심 이무심은 소위 신녹림과 함께 영웅맹의 다른 한 축이었다. 그러나 이무심 정도는 철혈사왕 염중부의 안중에도 없었다.

"아무짝에도 쓸데없는 수채 따위는 신경 쓰지 말라고, 내가 이미 말하지 않았던가?"

철혈사왕 염중부의 은은한 목소리. 그의 목소리에는 은근한 분노가 실려 있었다.

"그 지역을 충분히 장악할 만한 역량을 가진 문파를 지부로

선정하도록. 이것은 나의 명령이다. 알았나?"

"존명!"

염중부는 말했다.

"다음번에 또다시 같은 말을 하게 한다면, 네놈의 목을 쳐 버리겠다."

"조, 존명!"

영웅맹 내의 무게로 따지자면 수로채와 신녹림을 합쳐도 염중부 하나에게 미치지 못했다. 왜냐하면 그들의 무공이 염중부에게 감히 이름을 내밀 정도도 되지 못했기 때문이고, 영웅맹의 실제적인 힘 역시 그들이 아니기 때문이다. 수로채와 신녹림은, 굳이 말하자면 호랑이의 위세를 등에 업은 여우에 지나지 않았다.

"가보도록."

염중부의 말이 떨어지자마자 수하는 깊이 고개를 숙여 예를 표한 후에 서둘러 집무실을 나섰다. 혹시나 또 다른 문제로 추궁을 당할까 싶은 것이다.

"창룡지회라……."

아무도 없는 집무실에서, 철혈사왕 염중부는 나지막이 중얼거렸다. 창룡검주가 나타나는 것은 오히려 그가 기다리는 바다.

혈공자 문왕이, 그리고 아직까지 모습조차 본 적 없는 일대상인이 그에게 얼마나 집착하는지를 알고 있기 때문이다. 창룡검주 앞에서는 장강도, 영웅맹도 그들의 관심거리가 되지 못했다.

"재미있군."

비릿한 미소를 지으며 영웅맹 맹주 철혈사왕 염중부는 그렇게 말했다. 수채와 신녹림을 여우라 말했지만, 철혈사왕 염중부 역시 호랑이는 되지 못했다.

영웅맹의 맹주는 자신이었지만 주인은 아니었다. 자신이 주인이 되기 위해서는 자신의 발목을 잡고 있는 족쇄를 끊어야 했다. 그리고 그것은, 어쩌면 '창룡검주'라는 이름을 가진 자에 의해서 현실화될 수도 있는 일이었다.

"재미있어."

철혈사왕 염중부는 다시 한 번 중얼거렸다. 그의 입가에 미소가 더욱 짙어지고 있었다. 그곳은 항주의 무림맹이 불타버린 바로 그곳, 이전의 무림맹보다 더욱 화려하고 더욱 장엄하게 쌓아올린 영웅맹의 깊은 곳에서 일어난 일이었다.

* * *

"총관!"

젊은 여성의 날카로운 목소리에 하청상단의 총관은 움찔했다. 그 목소리의 주인공을 익히 잘 알고 있기 때문이었다. 그리고 또한 그 목소리의 주인공에게 충분히 찔릴 만한 행동을 하고 있는 까닭이었다.
"아, 아가씨."
총관은 얼굴에 웃음을 담뿍 담으며 돌아섰다.
"물어볼 게 있어."
늘 그렇듯 하영령은 언제나 직선적이었다. 그녀는 성큼성큼 총관에게 다가왔다. 총관은 그녀가 물어볼 게 있다는 말에 가슴이 덜컹 내려앉았지만 얼굴의 미소를 풀지 않은 채 부드러운 음성으로 말했다.
"무슨 일이신지요?"
마치 인자한 할아버지와 같은 총관의 표정. 하지만 하영령은 총관의 그런 노력에는 상관도 하지 않았다.
"입어례(立於禮)가 뭐야?"
"네?"
너무나 의외의 질문에 총관은 미소를 유지해야 한다는 것마저도 잊어버렸다.
"입어례가 무슨 뜻이냐니까!"
하영령은 참을성이 없기로도 유명하다. 총관은 얼른 기억을 더듬었다.
"에, 입어례(立於禮)라는 것은…… 그러니까 그게 아주 유명한 공자님의 말씀인데, 그게 어디였더라……. 계씨편이었나 태백편이었나……."
하영령의 눈살이 찌푸려지는 것을 발견하고 총관은 급히 말했다.

"아, 아무튼 입어례란 예(禮)에 선다(立)는 뜻입니다."

"뭐?"

그의 대답에 하영령이 있는 대로 인상을 쓰며 되묻자 총관은 화들짝 놀라며 말했다.

"그, 그러니까 예의를 아는 것이 제일 중요하다는 뜻이겠죠. 뭐, 굳이 말하자면 예의를 잘 지키고 언제 어느 때라도 예의를 잃지 않는 사람이 되어야 올바른 사람이다. 뭐, 이런 뜻일 겁니다. 공자님이야 워낙에 예를 좋아하셔서 가지구서리……."

"그러니까, 예의를 모르면 사람도 아니라는 뜻이라고?"

"그, 그렇게까지야……."

총관은 땀을 닦으며 말했다. 설마 그 예의 바른 공자님께서 그런 뜻으로야 말씀하셨을까 싶은 것이다. 그러나 하영령은 가차 없었다.

"그거야, 아니야?"

날카로운 시선으로 째려보는 하영령의 모습에 총관은 펄쩍 놀라며 대답했다.

"그, 그겁니다. 그거."

총관은 연방 흐르는 땀을 닦았다.

"그렇다 이거지……."

하영령은 입술을 깨물며 보기에도 짜증을 팍팍 풍기는 표정으로 무언가를 생각하고 있었다. 총관은 지금 하영령이 생각하는 그 누군가에게 애도를 표했다.

하영령이 저런 표정을 할 경우 상대는 적어도 반죽음, 아니 저 표정의 심각성으로 보아서는 숨만 간당간당 붙어 있게 될 것이 확실해 보였다.

"알았어."

궁금증이 풀리자 하영령은 즉시 돌아섰다. 총관은 다급히 그녀를 불렀다.

"아, 아가씨!"

"왜?"

짜증스런 표정으로 하영령이 돌아본다. 총관은 억지로 웃음을 지으며 말했다.

"저, 아버님께 가끔은 문안이라도 드리시고 그래야……."

하영령의 미간에 주름이 지자 총관의 말은 금방 끊어졌다.

"총관, 나 지금 여기 설교 들으러 온 거 아니거든?"

그녀의 한 마디에 총관의 말은 찍소리도 못하고 사그라들었다.

휙.

어색한 웃음을 짓고 있는 총관을 남겨두고, 하영령은 가던 길을 재촉했다. 붉게 단장한 손톱을 살짝 깨물며 그녀는 이렇게 중얼거렸다.

"그러니까 날더러 예의도 모르고 무식하다고 조롱한 거다 이거지? 그것도 내 눈을 빤히 보면서 말이야."

생각할수록 치솟는 짜증을 가눌 수 없었다. 언제 그런 대접을 자신이 받아본 적이 있었던가? 손톱을 잘근잘근 씹으며 거침없이 발을 옮기던 그녀는 문득 자신의 손톱을 쳐다보고는 소리 질렀다.

"꺄악! 내 손톱!"

아침에 정성들여 다듬은 그녀의 손톱이 그야말로 엉망이 되어 있었다. 물론 그녀 자신의 입으로 씹은 결과다.

그러나 그 원망은 엉뚱하게도 그녀에게 설교를 늘어놓은 한 사내에게 향하고 있었다. 물론 본인은 설교한 적도 없다고 강변할 테지만.

"어디 두고 봐!"

하청상단의 막내딸, 하영령은 표독스런 표정으로 그렇게 외쳤다.

* * *

"거기 앉거라."

운일평은 운현에게 자리를 권했다. 운현은 고개를 숙여 숙부의 호의에 예를 표하고 자리에 앉았다.

"오늘 너를 보자고 한 것은 긴히 할 이야기가 있어서다."

숙부의 얼굴은 굳어 있었다. 운현은 숙부의 어두운 표정을 보자 내심 불안한 마음이 들었다. 무언가 일이 잘못되었나 싶어서이다.

"실은, 너에게 제의를 해온 상단이 하나 있다."

'제의?'

운현은 귀를 기울였다. 혹 자신을 채용해 줄 상단이 나타났을지 모른다는 생각이 들어서이다.

"헌데……."

운일평은 쉽게 말을 잇지 못했다. 잠시 후, 그는 긴 한숨을 내쉬었다.

"후우. 돌려 말한들 무엇이 달라지겠느냐?"

숙부 운일평은 고개를 들어 운현을 똑바로 바라보았다. 그리고 말했다.

"하청상단에서 너에게 혼담이 들어왔다."

"혼담?"

운현은 하청상단이라는 말에 문득 짚이는 것이 있었다.

"하청상단의 단주가 너와 자신의 딸을 혼인시키고 싶어 한다는구나."

문득 일전에 기루에서 만난 하영령의 모습이 머리를 스쳐갔다. 운현은 그제서야 왜 그녀가 그렇게 말했는지를 이해했다. 그리고 문득, 부총관이 그녀를 알아보던 것을 떠올렸다.

"하청상단은, 큰 상단입니까?"

운일평은 의외라는 표정을 지었다. 운현이 틀림없이 상대가 누구냐고 물어볼 것이라고 생각했는데, 전혀 다른 것을 물어

보았기 때문이다. 그러나 그 또한 중요한 일임에 틀림없었다. 특히 운가상단에는 더더욱.

"이곳에서 하청상단의 영향력을 무시할 수 있는 상단은 손에 꼽을 정도다."

"운가상단에 대해서는 어떻습니까?"

숙부의 말대로라면 물어보나 마나 한 일이다. 그러나 운현은 굳이 그것을 확인하고자 했다. 운현의 짐작이 맞은 듯, 숙부의 얼굴이 금세 굳어진다.

"운가상단의 일에 대해서는 네가 신경 쓸 것이 없다."

숙부, 운일평은 굳은 얼굴로 말했다.

"혼인은 인륜지대사(人倫之大事)다. 네 일인데 어찌 다른 것을 돌아보려고 하느냐?"

운일평은 엄한 목소리로 정색을 하고 말했다. 그러나 운현은 그의 말에 가슴이 따뜻해짐을 느꼈다.

"상대는, 하영령이라는 아가씨입니까?"

운현의 물음에 운일평은 또 한 번 놀란 기색을 한다.

"알고 있었느냐?"

"이름만 아는 정도입니다."

운일평은 고개를 끄덕였다.

"그랬구나. 허나 소문에는 신경 쓸 것이 없다. 사람이란 직접 만나보지 않으면 모르는 법이니……."

운현은 쓴웃음을 지었다.

"네가 원한다면 하청상단에서는 너를 전적으로 후원하겠다고 했다. 서원(書院)을 원한다면 번듯한 서원을 지어줄 것이고, 상계에 입문하기를 원한다면 상단의 일을 맡기겠다고 했다. 네가 무엇을 원하든, 그들은 흔쾌히 그 일을 도와줄 것이라 했다."

하청상단이 서원을 지어준다는 말을 서슴없이 했다는 숙부의 언질에 운현은 짐짓 물었다.

"하청상단이 그 정도로 재력이 있는 상단입니까?"

"그들이 원한다면, 그렇게 할 거다."

운일평이 말했다. 그들이 원한다면 그렇게 한다. 비록 광주의 삼대 상단에는 들지 못한다 해도, 아니 심지어 삼대 상단조차 하청상단을 무시하지 못한다. 그들은 충분히 그럴만한 재력이 있는 상단이었다.

"그렇다면, 그들의 제의를 거부했을 경우 심각한 문제가 벌어지겠군요."

운현의 말에 운일평의 안색이 더욱 굳어졌다.

"그건……."

그의 말대로였다. 하청상단은 자존심이 강하다. 만일 그들의 제의를 거부했을 경우, 그들이 어떻게 나올지는 뻔한 일이었다. 아마도 운가상단은 광주를 떠야 할지도 모른다. 운일평은 대답을 하지 못했다.

"알겠습니다."

운현은 조용히 말했다.

"제의를 받았으니, 좀 더 생각할 시간이 필요합니다."

숙부 운일평에게 예를 표하고 운현은 자리에서 일어섰다. 방을 나가려던 그는 문득 숙부를 돌아보며 말했다.

"숙부님."

운일평의 시선이 운현을 향했다. 운현은 미소를 지으며 말했다.

"감사합니다."

그것은 진심이었다. 숙부는 이 혼담이 너에게도 좋은 것이라며 운현을 설득하지도 않았다. 운가상단에 돌아올 불이익을 말하며 부담을 주지도 않았다.

숙부가 한 일은 하청상단에서 제의한 것을 그대로 전해 주었을 뿐이다. 그리고 다른 것을 돌아보지 말라고, 그렇게 격려해 주었을 뿐이다. 운현은 숙부의 그런 마음씨가 참으로 고마웠다.

사실 이제껏 숙부에 대해 운현이 가진 기억은 그다지 좋지 않은 것들뿐이었다. 예전 서생시절 자신에게 돈을 내어줄 때, 숙부가 자신을 경멸하고 있었다고 늘 생각해 왔다. 하지만 어쩌면 그것은 운현의 자격지심일 뿐이었는지도 모른다. 운일평은, 운현의 숙부였다.

달칵.

문을 닫고, 운현은 방을 나갔다. 그리고 남은 운일평은 침통한 표정으로 아무 말 없이 앉아 있었다. 하나뿐인 조카가 어려운 선택을 하는 것을, 그저 바라볼 수밖에 없는 자신이 참으로 원망스러웠다.

"허어."

운일평의 입에서 긴 탄식이 흘러 나왔다.

숙부의 방에서 나온 운현은 어둠이 깔린 저택에 서 있었다. 달빛 아래 고요한 저택은 어쩐지 을씨년스러워 보이기까지 했다. 아마도 기울어가는 상단의 가세가 그런 느낌을 가지게 한 것이리라.

"도련님."

조용히 자신을 부르는 소리에 운현은 고개를 돌렸다. 그곳에 서 있는 것은 부총관이었다.

"부총관님."

미소를 지으며 말하려 했지만 목소리에 기운이 실리지 않는 것은 운현 자신도 어쩔 수 없었다.

저벅 저벅.

부총관은 말없이 다가와 운현의 옆에 섰다. 그리고 운가상단의 저택을 조용히 바라보았다. 마치 그 모습을 눈 안에 담으려는 듯.

"그다지 나쁜 조건도 아닙니다."

담담한 목소리로 부총관은 말했다.

"도련님 나이도 있고, 뿌리를 내리고 정착하면 마음을 잡는데도 도움이 될 것입니다."

 운현은 눈살을 찌푸리며 부총관을 돌아보았다. 다른 사람도 아니고 부총관이 자신에게 이런 말을 할 줄은 생각도 못한 까닭이다. 그러나 부총관은 자신을 향한 운현의 시선을 담담히 받아넘기며 이렇게 말했다.

 "냉정한 마음으로 거래에 임하지 않으면, 항상 손해를 보게 되는 법이라고 말씀드렸죠?"

 그랬다. 분명히 그렇게 이야기했다. 부총관은 다시 저택을 바라보며 말했다.

 "냉정히 생각해 보면 지금 상단의 일을 배워서 바닥부터 시작하는 것보다는, 서원(書院)을 세우는 것이 도련님에게는 훨씬 잘 어울리는 일입니다. 상대에게 흠이 있다고 하지만, 도련님에게는 흠이 없습니까? 낙척문사로 거지꼴이 되어 돌아온 사람입니다. 오히려 이런 제안을 받았다는 것 자체만으로도 도련님께서는 자부심을 가져야 합니다. 다른 곳도 아니고 하청상단에서 도련님을 인정한 셈이니까요."

 부총관의 말은 냉정했다. 그리고 그만큼 사실을 제대로 적시하고 있었다. 운현도 그것을 알고 있었다.

 "영령 아가씨의 행실이 좋지 못하다고들 이야기하지만, 본성은 착한 사람입니다."

 먼 옛날의 일을 떠올리듯, 부총관은 고개를 들어 하늘을 보며 말했다.

거래에도 마음이 있다

"저는 그 아가씨를 어려서부터 보아왔습니다. 어렸을 때 영령 아가씨는 유난히 마음이 약해서 불쌍한 사람을 그냥 지나치는 법이 없었죠. 그 어린 나이에 아버님을 하루 종일 졸라서라도 결국 어떻게든 도와주게 만들었습니다. 아가씨는 어려서부터 고집이 셌거든요."

운현을 향해 부총관은 고개를 돌렸다.

"사람은 쉽게 변하지 않습니다. 혼인을 한다고 해서 갑자기 행실이 단정해질 리도 없겠죠. 하지만 그 말은, 영령 아가씨의 착한 본성도 어디로 가지 않는다는 뜻입니다. 도련님이라면……."

부총관은 조용히 말했다.

"도련님이라면 영령 아가씨도 마음을 잡을 수 있을 것입니다. 저는, 그렇게 생각합니다."

"제가…… 말입니까?"

부총관은 고개를 끄덕였다.

"아마 영령 아가씨는 현모양처가 될 것입니다."

문득 운현은 하영령의 모습을 떠올렸다. 그녀가 현모양처가 되어 단아한 모습으로 햇볕 아래 앉아 조용히 책을 읽고 있는 모습을 생각해 보았다. 수수한 머리모양과 온화한 웃음을 머금은.

피식.

그러나 그 상상은 제대로 이루어지지 못했다. 갑자기 그녀가 술잔을 한 번에 들이켜는 모습이 겹쳐지며 그 날카로운 눈매가 강렬하게 떠오른 탓이다.

"후후후."

갑자기 웃음을 흘리는 운현의 모습에 부총관은 어리둥절한 표정을 지었다.

"도련님?"

"감사합니다."

운현은 웃음을 머금은 채 말했다.

"적어도 제가 일방적으로 당하고 있다는 생각은 없어졌습니다. 어쩐지 마음이 한결 가벼워진 것 같군요."

"도련님."

"네?"

부총관의 얼굴은 진지했다.

"냉정한 상인도 때로는 손해를 감수할 때가 있습니다."

그는 무거운 눈빛으로 운현을 바라보며 말했다.

"그것은 눈앞의 이익보다 더 중요한 것을 지켜야 할 때입니다. 때로는 그것이 신용이기도 하고, 때로는 그것이 장래성이나, 혹은 도의이기도 하지요."

자신을 바라보는 운현에게 부총관은 말했다.

"거래에도 마음이 있는 법입니다. 설령 손해를 보더라도 자신이 반드시 지켜야만 하는 것이 무엇인지, 도련님은 절대 그것을 잊으시면 안 됩니다."

운현의 얼굴에 다시 짙은 그늘이 드리워지고 있었다. 부총관은 착잡한 표정으로 그것을 지켜보고 있었다.

그 어두움이 이번 혼사 때문만은 아니라는 것을 직감할 수 있었기 때문이다. 언제나처럼 운현의 웃음은 가볍고, 그늘은 깊기만 했다.

부총관과 헤어진 운현은 어둠이 내려앉은 저택을 잠시 거닐었다. 이리저리 발길을 옮겨 보았지만 마음은 쉽게 가라앉지 않았다. 그러다가 자연스럽게 그의 발길이 향한 곳은 운가상단의 저택 뒤뜰에 있는 정원이었다.

"후우."

뜰 한구석에 있는 나뭇등걸 의자에 운현은 털썩 몸을 기댔다. 오랜만에 어깨가 축 처지는 것을 느끼며 운현은 고개를 숙였다. 깍지 낀 자신의 두 손이 바로 눈앞에 보인다.

피식.

자조적인 웃음이 새어 나왔다. 굳은 살 하나 없는 자신의 손. 그리고 아무것도 할 수 없는 자신의 손.

"서원이든, 상단이든이라……."

운현은 고개를 뒤로 젖히며 중얼거렸다.

"훗. 한 방에 인생역전이군."

자조적으로 운현은 그렇게 중얼거렸다.

"그래서, 좋아요?"

문득 들려오는 날카로운 여인의 목소리. 운현은 고개를 돌렸다. 그곳에 숙부의 딸, 운희연이 서 있었다.

"아, 희연 누이……."

"아주 가관이군요."

운희연은 매서운 눈초리로 운현을 쏘아보며 말했다.

자박 자박.

운현의 바로 앞에서 그녀는 발길을 멈췄다. 그리고 말했다.

"정말 실망이에요."

잔뜩 찌푸린 운희연의 눈살은 그녀가 진심으로 실망스러워하고 있다는 것을 말해주고 있었다.

"그래도 뭔가 새로운 모습을 보여주는 것 같더니, 결국 선택한 것이 여자 하나 잘 잡아서 팔자를 고치자는 그런거예요?"

운희연은 운현을 똑바로 바라보았다.

"정말 그런 속물이었어요?"

"희연 누이……."

운현은 씁쓸한 웃음을 머금었다. 그리고 고개를 돌리며 말했다.

"그게 아마 현실이라는 거겠지."

의도하지 않은, 그리고 자신의 생각과는 다른 말이 운현의 입에서 튀어나왔다. 그것은 어쩌면 희연이 아니라 운현 스스로에게 하는 말 같기도 했다.

"생활은 현실이야. 그것도 아주 냉정한……."

거래에도 마음이 있다

운희연의 눈매가 꿈틀했다. 설마 운현이 이런 식으로 말할 줄 생각하지 못했던 그녀는 이런 운현의 반응에 더욱 화가 났다.

"그래서, 한 번뿐인 결혼을 이런 식으로 결정한단 말이에요?"

"결혼도 현실이니까."

운현은 여전히 운희연을 쳐다보지 않은 채 말했다.

"그리고, 꼭 한 번뿐이라는 법도 없고……."

운희연의 안색이 확 달아올랐다. 아직 어린 그녀의 감수성으로는, 운현의 말은 부끄러움을 모르는 뻔뻔한 파렴치한의 말이나 다름없었다.

"무, 무슨 소리예요!"

그녀는 새빨개진 얼굴로 소리쳤다.

"마, 말도 안 돼! 이 악당! 사기꾼! 바퀴벌레!"

운희연은 멈칫 한 발을 물러섰다.

"정말 실망이야!"

운현을 향해 그렇게 소리치고, 운희연은 도망치듯 뛰어가 버렸다.

탁탁탁.

"후우."

뛰어가는 희연의 뒷모습을 바라보며, 운현은 조용히 말했다.

"나도 실망이야."

고개 숙인 운현의 눈에 자신의 손이 보였다.

"나도."
운현은, 그렇게 중얼거렸다.

*   *   *

"창룡지회?"
 당문의 눈꽃, 당문설화 당설련의 화사한 아미가 살짝 일그러졌다.
"귀주성 준의에서 영웅맹 중경지부 소속의 무사 셋이 그들에 의해 피살되었다고 합니다."
 중년의 무인은 정중한 어조로 그녀에게 보고했다.
"그들의 정체는? 어느 문파 소속이지?"
 자신보다 나이 많은 중년의 무인에게도 당설련의 태도는 거침이 없었다. 그도 그럴 것이, 그녀는 지금 단순한 당문의 눈꽃이 아니라 태평맹의 대외 총괄을 담당하는 군사였기 때문이다. 영웅맹과 함께 천하를 양분하고 있다는 태평맹의 핵심 중의 핵심이다.
"정체는 확인된 바 없습니다. 다만 그들은 영웅맹에 맞설 자는 창룡검주뿐이라 하며, 자신들을 창룡의 뜻을 따르는 창룡지회라 말했다 합니다."
"창룡검주."
 나지막한 중얼거림과 함께 당설련은 입술을 깨물었다. 그

한 마디에 일이 어찌된 것인지를 직감적으로 알아차릴 수 있었기 때문이다.

"쓸데없는 짓들을……."

창룡검주의 행방이 묘연하다는 것쯤은 이미 그녀도 알고 있는 사실이다. 창룡지회라 하지만 분명히 그 가운데 창룡검주가 없을 것은 확실했다. 그녀는 고개를 들고 다시 물었다.

"영웅맹의 반응은?"

"구체적인 대응은 없는 것으로 알고 있습니다."

"구체적인 대응이 없어?"

당설련은 눈살을 찌푸렸다.

"영웅맹에 불만을 품은 소수의 지엽적인 반발이라 생각하는 모양입니다. 중경지부에서 자체적으로 일을 마무리하기로 했고, 중경지부는 이미 이 건에서는 손을 떼고 있는 모양입니다."

"말도 안 되는……."

당문설화 당설련은 그 말을 믿지 않았다. 아무리 지엽적인 반발로 본다 해도 영웅맹의 사람이 죽었다. 그런데 구체적인 대응을 하지 않는단다.

그리고 창룡검주라는 이름이 나오지 않았는가? 영웅맹의 맹주, 철혈사왕 염중부도 그게 무슨 뜻인지 알고 있을 것이다. 그런데 우발적인 사건으로 처리한다?

'무슨 생각이지? 염중부…….'

당설련은 생각에 잠겼다. 하지만 지금은 염중부의 속내를 파악하는 것보다 더 급한 일이 있었다.

"맹 내 다른 세가들의 반응은?"

"지금으로선 공식적으로 보고된 바는 없습니다. 하지만……."

"하지만?"

그녀의 눈매가 매섭게 변했다. 그녀는 이렇게 질질 끄는 것을 무엇보다도 싫어한다. 맺고 끊는 것이 분명하고, 생각은 깊으나 결단은 신속한 것이 바로 태평맹의 대외 총괄 군사, 당문 설화 당설련이었다.

"각 문파들은 자파의 젊은 제자들에게 미칠 영향을 두려워하고 있는 듯합니다. 창룡검주가 많은 문파의 제자들과 문주들을 구했다는 소문이 장강에 파다한데다, 실제로 맹의 대외 정책에 불만을 품고 있는 자들도 그 수가 적지 않은지라……."

맹의 대외정책이란, 바로 장강 유역의 영웅맹과 불필요한 마찰을 일으키지 않겠다고 선언한 태평맹의 정책을 말하는 것이다.

항주 혈전에서 직접적인 피해를 입은 혁련세가, 단목세가는 물론이고 공손세가 역시 영웅맹과는 공공연히 원수라고 할 만한 관계다.

그럼에도 불구하고 그들이 지금 잠잠히 있는 것은 태평맹 내에서 그들의 입지가 대단히 불안한 형편이기 때문이다. 만일 그들의 힘이 당문이나 제갈세가를 넘어서게 된다면, 그들은 틀림없이 영웅맹과의 일전을 주장하고 나서리라.

'누구 덕에 문파를 보전하고 있는지도 모르는 주제에.'

당설련은 이를 악물었다.

태평맹이 칠대세가의 연합체라 하지만, 사실상 태평맹의 주축은 당문과 제갈세가라 할 수 있었다. 형식상 칠대세가의 연합체로 운영되고 있었지만 주요 핵심 직책은 모두 당문과 제갈세가의 것이었고 태평맹의 이름으로 가장 활발하게 세력권을 넓혀가고 있는 것도 바로 당문과 제갈세가였다.

그리고 좀 더 정확히 말하자면 태평맹은 바로 당문의 것이었다. 당문으로부터 모든 것이 시작되었기 때문이다.

"다른 세가들에 공문을 보내. 맹의 공식적인 노선에 반하는 행동은 그 경중에 상관없이 철저히 제재할 것이며, 만일 자파의 제자들이 불온 세력에 가담하고 있거나 그들을 은밀히 비호하는 것이 발견된다면 해당 문파 전체에 엄히 그 책임을 묻겠다고."

"아, 네."

중년의 무인은 급히 고개를 숙이며 그녀의 명을 받들었다.

"창룡지회……."

당설련은 이를 악물고 나지막이 중얼거렸다.

그녀는 창룡지회가 무엇을 의도하고 있는지 분명히 알아차렸다. 그들은 영웅맹과 맞선다고 말하지만, 그들이 무너뜨리려 하는 것은 바로 태평맹이다.

태평맹을 분열시키고 내부에서부터 그들의 동조자를 규합함으로써, 궁극적으로는 현재의 태평맹을 무너뜨리려 하는 것이다. 바로 당문의 태평맹을. 그런 점에서 볼 때 창룡지회는 태평맹의 가장 경계해야 할 적이라 할 수 있었다.

 '창룡검주.'

 당설련은 생각했다.

 '사라지고 나서도 당신은 말썽이군요.'

 그가 말썽인 것은 창룡지회만이 아니었다. 벌써 여러 차례 그녀가 독선을 찾아갔지만, 독선은 전혀 움직이려 하지 않았다. 태평맹을 위해서는 물론이요, 심지어 당문을 위해서도 움직이려 하지 않았다. 그리고 그것이 바로 창룡검주 때문이라는 것을, 당설련은 누구보다도 잘 알았다.

 "정말, 끝까지……."

 당문의 눈꽃, 태평맹 대외총괄 군사인 당문설화 당설련은 붉은 입술을 깨물며 그렇게 중얼거렸다.

 *   *   *

 바스락.

 호암상단의 정기 보고를 살펴보고 있던 이서연은, 문득 한 장의 보고서에서 눈길을 멈췄다.

 그것은 일견 별 가치가 없는 보고서처럼 보였다. 귀주성은 호암상단의 주요 거래 지역도 아니었고, 준의라는 도시는 더더욱 관심 밖의 지역이었기 때문이다. 장강 물길의 한 축을 담당하고 있는 중경, 그것도 영웅맹 중경지부와 연관된 일이 아니었다면 그런 보고서가 이서연에게 올라올 이유는 없었을 것이다.

"창룡지회(蒼龍志會)……."

이서연은 길고 하얀 손가락으로 보고서를 들고 나지막이 중얼거렸다.

'영웅맹과 싸울 수 있는 자는 창룡검주뿐이다'라는 말은 이서연 역시 익히 잘 알고 있었다. 장강의 물길을 따라 교역하는 호암상단이 장강에 떠도는 소문을 듣지 못하랴.

더구나 호암상단처럼 영웅맹과 긴밀한 관계를 유지하는 상단에 영웅맹과 관련된 소문이 들어오지 않을 리가 없다.

'하지만, 영웅맹에서 특별히 움직인다는 이야기는 없었지?'

영웅맹의 움직임에 대한 것은 호암상단에서도 특별히 중시하는 보고였다. 아무리 자잘한 것이라도 영웅맹에 대한 것이라면 함부로 취급하지 않았다.

어쩌면 영웅맹보다 더 영웅맹에 대해서 잘 아는 곳이 바로 호암상단일지도 모른다. 그만큼 호암상단은 영웅맹의 일거수일투족에 관심을 기울이고 있었다.

'아직 기다려야 되겠네. 가장 중요한 패의 행방을 모르고 있으니…….'

이서연은 미소를 지으며 생각했다. 언제 어느 곳에 투자할 것인가도 중요하지만, 언제 그 이익을 현실화시킬 것인가 하는 것은 더욱 중요하고 민감한 문제였다.

 자칫 경솔히 행동한다면 그간의 노력을 모두 허사로 만들 수 있으니 말이다. 쓰디쓴 인고의 시간을 견뎌내고 달콤한 결실을 맛볼 그때까지는 오직 인내가 최고의 조력자였다.

 "후훗."

 달콤한 과실에 대한 기대는 이서연으로 하여금 자신도 모르게 웃음 짓게 만들었다. 그리고 그녀의 웃음소리에, 앞에 서 있던 아가씨가 반응했다.

 "좋은 보고가 있는 모양이지요?"

 이서연은 고개를 들었다.

 "응."

 그녀는 빙긋 웃으며 말했다.

 "아영이는 어때? 요즘 그 사람과는 사이 좋아?"

 "요즘은, 그저 그래요. 왠지 만나도 예전 같지 않고……. 아무래도 혼인을 미룬 것이 잘못이었을까요?"

 아영이라 불린 그녀는 단아한 옷차림에 맑은 눈빛을 가진 젊은 아가씨였다.

 "괜찮을 거야."

 이서연은 그녀를 향해 위로하듯 말했다.

 "혼인은 언제라도 할 수 있잖아. 사실, 생각해 보면 혼인이 뭐

그리 중요한 일일까 싶기도 해. 미래를 준비하는 건, 자신의 꿈을 이루기 위한 노력은 바로 지금 아니면 못하는 것들이니까."

사실 혼인을 연기할 수밖에 없도록 뒤에서 상황을 만든 것이 이서연 자신이라는 말은 결코 하지 않았다. 이서연은 화제를 돌렸다.

"더구나 아영이는 홀어머니를 모셔야 하고…… 참, 어머님께서는 괜찮으셔?"

"많이 나아지셨어요."

그녀는 이서연을 향해 애써 밝은 표정을 지으며 말했다.

"감사해요. 여러 가지로 저희를 보살펴 주셔서……."

"감사하긴."

이서연은 말했다.

"나야말로 고마워. 아영이가 내 곁에 있어줘서. 안 그랬으면 일에 치여서 그만 확 늙어 버렸을지도 몰라."

상큼한 미소를 지으며, 이서연은 그녀에게 말했다. 그 말에 쑥스러운 듯 미소 짓는 아가씨는 바로 일아영, 죽은 금군교두 일충현의 하나뿐인 딸이자 운현이 친동생처럼 생각하는 바로 그 일아영이었다.

제9장
감찰어사(監察御史)

"허억!"

운현은 비명을 지르며 벌떡 일어났다. 땀에 흥건히 젖은 운현은 가쁜 숨을 몰아쉬었다. 그리고 잠시 후, 그는 자신이 또다시 악몽을 꾸었다는 것을 알았다. 요즘 들어 조금 뜸한 듯하던 바로 그 악몽을 말이다.

"후우."

길게 한숨을 내쉰 운현은 자리에서 일어나 옷을 걸쳤다. 그리고 늘 그러하듯 침구와 옷을 정리했다.

'하녀가 또 투덜대겠군.'

속으로 그렇게 생각했지만 어떻게 할 방법이 없었다. 운현은 침상을 대강 정리하고는 탁자에 있는 물을 들이켰다.

탁.

물잔을 탁자에 내려놓으며 운현은 생각했다.

'아직도 나를 원망하고 있겠지.'

악몽은 늘 똑같았다. 자신이 검을 수련하는 것에서 시작해서, 독고랑의 피로 물든 얼굴로 끝나는 꿈. 마치 고향에라도 돌아온 듯 편안한 마음으로 검을 쥐던 자신의 온몸이 붉은 피로 물들어 버리고 마는 그 지독한 악몽.

'독고랑……'

원망하고 있을 것이다. 그 피 웅덩이 속에 누워, 오지 않는 운현을 기다리며 원망하고 있을 것이다. 언제까지나, 언제까지나 그렇게.

우웅.

귀에서 이상한 소리가 들리는 듯하더니 문득 어지러움이 느껴졌다. 이미 꿈에서 깨어 있음에도 마치 온몸이 끝도 없는 바닥으로 떨어지는 듯하다.

여느 때 같았으면 떠오르는 상념을 외면하며 빗자루를 들고 나갔으련만, 오늘은 새벽 빗자루질도 운현의 마음을 정돈해 주지는 못할 것 같았다.

"후우."

운현은 깊은 한숨을 내쉬었다. 그리고 문을 열었다.

달칵.

아직 어슴푸레한 새벽의 공기가 언제나처럼 그를 반기고 있었다. 운현은 바깥으로 나섰다.

저벅 저벅.

새벽 공기를 뚫고 운현은 숙소 건물 한쪽 구석으로 걸어갔다. 그곳은 간단한 청소 도구와 여러 가지 물건들을 놓아두는 간이 창고 같은 곳이었다. 늘 하던 대로 운현은 큰 빗자루에 무심히 손을 뻗다가, 문득 눈에 띄는 물건 하나를 발견했다.

'저건……. 목검?'

여러 가지 잡동사니 속에 섞여 있는 그것은 언뜻 목검처럼 보였다. 난데없는 목검이 운가상단의 저택에, 그것도 이런 곳에 있을 리가 없다. 하지만 물건들 사이로 보이는 그것의 모습은 분명히 목검의 한 부분처럼 보였다.

물론 그것이 목검인지 아닌지를 확인하는 가장 간단한 방법이 있다. 가리고 있는 물건들을 치우고 그것을 끄집어내 보는 것이다.

운현은 잠시 주저했다. 단지 목검인지 아닌지를 알아보는 것뿐인데도 쉽게 손을 뻗을 수 없었다.

'목검이라…….'

목검은 유난히 운현과 인연이 깊은 물건이다. 자금성에서 운현이 처음으로 만져본 제대로 모양을 갖춘 검이기도 했고, 일충현이 그에게 준 첫 번째 물건이기도 했다.

힘든 자금성 생활을 이겨내게 해준 것도 바로 목검이었고,

자신에게 새로운 세계를 알려준 것도 목검이었다. 의형 일충현이 억울하게 죽음을 당했을 때에도, 유일하게 자신의 곁을 지켜준 것 역시 그 오래된 목검이었다.

목검을 손에 쥔다는 것은, 운현으로서는 마치 고향에 돌아온 것과 같은 그런 의미였다. 그래서였을까? 운현은 여전히 손을 뻗는 것을 주저하고 있었다.

'별것 아니야. 이건, 그냥……'

별것 아니다. 그저 궁금하니 확인해 보는 것뿐이다. 생소한 물건이 눈에 띈다면 당연히 확인해 보지 않겠는가? 운현은 애써 그렇게 생각했다. 그리고 천천히 손을 뻗었다.

'아!'

운현은 문득 손을 멈췄다. 그랬다. 방금 그가 깨어난 꿈에서도 운현은 목검을 들고 있었다. 세상도, 시름도 잊고 마치 바람처럼 영원히 끝나지 않을 것 같은 검무를 펼쳐내고 있었다. 그러나 그 꿈은 변해갔다. 피로 물든 자신의 온몸과, 그리고 피로 물든 독고랑의 얼굴로.

'독고랑……'

운현은 뻗어가던 손을 그러쥐었다. 그의 손에는 아무것도 쥐어져 있지 않았다. 운현은 결국 손을 뻗지 못한 것이다.

"나는……"

가라앉은 목소리로 운현은 중얼거렸다.

"자격이 없어."

운현은 신경질적으로 홱 몸을 돌렸다. 그리고 큰 빗자루를 거칠게 움켜쥐고서, 마당으로 걸어 나갔다. 그의 어깨는 유난히 축 처져 있었고, 고개는 땅을 향해 푹 숙여져 있었다.

* * *

 월수산(越秀山)은 광주에서 늘 사람들로 붐비는 곳 중의 하나였다. 광주팔경 중의 하나로 소문난 것은 물론이거니와 산 정상에 세워진 5층 누각인 진해루(鎭海樓)는 광주를 상징하는 새로운 명소로 자리 잡은 지 오래였다.
 본디 외적의 침입을 감시할 목적으로 세워진 이 붉은빛의 장엄한 누각은 보는 사람들로 하여금 누구나 감탄을 금치 못하게 할 정도로 아름다웠다.
 때문에 광주 시내에서 매우 가깝고 높이가 그리 높지 않은 월수산은 그 아름다운 풍광과 진해루를 보기 위한 사람들로 늘 북적이곤 했다.

 "광주팔경이라 하더니 과연 아름다운 곳이군."
 강한 눈매에 범상치 않은 인상을 풍기는 청년, 조관이 눈 아래 펼쳐진 풍경을 보며 나지막이 말했다. 이곳 광주 어디에서나 볼 수 있는, 제법 부유한 가문의 하릴없는 풍류 공자인 듯 차려입고 있었지만 그것이 그의 눈매에서 풍겨 나오는 비범한 기세를 감추지는 못했다.

"아름다우면 뭘 합니까? 유람하러 이곳에 온 것도 아닌데요."

뒤에서 투덜거린 것은 역시 비단 옷을 차려입은 젊은 청년, 담소하였다. 확실히 연배는 조금 아래인지라, 평소 말이나 행동이 가벼운 편이었다.

"모여도 꼭 이런 데서 모여야 합니까?"

"그럼 어디서 모이자는 건가?"

옆에 서 있던 또 다른 청년, 백운상이 무뚝뚝한 어조로 반문했다. 역시 비슷한 옷차림이었지만 강한 눈매에 날카로운 한 자루 검과 같은 인상을 지닌 청년이었다.

"좋은 데도 많지요. 난화기루도 꽤 괜찮다고 하고, 청화루도……"

"쯧. 담제, 너는 그 버릇을 언제 고칠래?"

혀를 찬 사람은 그들 중에 유일한 여성인 진예림이다. 그녀 역시 나들이 나온 아가씨처럼 사뭇 화사한 복장을 하고 있었지만, 결코 조신하다고는 말할 수 없는 그녀의 말투와 행동거지와는 조금 어울리지 않는다는 인상을 지울 수 없었다.

"아니, 기루가 뭐가 어때서요? 사람들 눈을 피하는 거라면 사실 기루가 제일 좋지요."

"담제, 진매. 이제 그만들 하게. 조 대인께서 곤란해하시지 않나?"

굵직한 목소리가 작은 소란을 잠재우듯 말했다. 이곳에 있는 사람들 중 가장 연장자라 할 수 있는 항장익이었다. 제법 큰 체격에 부드러운 인상을 가진 그는 점잖은 말투로 다른 두 사람을 가볍게 나무랐다.

이들의 대화는 언뜻 보기에 부유한 집안의 젊은 자제들이 나들이를 나온 것 같은 모양을 하고 있었지만, 그들에게서 풍기는 분위기는 은근히 날카로웠다. 그도 그럴 것이 그들의 눈매가 하나같이 강렬하고 범상치 않아 보였기 때문이다.

"괜찮네. 다 모였으면, 보고를 시작하지."

조 대인이라 불리운 청년, 조관의 한 마디에 분위기가 변했다. 장난치듯 가벼운 분위기가 일시에 경직된다.

"진가상단에는 특별한 것이 없었습니다. 지역 관할 관청과의 밀착 관계가 있지만, 우려할 정도는 아닙니다."

"화남상단 역시 마찬가지입니다. 지역 관할 관청과의 관계 역시 우려할 정도는 아닙니다."

"호암상단은 몇 가지 수상한 점이 있습니다."

그녀의 차례가 되자, 진예림은 특유의 카랑카랑한 말투로 말했다. 그녀에게 모두의 시선이 집중된다.

"삼 개월 전, 호암상단의 상단행렬이 습격을 받았습니다만 오히려 습격자 삼십여 명이 모두 죽었습니다. 이 사건의 습격자와 당시 호암상단을 호위하던 자들의 정체, 양자가 모두 불확실합니다."

"산적들의 습격이라고 하지 않았어요?"

옆에 있던 청년, 담소하의 말에 그녀가 대답했다.

"당시 광주 근교에 삼십 명 정도가 동원될 만한 산채는 두 개뿐이었는데, 모두 상단행렬과는 거리가 멀었어. 그리고 죽은 사체들 역시 관에서 확인해 본 적이 없어. 호암상단의 호위들이 시체를 모두 불태웠기 때문에, 증거라곤 호암상단이 그들의 소지품이었다며 관에 제출한 몇 가지뿐이었으니까."

"그러니까 관에서 한 조사라는 것도 결국 호암상단의 말을 그대로 받아들인 것뿐이라는 뜻인가?"

보고를 듣던 조관의 말에 그녀는 고개를 끄덕였다.

"더구나 당시 호암상단의 호위를 맡았던 자들의 피해가 전무하다는 것은 상당히 의심이 가는 점 중의 하나입니다. 호위들의 정체 역시 외부로 알려지지 않고 있습니다. 평소 친밀한 관계를 유지하고 있던 남궁세가는 이미 봉문을 하고 있었고, 다른 무림세가들 역시 그런 인원을 호암상단에 보낼 만한 여력이 없었습니다. 당시 웬만한 문파들은 대부분 무림맹 천하무림대회에 전력을 투구하고 있었으니까요."

이들 중에서 무림의 상황을 비교적 자세하게 알고 있는 사람은 오직 그녀뿐이었다. 그녀의 설명은 명쾌했고 자신감이 넘쳤다. 진예림은 감찰어사(監察御史) 조관을 향해 계속 말을 이었다.

"그리고 호암상단은 광주에 진출하면서 막대한 자금을 투자하여 매점매석 행위를 했습니다. 그 자금의 출처 또한 불분명

합니다."

"거대 상단의 자금 출처야 명확한 게 어디 있나?"

짐짓 혼잣말인 듯 중얼거리며 담소하의 목소리가 끼어든다. 그러나 그녀는 그의 말을 무시했고 묵묵히 보고를 듣고 있던 조관은 가장 연장자인 항장익을 돌아보며 말했다.

"지역 감찰 상황은?"

가볍게 고개를 숙여 보이며 묵직한 어조로 항장익이 대답한다.

"포정사사(布政使司)나 도지휘사사(都指揮使司), 모두 이상한 점은 없었습니다. 안찰사사(按察使司)에도 특별히 접수된 것은 없었습니다. 그저 지역 관할 관리의 개인 비리 사건 정도입니다. 안찰사사에서 충분히 다룰 수 있는 문제들이었습니다."

감찰어사(監察御史) 조관은 고개를 끄덕였다.

"그렇다면 적어도 지방 관료와 유착한 사건은 아니라는 뜻이군."

"그렇습니다."

"음……."

그가 잠시 생각에 잠기는 동안 곁에 묵묵히 서 있던 키가 큰 청년, 백운상이 조용히 입을 열었다.

"지방 관료와 유착 관계가 없다면, 저희가 신경 쓸 문제가 아니지 않습니까?"

감찰어사는 기본적으로 지방관의 부정부패를 탄핵하는 것

이 목적이다. 만일 그가 원한다면 증거도 필요 없고 법률에도 구애받지 않는 초법적 권한을 행사할 수 있으나, 지역 상단의 비리라면 그들이 관여할 바가 아니라 할 수 있었다.

 물론, 그 상단의 비리가 지역 백성들의 민생에 크게 영향을 미칠 정도라면 또 다른 이야기겠지만.

 "호암상단의 문제는 일단 접어두기로 하지."

 최종결론이 내려졌다. 여인의 얼굴에는 실망의 기색이 스쳐 지나갔지만 다른 청년들은 담담한 표정으로 당연한 결정이라 받아들였다.

 "아, 그럼 이제 광주도 끝이네요?"

 담소하가 두 손을 머리 뒤로 깍지 끼며 말했다. 평소 같으면 감찰어사 조관의 수고했다는 한 마디가 나올 차례였다. 그러나, 감찰어사는 묵묵히 침묵을 지키고 있을 뿐이다.

 "무슨 일이 있습니까?"

 결국 가장 나이가 많은 항장익이 조관에게 묻는다.

 "중앙에서 변동이 좀 생겼다."

 조관은 담담하게 말했다. 그러나 그 한 마디에 다른 사람들의 안색은 급격히 굳어진다.

 "조칙에 따라, 도찰원(都察院) 및 현재 순안(巡按) 중인 모든 감찰어사는 동창(東廠)의 일을 최우선으로 수행하게 되었다."

 "동창(東廠)!"

 설립된 이래 수백 년간 단 한 번도 폐지되는 일 없이, 황제의 직속 기관으로서 언제나 공포의 대상이었던 동창(東廠). 비록 환관이 그 주역이라고는 하나 동창의 권위는 곧 천자의 권위와 마찬가지였다.

그리고 도찰원이 그 동창의 일을 수행하게 되었다는 것은, 엄청난 변화를 예고하는 것이었다.

"그거 잘됐군요!"

가장 젊은 담소하가 제일 먼저 반응했다. 그는 반색을 하고 말했다.

"그간 유명무실했던 도찰원도 이제 좀 힘을 얻게 되는 것 아닙니까?"

"담제!"

키 큰 청년, 백운상이 날카로운 눈초리로 그에게 꾸중의 시선을 보낸다. 그의 철없는 말을 꾸짖는 것이다. 담소하가 움찔하며 입을 다무는데, 감찰어사 조관이 조용히 입을 연다.

"담제의 말이 성급하긴 하나 틀리지는 않다."

그는 말했다.

"나 또한 같은 생각을 했으니까."

감찰어사가 지방관을 탄핵하는 것은 본질적으로 지방 행정을 책임지는 대관(大官)의 업무를 침해하는 것에 속한다.

때문에 도찰원이 힘을 가지고 있던 것은 설립 초기의 이야기일 뿐, 현재는 대부분의 문무감찰(文武監察) 권한이 지방 대관에게 속해 있어 사실상 도찰원은 그저 이름뿐이라는 말을 들을 정도였다. 지금 이들이 이렇게 사람들의 눈을 피해 궁색하게 모이는 것도 일부 그러한 이유 때문이 아니던가?

그러나 황제의 직속기관이자 막강한 권력의 상징인 동창이라면 이야기가 달라진다. 감찰어사의 초법적 권한이 거기에 더해진다면 말 그대로 무소불위의 힘을 휘두를 수 있게 되는 것이다.

"하지만, 위로는 황상을 보필하고 아래로는 백성의 편안을 도모해야 한다는 우리의 책무는 변한 것이 없다."

그는 결연한 눈빛으로 말했다.

"중앙에서 어떤 변화가 있건, 우리의 직임에 충실하면 그것으로 되는 것이다."

지극히 모범적인 답변이었다. 그만큼 진부하기도 했다. 하지만 함께 한 이들은 그의 말에서 변하지 않는 신념을 느꼈다.

"새로이 명하실 것이 있습니까?"

묵직한 어조로 항장익이 물었다. 감찰어사 조관의 얼굴에 잠깐 미소가 떠올랐다가 사라졌다. 그의 목소리와 수하들의 시선에서 자신을 향한 신뢰를 발견했기 때문이다. 그러나 곧 굳은 표정으로 돌아온 조관은 말했다.

"영웅맹과 관련한 모든 의혹을 철저히 조사한다. 그것이 우리의 새로운 임무다."

"영웅맹이라면…… 얼마 전 항주 혈사의 그 영웅맹?"

조관은 고개를 끄덕였다. 항주 혈사. 혹은 항주 혈전이라고도 부르는 일을 모르는 사람은 없었다. 비록 무림의 일이라지만, 수많은 사람이 죽고 무림의 판도가 바뀐 일대 사건이 아닌가?

"하지만, 그런 것이라면 항주로 가야……."

"일단 이곳에 영웅맹과 관련된 자들이 있는지, 특히 관료를 중심으로 철저하게 조사하라는 명이다. 항주의 일은 따로 수행하는 사람들이 있을 테니까."

그의 말에 수하들은 고개를 끄덕였다. 천하에 순행하는 감찰어사가 자신들만이 아니니 분명 항주를 맡은 이들도 있을 것이다. 다만 지금은 항주를 맡은 이들이 은근히 부러워지는 것은 어쩔 수 없다.

"쩝, 누구는 좋겠군."

가장 어린 담소하가 속마음을 입 밖으로 내고야 만다. 그러나 꾸짖는 사람은 없었다. 그들 모두 비슷한 심정이기 때문이리라.

"그러면, 호암상단에 대해서도 다시 조사해야 하지 않을까요?"

진예림은 미련을 버리지 못한 듯 말을 꺼냈다.

"호암상단은 현재 영웅맹이 장악하고 있는 장강의 상행을 기반으로 상단을 키워왔으니까요."

"진매, 장강상행을 기반으로 한 상단이 하나둘이에요?"

'또 너야?' 하는 표정으로 진예림은 담소하를 노려보았다. 그러나 담소하는 꿋꿋이 그녀의 눈빛을 견뎌낸다.

"담제 말이 옳다. 일단 조 대인의 말씀대로 관리들 중에 영웅맹과 결탁한 자들이 있는지 먼저 살피는 것이 순리다, 진매."

가장 연배가 높은 항장익의 말에 진예림은 어쩔 수 없다는 듯 고개를 끄덕였다.

"알겠습니다."

아쉬움은 남았지만 그의 말이 옳았다. 진예림은 그의 말을 따르기로 했다.

"그럼, 수고하게."

감찰어사 조관은 나지막한 목소리로 말했다. 네 명의 수하들이 기다렸다는 듯 대답한다.

"알겠습니다."

대답 역시 나지막했다. 서로에 대한 정식 계급도 부르지 못하고, 그저 조 대인이니 백형이니 항형이니, 혹은 진매나 담제라고 불러야 하는 그들로서는 '존명'이란 입에 담아서는 안 되는 말이었다. 다만 그들의 눈빛을 통해 전해지는 결연한 의기는 조금도 부족함이 없었다.

그들의 눈빛을 뒤로 하고 감찰어사 조관은 몸을 돌렸다. 수하들과는 별개로, 그 또한 할 일이 많았기 때문이다. 하지만 겉으로는 그저 광주팔경의 하나인 월수산(越秀山)의 풍광을 즐기는 사람처럼 유유자적 걸음을 옮기며 그곳을 떠났다. 그리고 조관이 사라지자마자, 진예림의 눈매가 즉시 매섭게 변한다.

"너, 나한테 불만 있어?"

그녀의 눈총을 받은 사람은 다름 아닌 담소하였다.

"불만이라니요, 누님. 저만큼 누님 생각하는 사람이 어디 있다고 그러세요?"

말도 안 되는 소리라는 듯, 담소하는 휘둥그레진 눈으로 고개를 저으며 극구 부인했다.

"그런데 왜 내 말끝마다 걸고넘어지는 거야?"

"그럼, 어사 대인께 지적받는 게 더 좋단 말씀이세요?"

진예림은 아차 했다.

"담제의 말이 옳다."

키가 크고 언제나 무뚝뚝한 백운상이 나섰다.

"진매는, 아직 더 수련이 필요할 듯하구나."

"백 오라버니께서 보시기에는 누군들 수련이 필요하지 않겠어요?"

백운상이 담소하의 편을 드는 것이 억울한 듯, 진예림의 말투는 그리 곱지 않다. 그러나 백운상은 그녀의 말에 반응하지 않았다. 그저 묵묵히 진예림을 쳐다볼 뿐이다.

"자, 이제 그만들 하지."

가장 나이가 많은 탓에 항상 맏형 노릇을 해야 하는 항장익이 나섰다. 사실 나이가 많다고 해봐야 비슷한 연배이지만, 그래도 한 살이라도 많은 탓에 늘 귀찮은 일을 도맡아서 하고 있었다. 하지만 그가 맏형의 역할을 하는 것은 나이 탓이 아니라, 그의 성품이 어른스럽고 온화한 까닭이었다.

"마침 식사 때도 되었고 하니, 어디 가서 같이 밥이라도 먹을까?"

항장익이 웃음을 지으며 말했다. 그 말에 반색을 한 것은 담소하였다.

"우와! 역시 형님이 최곱니다!"

그는 기다렸다는 듯 말했다.

"사실 말이지 광주에 와서 제대로 먹지도 못한다는 게 말이 됩니까? 여기는 음식의 도시 광주라구요!"

그의 말대로 광주는 갖가지 요리로 유명했다. 풍부한 해산물에 발달한 음식문화까지, 식재광주(食在廣州)라 불리며 가히 음식의 도시라 할 만한 곳이 바로 이곳 광주였다.

"너는 여기 먹으러 온 사람 같다?"

진예림의 한 마디가 담소하를 향해 쏘아진다. 그러나 그쯤에 물러날 담소하가 아니었다.

"못 먹어서 신경질적이 되는 사람보다야 낫지요."

"너어."

대번에 진예림의 눈꼬리가 올라간다.

"내가 신경질적이라고 말하는 거야?"

"제가 언제요?"

시치미를 떼는 담소하.

"누님더러 그렇다고 말한 적 없는데요?"

진예림은 다시 전투태세가 되었다.

"너!"

"그만하지."

백운상의 심상찮은 목소리. 담소하도 진예림도 그의 말에는 더 이상 투닥거릴 생각을 하지 못하는 듯, 그저 눈빛으로만 나중을 기약할 뿐이었다.

'두고 봐!'

'언제든지요.'

두 사람의 다툼은 그렇게 일단 휴전을 맞이했다. 네 사람은 항장익의 말에 따라 적당한 음식점을 찾기 위해 천천히 월수산을 벗어나려 했다. 바로 그때, 진예림의 시야에 저 멀리 누군가의 모습이 들어왔다.

'응? 저 사람은······'

진예림은 눈썰미가 좋다. 거기다 기억력도 좋아서 한 번 만난 사람은 여간해서는 잊어버리는 일이 없었다. 그런데 그녀의 시야에 보이는 저 사람은 왠지 잘 기억이 나지 않았다. 분명히 어디선가 한 번 본 사람인 듯한데 말이다.

'아! 그 마차에 있던 청년.'

조금 지나서야 간신히 진예림은 그가 누구인지 기억해냈다. 일전에 광주로 오던 마차에 함께 타고 있던 일행이었다. 어두운 얼굴과 초췌한 모습으로 인상에 남아 있던, 바로 그 청년이었던 것이다.
 '흠. 많이 변했네?'
 진예림이 그를 금방 기억하지 못한 것은 그만큼 그의 모습이 달라져 있었기 때문이었다.
 예전의 그 초췌했던 모습은 간데없고 지금은 일견 그럴 듯해 보이는 문사 차림의 말쑥한 청년이 되어 있었다. 다만 한 가지, 세상의 고민이란 고민은 전부 짊어진 것 같이 보이는 그 표정만은 변함이 없었지만.
 어쨌든 진예림에게는 상관없는 일이다. 진예림은 자신의 궁금증이 풀리자 곧 그에게서 관심을 끊었다. 그녀는 고개를 돌리고 다시 발길을 재촉하려 했다. 하지만 그때, 또 다른 모습이 그녀의 시선을 끌었다.
 '뭐야? 저것들은?'
 진예림의 눈살이 찌푸려졌다. 그것은 한눈에도 뒷거리 불량배들로 보이는 서너 명의 사내들의 모습이었다.
 껄렁한 태도로 바닥에 침을 탁 뱉는 자들, 일부러 잔뜩 찌푸린 인상으로 건들거리고 있는 자들. 그들은 하나같이 손에 얄팍한 몽둥이 하나씩을 들고 있었다.
 그리고 지금, 그들은 시비를 걸겠다는 의도가 다분한 모습으로 누군가에게 다가서고 있었다. 그 누군가는 방금 그녀의 시선을 끌었던 우울한 표정의 그 청년, 진예림과 같은 마차를 타고 왔던 바로 그 청년이었다.

*　　　*　　　*

　그날, 운현은 오랜만에 홀로 운가상단의 저택을 나왔다. 새벽 비질로도 마음이 정돈되지 않기에, 혼자서 조용히 거닐다 보면 마음이 좀 가라앉지 않을까 싶었기 때문이다.
　물론 이름난 곳을 찾아 멀리 나갈 수도 없는 형편이어서, 운현은 운가상단의 저택에서 일하는 하인에게 갈 만한 곳을 물었다.
　하인은 쉽게 갈 수 있고 풍광도 이름난 월수산(越秀山)을 알려주었고, 딱히 다른 곳을 알지 못했던 운현은 하인의 말에 따라 월수산으로 발길을 옮겼다. 다만 운현이 몰랐던 것은, 그 하인이 하청상단의 하녀와 요즘 한창 뜨거운 사이였다는 사실뿐이다.

탁탁탁.
"아가씨!"
　급히 뛰어오는 하녀의 목소리에 하영령은 귀찮은 듯 고개도 돌리지 않고 대답했다. 지금 그녀는 막 손톱 단장을 시작한 참이었기 때문이다.
"왜?"
"아가씨, 아가씨! 글쎄 있잖아요. 그때 그분 말이에요."
　하녀는 뛰어온 탓인지 가쁜 숨을 몰아쉬면서도 열심히 입을 놀렸다. 손톱 단장에 신경을 쏟고 있던 하영령은 눈살을 찌푸리며 역시 고개도 돌리지 않은 채 말했다.

"누구?"

"아, 왜 아가씨와 혼인하실 학사 정혼자분……."

하영령의 고개가 팩 돌아가며 그녀의 시선이 하녀를 노려보았다. 갑자기 하영령의 눈총을 받게 된 하녀는 찔끔하며 말을 끊었다.

"누가 정혼자라는 거야!"

아니나 다를까. 하영령은 빽 하고 소리를 질렀다. 하지만 다년간 그녀를 겪어온 하녀 역시 그 정도에 주눅이 들 수준이 아니었다. 하녀는 목소리를 잔뜩 낮춘 채 구시렁대듯 말했다.

"하지만……. 어르신께서는 이미 다 정하신 듯하고, 그쪽에서도 그리 반응이 나쁘지는 않다고 하던데요. 뭐 이 정도면 이미 일은 다 성사된 거나 마찬가지……."

"누구 마음대로 성사얏! 누구 마음대롯!"

하영령은 있는 대로 성질을 내며 소리를 질렀다.

"절대! 결코! 반드시! 그런 일은 없어! 알았어?"

'반드시는 그럴 때 쓰는 말이 아닌데.'

하녀는 속으로 중얼거렸다. 하지만 더 이상 하영령의 성질을 돋울 생각은 없었기에 금방 화제를 전환했다.

"하여간, 그분이 지금 운가상단에 있다고 했잖아요. 그죠? 그런데 내전의 삼순이 고년이 앙큼하게도 운가상단의 삼돌이

하고 요즘 그렇고 그런 사이걸랑요. 계집애. 어쩐지 지난번에 단체 즉석 만남 하러 가자니까 뭐, 자기는 그런 가벼운 만남은 싫다면서 제법 고상한 척 꼬리를 빼더니 역시 이유가 있었어. 대체 언제 삼돌이를 잡은 거지? 운가상단에서는 그래도 삼돌이가 제일 쓸 만한데 말이야."

"야!"

하영령은 눈살을 찌푸리며 말했다. 그녀는 아직도 화가 덜 가라앉은 듯했다.

"용건이 뭐야? 용건이! 빨리 말 안 해?"

"아! 내 정신 좀 봐. 헤헤. 하여간 그 삼순이 고것도 아가씨의 이번 혼사에 관심이 무지 많걸랑요. 그래서 삼돌이가 만날 때마다 삼순이한테 그 정혼, 아니 학사님에 대해 아주 미주알고주알 일러바치고 있다네요. 그러고 보면 삼돌이도 겉은 멀쩡해 보이는데 참 속이 없어요. 그죠? 남자들은 여자한테 빠지면 다 그렇게 되나 봐요. 그러고 보니 지난번에 진가상단의 왕삼이도……."

"야!"

드디어 하영령의 참을성도 바닥이 났다.

"당장 말 안 하면 이거 던진다?"

그녀의 손에는 화려하게 장식된 자그마한 분곽이 잡혀 있었다. 뾰족 튀어나온 분곽의 모서리가 불빛에 유난히 반짝거린다.

"워, 월수산(越秀山)에 간대요. 월수산에."

앞뒤 잘라먹은 본론에 하영령의 미간에 주름이 잡힌다.
"누가?"
"누, 누구긴요. 그 학사님 말이에요. 오, 오늘 아침에 월수산으로 나갔대요. 월수산으로."
하영령은 그제야 하녀의 말을 이해했다. 요는 운가상단에 머물고 있다는 그 남자가 월수산으로 갔다는 말이다.
"그때 아가씨가 그러셨잖아요. 어디 간다는 소식이 들어오면 알려달라고."
"월수산이라……."
하녀의 말에는 대꾸도 하지 않고 하영령은 잠시 생각에 잠겼다.
"너, 그때 뒷골목 깡패 몇 명 안다고 그랬지?"
"아, 알긴요? 누가 깡패를 안다고 그래요?"
하녀는 두 손을 내저으며 극구 부인했다.
"쓰으. 그때 그랬잖아! 아는 오빠들 중에 주먹깨나 쓰는 놈들 있다고. 그게 깡패지 뭐야?"
"아이, 알기는 뭘요. 그냥 그때 즉석 만남 하다가 잠깐……. 그리고 깡패 아니에요. 그 오빠들은 이제 싸움 같은 거 안 하고 무슨 사업한데요. 사업."
"어쨌든!"
하영령은 하녀의 말을 끊으며 말했다.
"가서 용돈 좀 쥐어주고, 월수산에 가서 그 사람 혼 좀 내주라고 그래."
"아이 참. 이제 싸움 안 한다니까……."
"죽을래?"
눈을 부라리며 하영령이 말했다.
"후배든 동생이든 그런 애들 있을 거 아냐! 잘 알아서 해. 알았어?"
"네…… 네."
하녀는 하영령의 말에 기가 팍 죽은 모습으로 그렇게 대답했다. 용건을 마친 하영령은 고개를 돌려 다시 손톱 단장에 신경을 쓰기 시작했다.
"근데……."
하영령의 눈치를 살피며 하녀가 슬그머니 말했다.
"아가씨는 안 가보세요?"
"내가 왜? 남이 맞는 거 구경하는 그런 취미는 없어."
고개도 돌리지 않고 하영령은 대답했다. 그녀는 한창 손톱 단장에 열을 올리고 있었다.
"아니이, 구경이 아니구우."
답답하다는 듯 하녀는 말했다.
"가서 결정적인 순간에 딱 구해줘야 그분의 마음을 콱 사로잡을 거 아니에요? 그러면 나중에 결혼해서도 그분이 얼마나 잘해 주겠어요? 역시 연애란 건 그런 짜릿한 맛이 있어야……."
하녀는 입을 다물었다. 그녀를 쏘아보는 하영령의 눈초리가 상당히 심각한 수준이었다.

"그, 그럼 저는 가보겠습니다요. 아가씨."

슬그머니, 그리고 잽싸게 하녀는 자리를 피했다. 혼자 남게 된 하영령은 여전히 손톱 단장에 여념이 없었다. 그러다 문득, 하영령은 혼잣말처럼 중얼거렸다.

"다 자업자득이야. 자업자득."

마치 자기 자신을 정당화하려는 듯, 그렇게 중얼거리던 그녀는 갑자기 눈살을 팍 찌푸렸다.

"에이씨."

하영령의 고운 아미가 한껏 일그러졌다.

"실수했잖아!"

그녀의 짜증 섞인 목소리가 하청상단의 저택 한구석에서 메아리치고 있었다.

*   *   *

"후우."

천천히 걸음을 옮기며 운현은 오랜만에 긴장이 풀리는 것을 느꼈다. 사람이 조금 많아 보이는 것이 흠이었지만 이곳 월수산(越秀山)은 운현의 마음에 딱 드는 곳이었다.

그다지 높지 않은 산도 그러하고, 굴곡이 있는 지형에 빽빽한 수목들과 눈앞에 펼쳐진 아름다운 풍광도 그러했다. 산을 오른다기보다는 마치 커다란 공원을 걷는 것 같은 느낌이었다.
"편안하군."

 운현의 감상은 진심이었다. 한동안 운현은 마음 내키는 대로 이리저리 발길을 옮기며 걸어 다녔다.

 자고로 위대한 사상가들은 산책 중에 그 영감을 얻었다던가? 짙은 수목의 내음 가득한 산길을 거니는 것은 참으로 오랜만에 운현의 숨통을 탁 트이게 했다.

 운현은 가끔씩 나무에 기대 쉬기도 하고, 바위 위에 앉아 풍광을 감상하기도 했다. 편안한 느낌에 운현의 입가에 절로 미소가 걸린다. 내일부터는 새벽에 아예 이곳으로 나올까 하는 생각이 들 정도였다. 물론 시간이 많이 걸려 힘들겠지만 말이다.

 얼마를 그렇게 걸어 다녔을까? 문득 운현은 누군가 자신의 앞을 막아서는 것을 알아차렸다.

 '응?'

 앞을 막아선 것은 한 사람이 아니었다. 서너 명의 사내들이 운현의 앞을 노골적으로 막아서고 있었다. 그러고 보니 어느새 주위에 별로 사람이 보이지 않는 한적한 길에 들어서 있었다.

 찍.

 한 사내가 거친 동작으로 침을 뱉었다. 막아선 사내의 수는 모두 넷. 하나같이 잔뜩 인상을 쓰고 있는 험악한 분위기였다.

 '이거 참……'

 운현은 자신이 재수 없는 희생자가 되었음을 직감했다. 아마도 이곳에 오는 사람들의 주머니나 터는 그런 불한당들이리라.
'호사다마라더니.'
오랜만에 여유를 가지는가 했더니 이 모양이다. 운현은 쓴웃음을 지었다. 하지만 인상을 쓰고 있는 사내들이 그렇게 무섭게 여겨지거나 하지는 않았다. 그저 재수가 없구나 하는 생각뿐이었다.
"어이, 형씨."
쭉 째진 눈을 가진 사내가 운현을 불렀다.
"잠깐 이리 와보슈."
"미안하지만."
가볍게 손을 벌려 보이며 운현은 말했다.
"나는 가진 게 별로 없소이다."
운현의 말에 사내 하나가 거칠게 내뱉는다.
"아이 씨, 그놈 거 말 많네. 오라면 오는 거지 뭔 잔소리야!"
"쓰파. 배웠다 이거야? 지금 우리 무시하는 거지? 응?"
"낯짝부터 재수 없는 놈이네."
서 있던 사내들이 각기 한 마디씩 내뱉으며 다가왔다. 삽시간에 분위기가 살벌하게 흐르기 시작한다. 그저 돈푼이나 뺏으려는 자들로 알았던 운현은 긴장했다.
그러고 보니 저들이 하나씩 들고 있는 얄팍한 몽둥이는 그저 위협용이 아니었나 보다. 어느새 그들은 운현을 반쯤 둘러싸고 있었다.

"원래 뒤져서 나오면 한 푼에 한 대지만."

눈이 쭉 찢어진 사내가 비웃음을 흘리며 말했다.

"오늘은 생략이다."

그의 말이 끝나는 것과 동시에, 그가 들고 있던 몽둥이가 바람소리를 내며 휘둘러졌다.

부웅.

그 몽둥이는 정확히 운현의 옆구리를 노리고 들어오고 있었다. 그 한 방으로 운현이 옆구리를 움켜쥐고 주저앉을 것을, 사내는 조금도 의심하지 않았다.

부우웅.

'어라?'

사내의 예상이 빗나간 것은, 그의 몽둥이가 아무런 저항도 없이 그냥 허공만 갈랐다는 것을 깨달았을 때다. 그리고 그 결과로, 그는 몸의 균형이 흐트러지는 바람에 꼴불견인 모양새를 연출해야만 했다.

"얼씨구? 뭐야?"

"지금 장난해?"

옆에 서 있던 사내들의 눈살이 찌푸려진다. 그러나 정확한 원인을 알고 있던 사내도 있었다.

"아니야. 지금 저놈이…… 피했어!"

그의 한 마디에 사내들의 인상이 더욱 구겨진다. 꼴불견인 모양새를 연출한 사내의 얼굴은 특히나 더욱 일그러지고 있었지만, 놀란 것은 운현이 더 했다.

'어?'

운현은 놀란 표정을 감추지 못했다. 실제로 놀랐기 때문이다.

'방금……'

자신의 허리를 노리는 몽둥이의 궤적이 너무나 선명하게 보였다. 그리고 느리다고 생각했다. 그 생각이 떠오른 순간, 몸이 자신도 모르게 슬쩍 뒤로 물러났다. 딱 몽둥이를 피할 정도만큼만.

험악한 인상의 사내들이 무섭게 보이지 않는 것은 당연했다. 운현은 그보다 더 처참한 광경도 보았으니까. 몽둥이의 궤적이 보이는 것도 당연했다.

그와는 비교할 수 없을 정도로 날카로운 공세도 받아보았으니까. 하지만 자신의 몸이 반응한 것은 확실히 의외였다. 자신의 반사 신경이 얼마나 무디어져 있는지는, 스스로도 잘 알고 있었기 때문이다.

처음 운가상단에 도착했을 때는 조금만 걸어도 숨이 찼다. 물을 길으려고 물지게를 들었을 때는, 균형을 잡지 못해 여러 번 넘어졌다.

뒤에서 누군가 다가와도 전혀 눈치채지 못했다. 자신의 손발은, 항상 운현이 생각하는 것보다 더 늦게, 그리고 더 무겁게 움직였다. 마치 누군가 무거운 족쇄라도 달아놓은 것처럼.

"이 자식이!"

창피함으로 붉게 달아오른 사내가 거침없이 몽둥이를 내리쳤다. 그리고 그것은 운현의 어깨에 정확히 명중했다.
 빠악!
 "크윽!"
 생각에 빠져 있던 운현은 불의의 일격에 대처하지 못했다. 운현은 어깨를 부여잡고 주저앉았다.
 부우웅—
 바람을 가르는 소리에 고개를 들자 자신을 향해 동시에 떨어지는 세 개의 몽둥이가 보였다. 그리고 그 세 개의 몽둥이를 단번에 무력화시킬 수 있는 하나의 검로(劍路)가 뚜렷이 떠올랐다.
 '검 한 자루만 있었더라도……'
 아침에 본 그 목검의 모습이 떠올랐다. 그리고 갑자기 궁금해졌다. 그것이 과연 목검이었을까? 그때 그것을 집어 들었다면, 그랬다면 과연 어떻게 되었을까?
 자신의 눈앞으로 떨어져 내리는 몽둥이들을 보면서 운현은 난데없이 그런 생각이 들었다. 그리고 그 순간, 운현을 놀라게 한 일이 벌어졌다.
 후욱.
 운현의 마음속에 한 자루의 검이 뚜렷이 그 모습을 나타냈다. 아무것도 자르지 못하지만, 동시에 자르지 못할 것 또한 없는 운현의 검. 항상 꿈속에서 운현이 들고 있던 그것은, 한 자루 거친 목검의 심상(心象)이었다.

'큭.'

그러나 운현의 마음이 그 검을 거부했다. 순간 나타났던 마음속의 검은 그렇게 다시 희미해지고, 운현의 어깨와 등으로 몽둥이의 강렬한 충격이 전해졌다.

따악.

"으윽."

사내들의 몽둥이질은 한 번으로 끝나지 않았다. 흥분한 그들은 다시 몽둥이를 들어올렸다.

"뭐하는 짓이야!"

문득 뒤에서 여인의 목소리가 들려왔다. 사내들이 험악한 표정으로 고개를 돌리자 세 명의 사내와 한 명의 여자가 서 있는 것이 보였다. 여인은 인상을 찌푸리고 있었고, 세 사내들의 표정 또한 밝지 않았다.

"칫."

찢어진 눈매를 한 사내는 일이 틀어졌음을 깨달았다. 여인은 모르겠지만 적어도 그 뒤에 있는 세 사내가 보통이 아니라는 것은 분명해 보였다. 게다가 그들 중 하나는 검을 차고 있지 않은가?

"가자!"

사내의 판단은 빠르고 결정은 신속했다. 그들은 운현을 버려두고 재빨리 도망치기 시작했다. 그 와중에도 눈이 찢어진 사내는 엎드려 있는 운현에게 한 번 더 발길질하며 내뱉듯 말했다.

퍽!

"너, 운 좋은 줄 알아라!"

사내는 바닥에 침을 퉤 뱉고는 뛰어갔다. 물론 훼방꾼들을 한 번 째려보는 것도 잊지 않았다.

"진짜 가지가지 하네."

여인, 진예림은 기분 나쁜 표정을 숨기지 않으며 말했다. 사내들은 그야말로 뒷골목 불한당들의 전형이었다. 그녀는 주저앉아 있는 운현을 향해 가볍게 걸어갔다.

"이봐요. 괜찮아요?"

운현은 다행히 그리 크게 다친 곳은 없어 보였다. 옷에 흙은 좀 묻었지만 피가 나는 곳도 없었다. 아마도 멍은 들었겠지만.

"감사합니다."

그저 예의상 하는 말처럼, 운현의 목소리에는 그다지 진심이 들어 있지 않았다.

진예림은 조금 기분이 나빠졌지만, 딱히 인사를 바라고 한 일도 아니었기에 그리 신경을 쓰지는 않았다.

운현은 일어나서 옷에 묻은 흙을 털어냈다. 어깨와 등이 쑤셔왔지만 그다지 크게 다친 것은 아니었다.

그보다는 방금 전 있었던 일이 운현의 마음을 더 무겁게 하고 있었다. 자신도 모르게 마음속에 떠오른 그의 검.

"도와주셔서 감사합니다."

정중히 고개를 숙이며 운현은 다시 한 번 말했다. 그리고 고개를 들어보니, 여인의 얼굴이 눈에 익었다.

'아, 그때……'

운현은 그녀의 모습을 기억해냈다. 광주로 오는 마차에 타고 있었던, 그 긴 여행시간 내내 자세를 흐트러뜨리지 않았던 바로 그 여인이었다.

그때는 그다지 신경 쓰지 않았는데, 지금 보니 무언가 사정이 있구나 싶은 생각이 들었다.

하지만 운현은 내색하지 않았다. 아니, 그것에 신경 쓸 겨를이 없었다는 것이 더 정확하리라.

"그럼 저는 이만……"

인사를 끝으로, 운현은 조용히 그곳을 떠났다. 운현이 발길을 돌리자 진예림도 딱히 할 말이 없었던지라 그대로 운현을 보낼 수밖에 없었다.

본인이 이 자리를 떠나고 싶다는 의향을 저토록 분명히 표시하니 말이다. 그렇게 운현이 멀어지자 담소하가 투덜거렸다.

"뭐야?"

그는 운현의 뒷모습을 보며 기분 나쁘다는 듯 말했다.

"도움을 받은 주제에 너무 뻣뻣한데?"

"그러지마. 뭐, 크게 도와준 것도 아닌데."

진예림이 담소하에게 말했다. 사실 그랬다. 특별히 운현에게 호의를 가지고 도와준 것은 아니었다. 그저 나라의 녹을 먹는 사람으로서 방금 전에 백성의 평안을 위한다고 운운해 놓고, 불량배에게 구타를 당하고 있는 사람을 그냥 지나칠 수 없었을 뿐이다.
 물론 운현이 안면이 있는 사람이었기에 결정이 쉬운 것도 사실이었지만, 같은 마차를 탄 정도로 안면이 있다고 하긴 그렇지 않은가?
 "저자는 누구지?"
 백운상의 목소리에 진예림은 의아한 표정을 지었다.
 "왜요? 백 오라버니."
 "아는 사람이냐?"
 묻는 백운상의 표정은 심각했다. 진예림은 영문을 몰랐지만 일단 그의 질문에 대답했다.
 "광주에 올 때 같은 마차를 탔던 사람이에요. 아마 그는 기억하지 못하는 듯하지만……. 왜요?"
 "저자, 혹시……."
 이미 운현의 모습은 사라졌지만 백운상은 운현이 사라진 곳을 싸늘한 눈초리로 주시하고 있었다.
 방금 전, 분명히 이상한 기운을 느꼈기 때문이다. 정말로 아주 한순간이었지만, 그의 등이 오싹할 정도의 느낌. 그것은 그저 자신의 착각에 불과했을까?

"아니다."

 백운상은 생각을 접었다. 뒷거리 불량배들에게 맞고 다니는 사람에게서 그런 기세를 느꼈다는 것이 스스로 생각해도 말이 되지 않았다.

"자, 어서 밥이나 먹으러 가자구요."

 담소하가 재촉하듯 말했다. 그리고 그것으로 네 사람의 운현에 대한 관심은 거기서 끝나 버렸다.

제10장
난회기루에서 생긴 일

하청상단의 하녀가 헐레벌떡 하영령에게로 다시 달려온 것은, 이제 어스름이 조금씩 광주 거리에 내려앉을 즈음이었다. 그리고 화려하고 세련된 옷으로 차려입은 하영령은 이제 막 채비를 마치고 하청상단의 저택을 나가려던 참이기도 했다.

거리에 아름다운 등불이 하나둘 켜지기 시작할 때의 광주는 가장 아름다운 법이니까. 그러나 즐거운 오늘의 외출을 기대하던 하영령의 기분은 하녀의 한 마디에 구겨져 버리고 말았다.

"뭐? 실패했다고?"

"아니, 그게 갑자기 누가 방해를 하는 바람에……."

하녀는 애써 하영령의 기분을 맞추려 노력하며 말했다.

"그래도 몽둥이로 아주 세게 맞았대요. 등이랑, 어깨랑, 옆구리랑……. 아, 옆구리는 피했다고 그랬나?"

"피해?"

하영령의 눈살이 찌푸려진다.

"아니, 그게 아니고……. 아무튼, 혼쭐이 났다네요. 대낮에 몽둥이찜질을 당했으니 당연히 혼난 거 아니겠어요?"

하녀의 말에도 불구하고 하영령은 탐탁지 않은 표정이었다. 그러니까 일을 시작했는데 끝을 못 본 거 같은 그런 느낌이었기 때문이다.

"많이 다쳤대?"

하영령의 한 마디에 하녀의 얼굴에 웃음이 돈다.

"에이, 아가씨도 괜히……."

무엇을 잘못 짐작했는지, 하녀는 얼굴까지 붉히면서 말했다.

"아이구, 괜찮대요. 아가씨 낭군님은 아주 멀쩡하시다니까 걱정……. 큽."

자신을 노려보는 하영령의 눈초리에 하녀는 급히 입을 막았다. 그리고 자신이 그녀에게 당했다는 것을 깨달았다.

"누가 낭군이얏!"

하영령의 표독스런 목소리. 그러나 하영령은 곧 애써 화를 가라앉히며 손등으로 이마 주위를 톡톡 눌렀다.

"아이씨, 화장한 거에 주름지면 안 되는데……."

주인의 심기가 불편한 것이 분명하자 하녀는 그녀의 눈치를 살피며 조심스럽게 물었다.

"저기, 그럼 다시 손봐주라고 할까요? 이번에는 좀 센 걸루다가?"

"됐어!"

하영령은 단호하게 말했다.

"질질 끄는 거 싫어. 걔네들한테는 신경 끄라고 하고, 앞으로는 너도 그런 애들하고 오래 사귀지마. 괜히 나쁜 물드니까."

'칫. 일을 시킨 게 누군데……'

하녀는 속으로 구시렁댔지만 입 밖으로 내지는 않았다. 괜히 아가씨의 분노를 자초할 필요는 당연히 없었기 때문이다.

"따로 기회는 많을 거야. 흥! 두고 보라지."

말 그대로였다. 이 혼사 이야기가 계속되는 한 기회는 많았다. 언제고 여러 사람 앞에서 톡톡히 망신을 주고 확 떼어내 버릴 그런 기회가 꼭 올 것이었다.

하영령은 그렇게 확신했다. 그리고 문득 자신의 화려하고 긴 비단치마 아래로 코를 내민 당혜(唐鞋)를 보고 눈살을 확 찌푸렸다.

"신발 문양이 옷이랑 안 어울리잖아! 빨리 딴 거 가져와!"

"네, 네. 아가씨."

신경질적인 하영령의 말에 하녀는 급히 서둘러 새 신발을 가지러 종종걸음으로 뛰어갔다. 지금 신고 있는 것이 아까 하영령이 직접 고른 것이라는 말이 목까지 올라왔지만 꾹 삼켜야 했다.

지금 하영령의 심기는 대단히 불편한 것이 확실했기 때문이다. 심기 불편한 하영령을 건드리면 어떻게 되는지 하녀는 분명히 잘 알고 있었다. 특별히 오늘 같은 날은 더더욱.

*   *   *

운현은 허둥지둥 월수산을 내려왔다. 운가상단으로 돌아오면서도 운현의 마음은 복잡했다. 어지러운 마음에 발길이 운가상단을 제대로 향하고 있는지도 잘 모를 정도였다.

'아니야. 그럴 리 없어.'

고개를 강하게 저으며 운현은 부정해 보려 했다. 그러나 운현도 이미 알고 있었다. 월수산에서 있었던 일이 의미하는 바는 분명했다.

그 한순간, 자신에게 쏟아져 내리는 몽둥이를 막을 검로가 떠오르고, 그에 호응하듯 자신의 마음속에 검 한 자루의 모습이 또렷이 나타났다.

자금성에서도, 무림맹에서도, 그리고 와불선사의 초막 앞에서도. 언제나 검을 수련할 때면 어김없이 마음속에 떠올랐던 자신의 검. 그것이 다시 떠올랐던 것이다.

만약 그때 자신의 손에 목검 한 자루라도 쥐어져 있었다면,

그는 그 검로대로 자신의 검을 펼쳐낼 수 있었을까?

'이제 와서, 이제 와서 또……'

운현은 입술을 깨물었다. 그럴 리가 없었다. 무림이니 내공이니 하는 것들과는 이제 완전히 인연이 끊어졌다고 생각하고 있었다.

자신의 몸이 얼마나 망가졌는지, 자신이 너무나 잘 알고 있지 않은가? 그런데 이제 와서 갑자기 이런 일이 일어나다니. 운현은 혼란스러운 마음을 가눌 수가 없었다.

'나는 자격이 없어.'

문득 운현의 발걸음이 멈췄다. 갑자기 머리가 차갑게 식어버렸다. 혼란스럽던 생각도 마치 거짓말처럼 가라앉았다. 그리고 씁쓸한 후회가 마치 밀물처럼 몰려왔다. 참담했다.

"그래, 나는……"

넋이 나간 사람처럼, 운현은 멈춰 서서 희미하게 중얼거렸다. 텅 비어버린 마음에 마치 바람이 부는 것 같았다.

이제 자신은 검을 쥘 자격이 없는 사람이 되었다. 그것은 내력이 돌아오고 돌아오지 않고의 문제가 아니었다. 그것은, 지켜야 할 것을 지키지 못한 바로 자신의 문제였다.

"자격이 없어."

또륵.

문득 한 방울의 눈물이 자신도 모르게 눈에서 흘러내렸다. 그러나 운현은 그것을 알아차리지 못하는 듯 그대로 서 있었다. 오가는 사람들의 시선도, 분주한 거리의 소음도 들리지 않았다.

 많은 사람들이 오가는 광주의 대로에서, 운현은 홀로 갈 길을 잃은 사람처럼 그렇게 하염없이 서 있었다. 환한 햇볕이 밝게 내리쬐던 그날은, 운현에게 참으로 잔인한 날이었다.

 그날 저녁, 운가상단으로 들어오던 운현을 무심히 맞이하던 부총관은 운현의 얼굴을 보고는 깜짝 놀랐다. 평소에 간간히 보이던 어두운 기색이, 운현의 얼굴에 짙게 깔려 있었기 때문이다.

 "도련님."

 쳐다보는 운현의 눈빛이 말할 수 없이 어둡다. 부총관은 거두절미하고 말했다.

 "오늘 저하고 술 한 잔 하시지요."

 "갑자기 술은 왜……."

 어리둥절해하는 운현의 말은 듣지도 않고, 부총관은 그의 팔을 잡아끌 듯하며 다그쳐서는 곧바로 난화기루로 향했다.

 이렇게라도 하지 않으면 내일 아침에 혹시 도련님의 얼굴을 보지 못할지도 모른다는 생각이, 정말로 심각하게 들었기 때문이다.

* * *

따랑, 따랑.

화려한 패옥과 금으로 장식한 보석들이 서로 부딪히며 자그마한 소리를 내었다. 붉은색 태감의가 부드럽게 흔들리고 동창(東廠) 병필태감(秉筆太監) 박 공공은 특유의 그 빠른 걸음으로 대전으로 걸어 들어왔다.

대전 좌우편에 서 있는 금의위들은 마치 석상이라도 된 양 미동도 없이 박 공공이 들어오는 것을 지키고 서 있었다.

바스락.

박 공공은 다소곳한 자세로 대전 중앙에 있는 의자에 앉았다. 그러나 아무도 그의 행동을 흉보는 사람은 없었다.

"흐음."

자리에 앉은 박 공공은 좌우에 서 있는 금의위들을 천천히 돌아보았다. 그리고 말했다.

"도찰원(都察院)에서 보고가 있었나요?"

가장 가까이에 서 있던 금의위가 절도 있게 고개를 숙이며 답했다.

"네. 공공."

그가 손짓을 하자 즉시 두루마리 하나가 서탁 위에 올려진다. 그러나 박 공공은 두루마리는 쳐다보지도 않는다.

"도찰원의 좌우도어사(左右都御史)는?"

좌도어사(左都御史), 우도어사(右都御史)는 도찰원을 책임지는 도찰원의 수장(首長)이다.

"오지 않았습니다."

금의위의 답변에 박 공공은 미소를 지었다.

"가서 이렇게 전하세요."

박 공공은 부드러운 목소리로 말했다.

"내일 형틀을 쓰고 뇌옥에 앉아 있고 싶지 않다면, 지금 당장 달려오는 게 좋을 거라고."

황상의 조칙에 따라, 비록 일시적인 것이라 해도 동창(東廠) 병필태감 박 공공은 도찰원의 업무에 관한 일체의 권한을 가지게 되었다.

더구나 사실상 내일의 하늘을 등에 업은 박 공공이니, 그가 마음만 먹는다면 설령 정이품의 도찰원 좌우도어사라도 즉시 투옥할 수 있다는 말은 결코 거짓이나 과장이 아니었던 것이다.

"네! 공공."

금의위는 즉시 바깥을 향해 달려 나갔다. 그제서야 박 공공은 서탁에 있는 두루마리를 향해 손을 뻗었다.

펄럭.

두루마리를 펼치고 잠시 읽어 내려가던 박 공공의 눈이 동그랗게 떠졌다. 그는 마치 예기치 못한 것을 발견한 사람처럼 놀란 표정을 짓고 있더니 더할 나위 없이 환한 미소를 짓기 시작했다.

"후후훗."

박 공공은 두루마리에서 눈을 떼고 물었다. 그의 얼굴에는 아직도 미소가 가시지 않고 있었다.

"누가 이 보고서를 가져왔죠?"

박 공공의 말에 잔뜩 긴장한 관리 한 사람이 앞으로 나섰다.

"제, 제가 가져왔습니다. 공공."

그는 도찰원의 첨도어사(僉都御史)였다. 도찰원 수장인 도어사(都御史)의 업무를 보좌하는 일종의 보좌관이다. 첨도어사의 직책은 비록 도어사에 비할 바가 못 되지만 실무로 따지자면 가장 핵심적인 사람들이라 할 수 있었다.

그는 보기에도 확연할 정도로 심하게 긴장하고 있었는데, 방금 박 공공의 말을 들었던 터라 마치 살얼음판 위에 있는 것과 마찬가지 심정이었다.

"여기 이 문구……."

박 공공은 두루마리의 한 부분을 손으로 짚어가며 읽었다.

"장강 유역에 파다한 소문 중의 하나는 이것이다. 영웅맹과 싸울 수 있는 자는……."

그의 얼굴에 미소가 걸렸다.

"창룡검주뿐이다."

박 공공은 고개를 들었다. 그리고 물었다.

"무슨 뜻이죠?"

정말 말뜻을 몰라 묻는 질문은 아닐 것이다. 그렇다고 그 말 그대로라고 대답할 수도 없는 일. 첨도어사는 급히 고개를 숙이며 말했다.

"항주 혈사에서 영웅맹과 싸웠다는 창룡검주라는 기인에 관한 소문이옵니다."

"항주 혈사라……."

박 공공이 중얼거렸다. 그가 모를 리가 없다. 바로 그 사건 덕분에 가장 위험한 숙적을 제거하고 그 일당을 황실에서 몰아낼 수 있지 않았던가?

"본디 영웅맹은 항주에 있던 무림맹을 패퇴시키고 그 이름을 알리기 시작했습니다. 그들이 무림맹과 싸우던 그때, 비록 무림맹에 정식으로 소속되어 있지는 않았으나 창룡검주라 하는 기인이 무림맹과 함께 있었다고 합니다."

박 공공은 고개를 끄덕였다. 왜 창룡검주라는 이름을 여기에서 듣게 되었는지 이해가 간 까닭이다.

"그 기인이……."

자신도 모르게 박 공공의 입가에 미소가 걸렸다. 박 공공은 말했다.

"왜 영웅맹과 싸울 수 있는 유일한 사람이라는 것이지요?"

첨도어사는 박 공공의 질문에 즉시 입을 열기 시작했다. 실제 각지에서 올라온 모든 정보를 종합하고 정리해서 이 한 권의 보고서로 만들어낸 사람이 바로 자신이기 때문이다. 때문에 그는 이 보고서에 적혀 있지 않은 많은 정보에 대해서도 아주 환했다.

"보고서에는 적혀 있지 않지만 사실 소문에는 뒷얘기가 많습니다."

"호오, 어떤?"

박 공공이 관심을 보이자 첨도어사는 점점 흥이 나기 시작했다. 방금 전까지 오금을 제대로 가누지 못하던 긴장도 어느새 사라진 후였다.

"이를 테면 그 창룡검주라는 기인이 철혈사왕이라는 별호를 가진 자와 싸워 여러 무림 가주들의 목숨을 구했다는 것입니다. 그들 중에는 모용세가, 단목세가, 혁련세가 그리고 남해검문의 문주도 포함되어 있다고 합니다."

"호오. 모용세가라."

모용세가라는 이름은 박 공공의 기억에도 있는 이름이었다.

"그 철혈사왕이라는 자가, 강한가요?"

박 공공의 물음에 첨도어사는 고개를 갸웃거리며 말했다.

"무림인들의 말에는 워낙 과장이 많아 사실을 판별하기는 어렵지만, 철혈사왕은 천하에서 가장 강한 다섯 명 중의 하나라고 불린다고 합니다."

"천하에서 가장 강한……."

철혈사왕과 싸워 사람들을 구해냈다면 그 또한 천하에서 가장 강한 다섯 사람 중 하나의 반열에 든다는 뜻이다.

박 공공의 얼굴에 미소가 짙어졌다. 첨도어사는 박 공공의 미소가 무슨 까닭인지 감을 잡을 수가 없었다. 철혈사왕이 강하다는 것과 박 공공의 미소가 무슨 상관이란 말인가? 하지만 어쨌거나 자신의 이야기에 좋은 반응을 보이고 있다는 것만은 확실했다.

"그리고 창룡검주의 제자라는 자는 항주 인근 무관과 문파의 제자들을 숱하게 구해내었다고 합니다."

"제자?"

박 공공은 살짝 눈살을 찌푸렸다.

"하지만 항주 혈사 이후, 창룡검주라 하는 기인은 종적을 감추었습니다. 그리고 영웅맹에 반기를 든 일단의 무리들이 나타나, 창룡의 뜻을 따르는 자들이라 말하며 스스로 창룡지회(蒼龍志會)라 하였습니다."

"창룡지회……. 여기 있군요."

보고서의 한 부분을 내려다보며 박 공공이 말했다.

"하지만 아직 그들의 세는 미약합니다. 어쩌면 그저 창룡검주라는 이름을 이용하는 것뿐일지도 모르는 일이고, 정말 창룡지회라는 단체가 조직적으로 구성되어 존재하는지도 아직 미지수입니다."

"흐음."

박 공공은 잠시 생각에 잠겼다.

"그래서, 지금 창룡검주는 어디에 있다고 하던가요?"

"그것이……."

첨도어사가 대답할 수 없는 부분이 나왔다. 그는 주저하면서 조심스럽게 말했다.

"아직 그의 행방을 파악하지 못하고 있습니다. 영웅맹에서도, 태평맹에서도 그의 행적을 알지 못하고 있는 듯합니다. 특히나 태평맹은 창룡지회에 대해 아주 민감하게 반응하고 있는데, 역시 창룡검주의 행적은 알지 못하고 있습니다."

"아무도 모른다……."

나지막이 중얼거리는 박 공공의 입가에 부드러운 미소가 걸렸다. 그리운 이름을 대하자 그리운 얼굴들이 떠올랐다.

자신이 대신 전해주었던 두툼한 서찰과 이곳 황궁에서 자신을 아무 거리낌 없이 대해준 사람의 모습, 그리고 그들과 함께 지내던 날들이 눈앞으로 지나가는 듯했다.

"공공?"

첨도어사의 목소리에 박 공공은 상념에서 깨어났다. 첨도어사는 조심스럽게 박 공공의 눈치를 살피며 말했다.

"창룡검주의 행방에 대한 조사를 명할까요?"

"아니. 필요 없어요."

첨도어사의 예상과는 달리 박 공공은 간결하게 대답했다.

"즉시 광동성 광주에 사람을 보내세요. 그리고 운현이라는 사람이 있는지 철저하게 조사하도록 하세요. 조사 결과에 대해서는……."

잠시 말을 끊고 박 공공은 미소를 지었다. 운현의 고향이 어디인지 정도는 아주 예전부터 이미 알고 있던 일이다. 작은 그의 부채가 소리를 내며 펴지더니 박 공공의 얼굴을 가린다.

팔락.

"최우선 사항으로 보고하도록 하세요."

첨도어사는 깊숙이 고개를 숙이며 대답했다.

"명을 받들겠습니다."

그의 대답과 동시에 금의위의 보고가 들어왔다.

"도찰원의 좌우도어사(左右都御史)가 도착했습니다."

금의위의 말에 첨도어사는 내심 놀랐다. 그 엉덩이가 무거운 대관들이 이토록 신속하게 행동하리라고는 생각도 못한 까닭이다.

그러나 이해가 가지 않는 것도 아니었다. 내일 아침에 형틀을 쓰고 뇌옥에 앉아 있게 된다면 누구라도 급히 서두르지 않으랴?

"들라 이르세요."

얼굴을 가린 박 공공이 조용한 목소리로 말했다.

"그들은 운이 좋아요."

헐레벌떡 들어오는 도찰원 좌우도어사를 물끄러미 응시하며 박 공공은 이렇게 나지막이 중얼거렸다.

"오늘은 기쁜 날이니까요."

박 공공의 목소리를 들은 사람은 가장 가까이 있던 첨도어사였다. 그러나 그는 왜 오늘이 박 공공에게 기쁜 날인지 이해하지 못해 고개를 갸웃했다. 다만 확실한 것은, 그의 상관들이 내일 아침 형틀을 쓰고 뇌옥에 앉아 있게 될 운명은 피했다는 사실뿐이었다.

* * *

 난화기루는 화려한 광주에서도 꽤 이름난 기루 중 하나다. 주강(珠江)의 아름다운 풍광을 배경으로 고급스러운 분위기를 연출하고 있어, 항상 새로운 것을 찾는 광주에서도 그 명성을 자랑하고 있는 곳이었다.
 기루임에도 불구하고 지나치게 퇴폐적인 것을 배격하면서 은근한 분위기를 가지고 있는 난화기루는, 특히 부유한 광주의 젊은이들에게는 누구나 가고 싶어 하는 명소이기도 했다.
 그러나 지금 부총관과 마주 앉은 운현에게는 난화기루의 화려함도, 주강의 아름다운 풍광도 아무런 감동을 주지 못하고 있었다.
 아니, 흥미조차 끌지 못했다. 그의 앞에 놓인 술잔에는 아름다운 호박색의 소흥주(紹興酒)가 찰랑이고 있었지만, 그 향기 역시 운현의 관심을 끌지는 못하고 있었다.
 "도련님."
 부총관은 운현을 불렀다. 그리고 한참만에, 운현은 나지막한 목소리로 대답했다.

"네."

"오늘, 무슨 일이 있었습니까?"

운현이 고민이 많을 것이라는 것은 안다. 일생의 중대사인 혼인의 문제가 현실적인 상황과 얽혀 버렸으니 그 고민이 어떠하랴?

그러나 이렇게 갑자기 운현이 어두워질 이유는 되지 못한다. 어제만 하더라도 잘 헤쳐 나갈 것처럼 보이던 운현이, 하루 만에 예전보다 더 의기소침해 있지 않은가?

부총관의 물음에도 운현은 쉽게 입을 열지 않았다. 고개를 숙인 채 손안에 쥔 술잔의 호박색 액체와 한참을 눈싸움하던 그는, 한참만에야 어렵게 입을 열었다.

"부총관님."

"네. 도련님."

"그때, 부총관님께서 말씀하신 적이 있지요?"

운현은 술잔을 찰랑이며 조용하게 말했다.

"때로는 눈앞의 이익보다 더 중요한 것을 지켜야 할 때가 있다고, 그리고 설령 손해를 보더라도 자신이 반드시 지켜야만 하는 것이 무엇인지 잊어서는 안 된다고 말입니다."

"그랬습니다."

부총관은 고개를 끄덕였다.

"그러면……."

운현은 조용히 말했다.

"그 중요한 것을 잃은 사람은, 반드시 지켜야 할 것을 지키지 못한 사람은……."

금방이라도 끊어질 듯, 운현의 목소리는 가늘게 떨리고 있었다.

"어떻게…… 해야 합니까?"

달그락.

부총관의 손안에서 술잔이 조용히 소리를 냈다. 운현도, 부총관도 아무 말이 없었다. 그렇게 잠시 두 사람 사이에 침묵이 흐르고 난 뒤, 부총관은 천천히 의자 뒤로 몸을 기댔다.

털썩.

"후우."

나지막하게 한숨을 내쉰 부총관은 천천히 잔을 들어올렸다. 그리고 끝까지 그것을 마셨다.

달칵.

술잔을 내려놓고 부총관은 조용히 입을 열었다.

"시간이란 흐르는 물과 같아서, 한 번 지나간 과거는 돌이킬 수도 없고 되돌아오지도 않는다고 하지요."

씁쓸한 미소를 희미하게 머금으며 부총관은 말했다.

"하지만 자신이 저지른 일의 결과는 결코 흘러가지도 않고 잊히지도 않는 법입니다. 가끔은 시간에 묻혀 무디어졌나 싶기도 하지만, 그럴 때마다 다시 깨닫게 되는 것은 아직도 자신은 그때 그 순간에서 한 발자국도 벗어나지 못했다는 사실뿐이지요. 그토록 발버둥치고 벗어나려 해도……."

운현이 아니라 마치 자신에게 하는 것 같은 말투였다. 부총관은 술병을 들어 자신의 앞에 놓인 작은 잔을 채웠다.

쪼르륵.

"어쩌면 당연한 일인지도 모릅니다. 자신이 저지른 잘못의 결과를 자신이 감당해야 한다는 것은……. 그것은 업보니 죄니 말하기 전에 누구나 당연하다고 생각하는 그런 것이지요. 제 앞에 놓인 이 술잔처럼 말입니다."

천천히 술잔을 들어올린 부총관은 그것을 끝까지 다 마셨다.

달칵.

"하지만 세상이 결코 그런 것만은 아닙니다."

술잔을 내려놓은 부총관은 운현을 똑바로 쳐다보며 말했다.

"세상에는 화해와 용서라는 것도 있습니다. 세상에는, 회복이라는 것도 있지요."

운현은 고개를 들어 부총관을 쳐다보았다. 부총관은 운현의 시선을 피하지 않았다.

"아무리 척박한 땅이라도 봄이 되면 다시 생명은 자라납니다. 아무리 깊은 상처라도, 살아 있다면 반드시 아물게 됩니다. 그런 것을 보면, 하늘이 원하는 것은 잘못에 대한 형벌이 아니라 오히려 용서가 아닌가 하는 생각이 듭니다."

부총관의 얼굴에 부드러운 미소가 떠올랐다.

"잘못은 누구라도 할 수 있습니다. 그것이 아무리 쓰라린 과거라 할지라도……."

부총관은 말했다.

"정면으로 마주볼 용기가 있다면 극복할 수 있는 법입니다."

"마주……. 본다구요?"

부총관은 고개를 끄덕였다.

"그렇습니다. 자신의 실패와 과거를 두려워하며 피하는 사람은, 자신의 잘못에 계속 쫓겨 다니게 될 뿐입니다. 그러면 상처는 아물지 않고, 고통은 계속 깊어만 가지요. 과거를 극복하는 법은 그것을 마주보는 방법뿐입니다."

"하지만……."

운현의 얼굴이 일그러지더니 고개를 떨어뜨린다.

"이제는 다시 마주볼 수 없다면, 용서를 구할 기회조차 없다면 어떻게 해야 합니까?"

부총관은 천천히 고개를 저었다.

"그렇지 않습니다."

운현은 고개를 들었다. 부총관은 운현의 눈을 똑바로 쳐다보며 말했다.

"기회는 누구에게나 있습니다. 하늘은 형벌이 아니라 용서를 원합니다."

운현은 다시 고개를 떨어뜨렸다. 그리고 자신의 앞에 놓인

잔을 꽉 그러쥐었다.

"하지만…… 나는……"

부총관은 고개를 저었다.

"도련님은 다시 시작할 수 있습니다. 흉터는 남겠지만, 상처는 아물 것입니다. 그리고 다시 살아갈 수 있습니다. 도련님이 자신의 잘못으로부터 도망치지도 않고, 외면하지도 않는다면."

부드러운 음성으로 부총관은 말했다.

"도련님이라면 반드시 할 수 있습니다."

부총관의 음성에서 전해지는 것은 따뜻한 그의 마음이었다. 그것은 운현을 향한 신뢰였다. 운현은 금방이라도 울음이 터질 것만 같았다. 갑작스런 훼방꾼만 없었다면 아마도 반드시 그랬으리라.

"이거, 운가상단의 부총관 아닌가?"

난데없이 들려오는 젊은 청년의 목소리에 부총관은 깜짝 놀랐다. 아마도 그만큼 운현과의 대화에 집중하고 있었기 때문이리라. 고개를 돌린 부총관은 곧 목소리의 주인공을 알아보았다.

"아, 호가장(胡家莊)의 셋째 도련님 아니십니까?"

부총관은 자리에서 일어나려 했다. 말을 건 사람은 광주에서 꽤 세력을 형성하고 있는 문파인 호가장(胡家莊)의 셋째 아들, 호연기였기 때문이다.

그러나 호연기의 얼굴을 본 순간, 부총관은 무언가 일이 잘못되고 있다는 것을 알아차렸다. 우연히 만난 듯 말을 걸어온 호연기였지만 그의 두 눈에는 살기에 가까운 감정이 가득했다. 그리고 호연기의 그 시선은 다름 아닌 운현을 향해 똑바로 쏘아지고 있었다.

* * *

"어머나, 그건 정말……."

꿈에 취한 듯 몽롱한 여인의 목소리가, 화려한 휘장으로 둘러싸인 난화기루 2층의 한 방에서 울리고 있었다. 그녀는 부드러운 미소를 지으며 가볍게 앞에 놓인 술잔을 들어올렸다.

"대단한 일이네요."

잘그락.

희고 긴 그녀의 손목에 걸린 작은 옥들이 서로 부딪히며 소리를 낸다. 술잔에 닿는 그녀의 입술은 불빛 때문인지 유난히 더 붉게 빛났다.

"하하하. 어찌 그 정도로 놀랍다 할 수 있겠나? 하매."

짐짓 호탕한 웃음소리를 내며 호가장(胡家莊)의 셋째 아들, 호연기는 말했다.

광주는 크게 세 곳의 지역 문파들이 각기 세력권을 형성하고 있었다. 그리고 호가장(胡家莊)은 그 중의 하나로 이곳 난화기루에도 영향을 끼치고 있는 무시하지 못할 문파라 할 수 있었다. 다만 셋째 아들인 호연기의 무공 실력만은 문파의 이름값을 못한다는 말을 듣고 있기는 했어도 말이다.

"하지만 하매."

호연기는 은근한 목소리로 말했다. 그의 앞에 앉아 있는 여인이 눈에 확 들어올 정도의 미인이라는 것과, 불빛 아래 비친 그녀의 모습이 대단히 고혹적이라는 사실이 호연기의 마음을 들뜨게 했다. 그리고 그녀가 상당히 자유분방하다는 것은, 익히 알려진 사실이 아니었던가?

"오늘 하매는 정말 아름답군."

"어머, 고마워요."

뜬금없는 호연기의 칭찬에 하영령은 살짝 눈웃음을 지으며 대답했다. 하지만 호연기의 눈길이 아까부터 자신의 이곳저곳을 훔쳐보고 있다는 것을, 하영령은 일찌감치 알아차리고 있었다.

달그락.

들고 있던 술잔을 내려놓으며, 하영령은 자리에서 일어섰다.

"하, 하매. 어딜 가려고……?"

"잠시만요."

하영령은 매력적인 웃음을 지으면서 휘장을 손으로 살짝 걷었다. 그리고 안절부절못하는 모습이 뻔히 보이는 호연기를 뒤로 하고 그곳을 나왔다.

자박 자박.

방을 나온 하영령의 표정은 딱딱하게 굳어 있었다. 그녀는 빠르게 발을 재촉해서 난화기루 2층 한구석에 마련된 곳으로 걸어갔다.

"어머, 아가씨."

하영령이 들어간 곳에는 그녀의 하녀가 기다리고 있었다.

"벌써 나오셨어요?"

하녀의 말을 듣는 둥 마는 둥 하며 하영령은 털썩 의자에 앉았다.

"아아. 지루해."

"왜? 별로예요? 그래도 하가장의 셋째 아들이라면 인물도 훤하고 아주 멋있게 생겼다고 소문이 자자하잖아요?"

하영령은 입술을 삐죽였다.

"인물이 훤해? 그 정도면 광주에선 어디 내놓지도 못해. 그리고 그 뻔한 이야기들이란. 아후! 자기 말이면 여자들이 다 홀랑 넘어갈 줄 아나 보지?"

"재미없었어요?"

은근히 물어보는 하녀의 말에 하영령은 손을 내저으며 말했다.

"재미없는 정도가 아냐. 무림 문파의 자제라길래 뭔가 다른 게 있나 했는데······. 오늘은 뒀어. 그냥 집에나 가는 게 나을 거 같아."

"그럼, 준비할까요?"

하영령은 고개를 끄덕였다.

"그래. 마차를 불러와."

"저기……."

하녀는 밖으로 나가는 대신 머뭇거리며 하영령에게 물었다.

"호가장의 도련님께는 아무 말 안 하고 그냥 가도 될까요?"

"얘는?"

하영령은 눈살을 찌푸리며 하녀를 째려보았다.

"내가 언제 그런 거 챙기는 거 봤어? 그냥 가도 돼. 여기선 원래 그런 거야."

"그래도 호가장이면……."

"됐어. 신경 꺼."

한 손을 휘휘 저으며 하영령이 말했다. 하녀가 급히 밖으로 나가고, 하영령은 그곳에서 잠시 짜증나는 심기를 달래다가 시간이 된 듯하자 자리에서 일어섰다.

'아아. 오늘도 지루한 하루였네.'

휘장들로 둘러싸인 난화기루 2층을 빠져나가며 하영령은 그렇게 생각했다. 그리고 1층으로 향하는 커다란 계단을 밟아 내려오다가, 문득 눈에 익은 한 사람의 모습을 발견했다.

'응?'

하영령의 눈이 동그랗게 떠졌다. 그의 시야에 들어온 사람은 그녀가 결코 잊을 수 없는 사람이었다. 그녀는 씨익 미소를 지었다.

'오호라. 여기서 이렇게 만났다 이거지.'

자신에게 되지도 않는 훈계를 해대고 면전에서 무시한 바로 그 사람. 괜찮은 혼처라며 집안에서 막무가내로 자신을 혼인시키려 몰아붙이고 있는 바로 그 사람. 백 번을 다시 봐준다 해도 결코 자신의 취향이 아닌 바로 그 사람. 바로 그 운현이 눈앞에 앉아 있었다.

바득.

그때의 굴욕이 떠오르자 하영령은 자신도 모르게 이를 악물었다.

'그렇지!'

문득 기가 막힌 생각이 하영령의 머리에 떠올랐다. 그녀는 눈을 빛내며 잠시 무언가를 생각하다가 바로 몸을 돌려 다시 2층으로 올라갔다.

"아, 하매."

아까 그 방에서는 아직도 호연기가 그녀를 기다리고 있었다. 그녀가 가버린 것은 아닐까 노심초사하던 호연기의 얼굴이 하영령을 보는 순간 환해졌다.

하영령은 그에게 미소를 지어 보이며 자신의 자리로 돌아가 살며시 앉았다.

"하매를 기다리는 시간이 마치 수년 같더군. 아무래도 내가 오늘 하매에게 단단히 반한 것 같아."

은근히 수작을 거는 호연기의 말도 그녀에게는 들어오지 않았다. 하영령은 짐짓 술잔을 들어올리며 나른한 어조로 이렇게 물었다.

"호 오라버니는 그 유명한 호가장의 자제이지요?"

"뭐, 호가장이 좀 유명하기는 하지."

호연기는 씨익 웃어 보이며 말했다.

'재수하고는.'

호연기의 얼굴에 술이라도 확 붓고 싶은 마음이 울컥 솟아올랐지만 하영령은 그렇게 하지 않았다. 그에게서 얻어내야 할 것이 있었기 때문이다.

"남자들의 세계에서는 모든 게 힘으로 결정된다는데……. 그럼 호 오라버니가 무조건 최고겠네요?"

"왜? 누구 귀찮은 사람이라도 있어?"

은근한 웃음을 지어보이며 호연기가 물었다. 하영령이 이런 말을 꺼내는 이유가 나름대로 대강 짐작이 갔기 때문이다. 평소 그녀를 귀찮게 따라다니는 남자의 처리라도 부탁하려는 것이 틀림없었다. 그리고 호연기로서는 하영령에게 자신을 과시할 수 있는 이런 기회를 저버릴 이유가 없었다.

"아니, 뭐 그런 건 아니고……."

하영령은 술잔을 손가락으로 만지작거리며 말을 돌렸다.

"그냥 오다보니까 문득 생각이 나서요. 예를 들어……."

사락.

하영령은 자신의 옆에 드리워진 휘장을 살짝 걷었다. 휘장 사이로 아래층의 모습이 내려다보이고, 그 가운데 운현의 모습도 보였다. 그러나 하영령은 짐짓 적당한 사람을 고르는 척 시선을 움직이다가, 운현에게서 멈췄다.

"예를 들어 저 사람."

그녀의 하얀 손가락이 운현을 가리켰다.

"꽤 똑똑해 보이지 않아요? 나는 예전부터 책을 싫어해서 그런지 저런 사람을 보면 정말 대단한 것 같거든요. 뭔가 어려운 말도 술술 잘할 것 같고……. 하아. 정말 멋있어 보여요."

정말 운현에게 푹 빠진 사람처럼, 하영령은 은근한 시선으로 운현을 쳐다보았다. 그리고 그런 자신을 쳐다보는 호연기의 눈빛이 질투로 일그러지고 있다는 것도 알고 있었다.

"흥!"

호연기는 코웃음을 쳤다. 자신의 예상과 다르게 일이 돌아가자 갑자기 그의 심기가 상했다. 그것은 하영령을 향해 은근히 달아 있던 만큼 더 갑작스럽고, 그만큼 더 강렬했다.

"똑똑한 체 하는 놈일수록 사실은 더 비굴하다는 것을 하매는 모르는군."

젊은 혈기와 질투심으로 달아오른 호연기는 정색하며 말했다. 옛말에도 말 잘하는 놈 치고 싸움 잘하는 놈 없다 하지 않았던가?

"내 저놈의 실상을 하매에게 똑똑히 보여주지."

호연기는 자리에서 벌떡 일어섰다. 그러자 하영령이 놀란 얼굴로 급히 손을 뻗으며 그를 말린다.

"아! 호 오라버니. 괜히 그러지 마시……."

그러나 이미 호연기는 휘장을 거칠게 걷고 나선 뒤다. 호연기가 거칠게 나가는 소리와 함께 하영령은 피식 웃으며 손을 거두었다.

"마시지 말고, 화끈하게 잘 좀 해보세요. 호 오라버니."

하영령은 비스듬히 자리에 기댔다.

"너무 간단하잖아? 무가(武家)의 자제라 단순해서 그런가?"

하영령은 고개를 돌려서 다시 휘장을 조금 젖혔다. 살짝 걷어낸 휘장 사이로 운현의 모습이 보인다. 무슨 심각한 얘기를 하는지 부총관과 진지하게 이야기를 나누고 있는 그의 모습. 하영령은 술잔을 가볍게 들어올리며 조용히 말했다.

"그대의 불운에, 건배."

호박색 액체가 붉은 입술을 지나 그녀의 입안으로 흘러 들어갔다. 오늘은 유난히 술이 부드럽다고, 하영령은 그렇게 생각했다.

〈3권에서 계속〉

2009 신무협 베스트 질주 4인
드림 출간 기념 이벤트!

제 3 탄!

오랜 숙고 끝에 드디어 선보이는

『학사검전』 2부!

창룡전 학사의 붓 끝에서
　　　무림을 격동시킨 폭풍우가 몰아친다!

창룡검전

최현우 신무협 장편 소설

무림의 격류(激流) 속으로 다시 돌아온 창룡검주 운현.
그가 소중한 사람들을 지키기 위해 붓 대신 검을 들었다!

제1탄, 수담·옥 작가의 신무협 『질주강호』(1월 23일 출간)
제2탄, 황규영 작가의 신무협 『참마전기』(1월 30일 출간)
제4탄, 강호풍 작가의 신무협 『적운의 별』(2월 출간 예정)

푸짐한 사은품 증정!!

EVENT ONE

이벤트를 진행하는 4종의 책을 '모두 구입하신 분들 중' 추첨을 통해 사은품을 드립니다.

[사은품]
1명 : <최신형 디지털 카메라> + 4종의 3권(작가 친필사인)
('EVENT ONE에 참여하신 분들 중 30명'에게 작가 친필사인이 들어 있는 4종의 3권을 드립니다.)

[응모요령]
1,2권 띠지에 부착된 응모권 8개를 오려 드림북스로 보내주세요.

EVENT TWO

이벤트를 진행하는 4종의 책을 개별적으로 구입하신 분들 중 추첨을 통해 사은품을 드립니다.

[사은품]
4명 : <백화점 상품권(10만원)> + 구입한 도서의 3권(작가 친필사인)
(『질주강호』(1명), 『참마전기』(1명), 『창룡검전(학사검전 2부)』(1명)『적운의 별』(1명))

[응모요령]
1,2권 띠지에 부착된 응모권 2개를 오려 드림북스로 보내주세요.

EVENT THREE

책을 읽고 감상평을 올리시는 분들 중 11명을 추첨하여 사은품을 드립니다.

[사은품]
으뜸상(1명) : Mplayer Eyes MP3 + 서평을 쓴 도서의 3권(작가 친필사인)
우수상(10명) : 문화상품권(1만원) + 서평을 쓴 도서의 3권(작가 친필사인)

[응모요령]
이벤트 진행 도서들 중 하나를 읽고 인터넷 서점(YES24)리뷰란에 감상평을 올려주시고,
그 내용을 복사하여(이메일, 아이디 기재) 한 번 더 '드림북스 홈페이지 감상란'에 올려주세요.

[보내주실 곳] (우)142-815 서울시 강북구 미아8동 322-10
(주)삼양출판사 2층 드림북스 이벤트 담당자 앞

[이벤트 기간] 2009년 1월 30일~2009년 3월 23일

[당첨자 발표] 2009년 3월 30일(당사 홈페이지 및 장르문학 전문 사이트에 발표합니다.)

드림북스 홈페이지 http://www.sydreambooks.com
드림북스 블로그 http://www.blog.naver.com/dream_books
문피아 사이트 http://www.munpia.com/출판사 소식/드림북스
조아라 사이트 http://www.joara.com/출판사 소식

※ 응모권을 보내주실 때는 '이름, 연락처, 주소'를 정확히 기입해 주세요.
※ 사은품은 이벤트 진행도서 4종의 3권의 책이 모두 출간된 직후 일괄 배송합니다.
※ 사은품은 상기 이미지와 다를 수 있습니다.
※ 『창룡검전(학사검전 2부)』의 최현우 작가님은 해외에 체류 중인 관계로 일정이 여의치 않으면
사은품 도서에 작가사인이 없을 수도 있다는 점 미리 양해를 구합니다.

疾走江湖

질주강호

수담·옥 신무협 장편소설

ORIENTAL FANTASY STORY & ADVENTURE

『사라전종횡기』, 『청조만리성』의 작가!
수담·옥 신무협 장편소설.
금마쟁로에 나아가 천중가의 잃어버린 명예를 되찾아라!

정즉사(停卽死), 멈추면 죽는다!
회즉사(廻卽死), 뒤돌아봐도 죽는다!
사룡지주를 쟁취하는 자, 강호 군림하리라!